L'INFIRMIÈRE

DU MÊME AUTEUR
CHEZ LE MÊME ÉDITEUR

Hôpital de la montagne
L'Enfant qui voulait mourir
Le Choix du Dr Duncan
La Clinique de l'espoir
A cœur ouvert
Elvira
Le Procès du Dr Forrester

Henry Denker

L'INFIRMIÈRE

Roman

Titre original : *Horowitz & Mrs. Washington*
Traduit par Geneviève Zeude
Claire Beauvillard
Christophe Claro

© Henry Denker, 1979.
© Presses de la Cité, 1995, pour la présente édition.
ISBN 2-258-00162-5

A Edith, ma femme

PREMIÈRE PARTIE

1

— Monsieur, un homme de votre âge ne tient pas tête à ses agresseurs ! déclara le policier à Samuel Horowitz d'une voix forte et réprobatrice. Vous auriez pu vous faire tuer !

Horowitz demeurait silencieux, tandis que le jeune interne, un Noir un peu nerveux, tentait de suturer sa vilaine plaie. Tu parles d'un médecin ! ne pouvait-il s'empêcher de maugréer intérieurement. Comment peut-on imaginer qu'un petit Noir fera un bon praticien ? Pour être un bon médecin, il fallait être juif. Depuis Maïmonide, l'histoire n'avait-elle pas montré que les meilleurs médecins l'étaient ? Les rois, les empereurs et même certains papes tenaient à se faire soigner par des Juifs. Pas étonnant que ce jeune interne soit un peu nerveux. Il sait que c'est un *mayvin*, autrement dit un véritable expert en la matière, qui juge son travail !

Samuel Horowitz méditait ainsi quand un sentiment étrange et terrifiant l'envahit brusquement. Puis il perdit connaissance. La dernière chose dont il se souvint, ce fut le cri de l'interne :

— Mon Dieu ! Non, pas ça ! Pas maintenant !

Quand Horowitz revint à lui, il était au lit, dans une chambre particulière. Il demanda à l'infirmière ce qui s'était passé. Elle esquiva sa question, mais lui fit une piqûre qui l'endormit. Quelques heures plus tard, en ouvrant les yeux, il aperçut à son chevet son fils, Marvin, qui le fixait avec inquiétude.

– Marvin? fit-il, déconcerté par la soudaine présence de son fils.

Celui-ci aurait dû se trouver à Washington, dans son cabinet d'avocats.

– Tout ira bien, papa. Ne te tourmente surtout pas, le rassura Marvin.

Dès que l'on s'avisait de vouloir le rassurer, la première réaction de Samuel Horowitz était toujours de s'interroger. Qu'y a-t-il de si grave pour que l'on se croie obligé de m'annoncer que tout ira bien?

Marvin lut cette interrogation dans les yeux de son père.

– Tu as fait ce que les médecins appellent une petite attaque. En un sens, tu as eu de la chance de te trouver aux urgences à ce moment-là.

– Tu parles d'une *gedillah* [1]! C'est sûrement ce qu'il m'est arrivé de plus agréable dans l'existence! répondit amèrement Horowitz. Tu t'imagines, j'étais là à saigner comme un porc égorgé au rasoir, et j'ai eu l'immense chance de faire une crise cardiaque en même temps. Je suis vraiment l'homme le plus heureux du monde.

Marvin tenta de lui couper la parole :

– Papa...

– Cet interne noir, est-ce qu'il s'est rendu compte que j'avais une attaque? Ou bien est-ce lui qui l'a provoquée? Juste pour parachever le travail commencé au rasoir par ses chers « frères »?

– Papa, je t'en prie...

– Et voilà, je me retrouve ici, blessé, recousu comme une vieille paire de souliers, cardiaque, et tu crois qu'un « je t'en prie » va tout effacer?

Samuel Horowitz se tut quelques instants avant d'oser lui demander :

– Y a-t-il des séquelles?

– Eh bien... commença Marvin.

– Je n'aime pas les explications qui commencent par « eh bien ». C'est toujours de très mauvais augure. Alors épargne-

1. Joie, réjouissance.

14

moi les introductions et les préambules. Donne-moi les faits, rien que les faits. Ne me mens pas, Marvin.

Marvin Hammond, associé de Judd, Bristol, Crain et Hammond, gros cabinet d'avocats de New York et de Washington, répondit donc à son père :

— Écoute, papa, les choses vont te sembler pires qu'elles ne sont en réalité.

— Dis-moi la vérité, c'est tout, marmonna Horowitz. Je verrai bien de quoi ça a l'air.

— Leur bilan n'est pas terminé, mais, selon les médecins, ton bras et ta jambe gauches sont légèrement atteints. Si cela se confirme, tu as de bonnes chances de recouvrer une mobilité presque complète après une rééducation appropriée. Ta vue n'a subi aucun dommage et il est évident que tu ne présentes aucun trouble de la parole. Tu es toujours aussi sarcastique.

Marvin sourit dans l'espoir d'alléger un peu l'atmosphère, mais son père, qui ne lui rendit pas son sourire, le fixa d'un air sombre.

— C'est tout? Tu es certain de m'avoir tout dit?

— C'est tout ce que l'on peut affirmer sans un bilan global, le rassura Marvin.

— Hum! (Ce fut la seule réaction d'Horowitz.) Et mon visage?

— Un peu déformé du côté gauche. Ça se voit à peine.

— Je veux parler... des points de suture, précisa Horowitz, un peu gêné de se préoccuper d'un détail qui offensait sa vanité.

— Ils pensent que ça cicatrisera bien. Ça ne laissera pas une grosse cicatrice. A propos, j'ai appelé Mona. Elle a l'intention de venir.

— Dis-lui de ne pas se déranger. Elle ne serait d'aucune utilité ici. Et elle a tant à faire là-bas! Comment va-t-on gouverner la ville de San Diego sans Mona Fields?

Il s'était exprimé avec amertume en songeant qu'il n'avait vu sa fille que trois fois en quatre ans.

— Elle te propose de venir passer ta convalescence chez elle, précisa Marvin en espérant l'attendrir.

— Je passerai ma convalescence chez moi! déclara Sam d'un ton catégorique. La charité, qu'elle réserve ça à ses associations! Pas à moi!

— Papa, je t'en prie...

— J'ai élevé une fille qui ne s'épanouit que quand tout va mal. Elle devrait être la première présidente juive de la Croix-Rouge. Avant la mort de ta mère, nous la voyions à peine. Mais le soir de sa mort, Mona a pris le premier avion. Quelle pleureuse! Les funérailles ont été inventées pour ta sœur Mona.

Marvin comprit qu'il ne servait à rien d'essayer de le faire changer d'avis. Il ne pipa mot et attendit que son père reprenne l'initiative.

— Appelle ta sœur et dis-lui que je ne suis pas en danger de mort, qu'il n'y a donc pas urgence. Elle n'a rien à faire ici. Mieux vaut, par conséquent, qu'elle reste chez elle et qu'elle s'occupe de son mari et de sa ville. Quand je serai parfaitement rétabli, j'irai peut-être passer quelques jours en Californie, si j'ai envie de faire un petit voyage.

— Mais elle tient à être près de toi, insista Marvin.

— Et moi, je ne le veux pas! décréta Horowitz.

— Bien, dit Marvin à contrecœur.

De toute évidence, il avait hâte de se retirer.

— Marvin? demanda Horowitz avant même qu'il ait eu le temps de se lever. Tu veux me rendre un service?

— Bien sûr, papa, tout ce que tu voudras!

— Va à l'appartement et trouve-moi mes lunettes de lecture et ma brosse à dents. Apporte-les-moi.

— Bien sûr, papa.

Après son départ, Sam Horowitz demeura immobile avant d'essayer de bouger sa jambe gauche. Il n'obtint qu'une réaction partielle, comme si une force implacable la retenait prisonnière, l'empêchant de remplir sa fonction ordinaire. Il tenta de se rassurer. Après tout, se dit-il, cette fâcheuse aventure, cette agression soudaine, la lutte qui s'en était suivie et cette blessure qui aurait pu se révéler mortelle, l'avaient épuisé. Sans parler de sa *petite* crise cardiaque. C'est ainsi qu'il tenait à la qualifier. Puis il voulut lever la main gauche pour tâter la cicatrice qu'il avait au visage et en mesurer la longueur. Mais sa main refusa d'obéir. De nouveau, la force invisible pesait de tout son poids pour l'empêcher d'effectuer un mouvement qu'il faisait cent fois par jour sans même y penser.

Il fit une tentative avec la jambe droite. Celle-ci fonctionnait normalement. La main et le bras droits? Tout semblait normal. Aussi put-il appuyer sur le bouton de la sonnette posée sur la table de chevet. Puis il attendit. Personne ne vint. Au bout d'un moment qui lui parut raisonnablement long, il appuya de nouveau et garda le doigt sur la sonnette.

Dans le couloir, il entendit bientôt une voix de femme, visiblement irritée.

— Qui est le fou du 724 qui n'arrête pas de sonner?

La porte s'ouvrit brusquement, et une grosse femme au teint coloré et aux cheveux roux, manifestement d'origine celte, fit irruption dans la pièce.

— Qu'y a-t-il de si urgent? Otez-moi votre doigt de ce bouton!

Samuel Horowitz se hérissa, mais retira sa main. Il savait très bien quand il avait affaire à plus forte partie.

— Je voudrais un miroir, demanda-t-il, l'air penaud.

— Un miroir? Voyez-vous ça! rétorqua l'infirmière avec hostilité, plus furibonde que jamais. Même pour deux cent quatre-vingt-cinq dollars par jour, on ne sonne pas comme ça pour un simple face-à-main! Vous pouvez bien attendre! Il y a des gens très malades à cet étage!

— Je voudrais quand même me voir dans une glace, insista-t-il calmement.

— Quand nous aurons le temps, répondit l'infirmière qui voulut claquer la porte derrière elle, mais le butoir à air pressurisé l'en empêcha.

Sam Horowitz se retrouva seul, impuissant. Il lui fallait pourtant satisfaire cette envie de voir les blessures que lui avaient infligées ses agresseurs. Il prit appui sur sa table de chevet et, en dépit du manque de coopération de son côté gauche, parvint à s'asseoir. A présent, il était certain de réussir à gagner la salle de bains par ses propres moyens. Il devait bien y avoir une glace sur la porte.

Il posa le pied droit sur le carrelage dur et luisant puis, à l'aide de la main droite, fit descendre sa jambe gauche du lit. Il se leva et, pour la première fois de sa vie, constata que ses jambes ne le portaient plus. Il bascula en avant en poussant un cri suraigu. Il heurta le sol et perdit connaissance.

Quand il revint à lui, il était de nouveau dans son lit. L'infirmière rousse, penchée sur lui, le fusillait du regard. Horowitz ouvrit les yeux, cligna une ou deux fois, puis les referma pour se protéger.

— Je ne suis pas dupe, lui dit-elle d'un ton accusateur. Vous êtes tout à fait conscient. Vous m'entendez parfaitement. Alors écoutez bien. Vous ne devez jamais vous lever sans aide! Vous avez compris, monsieur Horowitz?

— Pendant soixante-huit ans je suis sorti de mon lit tout seul, rétorqua-t-il en entrouvrant l'œil droit. Je n'ai de leçons à recevoir de personne, pas même de vous. Comment vous appelez-vous?

Il avait posé cette question d'un ton moins agressif.

— Copeland.

— Copeland? Vous avez pourtant l'air d'une Irlandaise.

— Je le suis, grogna-t-elle, comme si chaque question était une invitation à la salve. Mon nom de jeune fille était McMennamin.

— Alors, mademoiselle McMennamin, allez donc faire sauter des immeubles à Belfast et fichez-moi la paix!

— Vous allez rester dans ce lit! lui ordonna-t-elle sans relever la pique qu'il venait de lui lancer.

— Alors donnez-moi un miroir!

— C'est un hôpital ici, pas un salon de coiffure!

— Je veux voir la tête que j'ai, insista Horowitz.

— Vous avez une barbe de deux jours, qui mériterait un bon coup de rasoir.

— Je veux voir ce qu'ils m'ont fait.

La corpulente et querelleuse infirmière parut se radoucir.

— On va retirer les fils dans quelques jours. Et ce ne sera pas laid. Pas laid du tout.

— Puis-je voir, s'il vous plaît? ajouta-t-il d'une voix douce.

— Bon, si vous y tenez.

L'infirmière revint un peu plus tard avec un petit miroir. Il l'approcha lentement de son visage. Pour lire et pour voir de près il lui fallait des lunettes, mais pour examiner le morceau de gaze qui lui recouvrait presque entièrement la joue gauche il n'en avait guère besoin.

— Puis-je... retirer ceci? demanda-t-il.

— Il ne vaut mieux pas. Ces choses-là ont toujours l'air plus vilaines qu'elles ne le sont.

— Je... Je veux voir.

— D'accord.

Elle souleva délicatement un coin du pansement.

La vue de la grande cicatrice rouge que zébraient les fils noirs des points de suture l'impressionna fortement. L'interne était sans doute en train de recoudre la plaie quand il s'était évanoui.

L'infirmière comprit ce qu'il éprouvait et tenta de le rassurer.

— Quand tout sera cicatrisé, ça se perdra dans le pli de votre joue. On ne verra plus rien.

— Des rails de chemin de fer. On dirait des rails de chemin de fer.

— Quand on aura retiré les fils et que la plaie aura désenflé, vous ne le remarquerez même plus. Peut-être quelques lignes blanches, dut-elle concéder devant son regard inquisiteur. Très légères.

— De toute ma vie, en soixante-huit ans, pas une seule cicatrice, pas même une opération. Et maintenant, ça. (Horowitz hocha tristement la tête.) On vit dans un monde de brutes! Quels petits salopards!

— J'ai appris que vous aviez tenté de vous défendre, fit-elle d'un ton plein de reproche.

— Vous auriez voulu que je cède sans lutter? On prétend que les Juifs se laissent toujours faire, mais il n'y a rien de plus faux. Nous avons eu si souvent affaire à des sauvages! Alors nous nous battons!

— Bien sûr, acquiesça aussitôt Mme Copeland pour que son malade ne s'échauffe pas trop.

— Il n'y a pas que les Irlandais comme vous qui luttent, protesta-t-il. Et en plus, nous, nous gagnons! Vous vous rappelez ce qui s'est passé en 1967? La guerre des Six Jours? Et en 73? Ils nous ont attaqués traîtreusement le jour du Yom Kippour, mais au bout du compte, c'est nous qui avons encerclé les deux armées égyptiennes. Pour nous contraindre à les libérer, il a fallu que les Russes et les Américains s'en mêlent, ne l'oubliez pas!

— Non, non, je ne l'oublie pas, lui concéda l'infirmière, qui espérait ainsi mettre fin à sa tirade.

— Quant aux Anglais, nous ne nous sommes pas contentés de les menacer et de les bombarder avant d'aller nous planquer. Nous nous en sommes débarrassés!

— Oui, je sais, fit-elle de guerre lasse.

— Alors ne me faites pas de sermons sur l'opportunité de se battre ou non! Vous m'entendez?

— Je vous entends, dit-elle en se retournant pour s'en aller.

— Où allez-vous?

— J'ai d'autres patients qui sont vraiment malades, répondit-elle d'un air entendu.

— Parce que, moi, je ne suis pas malade? demanda-t-il, offensé qu'on l'eût classé dans une catégorie de moindre importance.

— En trente secondes exactement, vous avez battu une fois les Anglais et deux fois les Arabes. Et vous êtes malade?

Horowitz lui décocha un regard furieux, qu'elle lui rendit bien. Mais ses yeux noisette et vifs ne gardèrent pas longtemps l'éclat de la colère. Et quand elle se laissa fléchir, il lui sourit.

— Vous ne manquez pas d'aplomb, mais ça me plaît. Mon Hannah était insolente, elle aussi. Gentille, mais elle ne me passait rien. Elle avait toujours le dernier mot et, tout comme vous, un grand sens de l'humour.

De l'index de sa main valide, il lui fit signe d'approcher. Elle ne broncha pas.

— J'ai quelque chose à vous demander, insista-t-il en clignant de l'œil.

— Vous êtes un vieux libidineux et jamais je n'oserais venir trop près, plaisanta-t-elle.

— Écoutez, de mon temps... commença-t-il non sans quelque vantardise. (Mais il s'arrêta net.) *De mon temps...* Que ces mots sont tristes. Mes jours sont comptés, il ne me reste plus qu'à mourir!

— Allons, allons, protesta Mme Copeland.

— C'était ce que je voulais vous demander, admit-il à mi-voix.

— Quoi?

— Les médecins me mentent. Ma famille me ment. Mais quelqu'un comme vous, une femme honnête, je la croirais. Vous avez déjà vu des cas comme le mien. Que va-t-il m'arriver?

— Ils vont établir un bilan de santé, puis vous prescrire de la rééducation. Vous retrouverez peu à peu l'usage de votre jambe, de votre bras et de votre main. Au bout de quelque temps, il n'y paraîtra plus.

— Vraiment?

— Vraiment.

— Et ça marche à coup sûr, cette rééducation? demanda-t-il pour la mettre au pied du mur.

— Eh bien, dans le domaine médical, rien ne marche « à coup sûr », reconnut-elle, mal à l'aise.

— Ah!

Horowitz médita sombrement ce pronostic défavorable.

— Écoutez, monsieur Horowitz, vous êtes plutôt en forme pour un homme de votre âge. Vous pouvez surmonter presque n'importe quoi. A condition d'essayer. Le principal, c'est de ne pas renoncer.

— Bien entendu, dit-il non pour lui montrer qu'il partageait son point de vue, mais pour manifester un scepticisme désobligeant.

— J'ai d'autres patients...

— Allez-y, allez-y. Et merci d'avoir tenté de me réconforter.

Quand elle fut partie, il prit le miroir dans sa main droite et observa son visage. Samuel Horowitz, soixante-huit ans, un gros bandage sur la joue gauche, un bras et une jambe qui refusaient d'obéir aux ordres les plus simples.

Il examina ses traits et constata que, depuis la mort d'Hannah, il avait beaucoup maigri, et cela donnait à présent à l'homme naguère florissant, à la mine resplendissante, un aspect presque émacié.

Il fronça les sourcils devant l'image que lui renvoyait le miroir, puis il sourit. Deux fois sur ses joues se creusèrent de grands sillons, des pommettes aux commissures des lèvres. Il était vraiment décharné.

Samuel Horowitz était pourtant encore assez bel homme. Tel avait toujours été du moins l'avis d'Hannah. Il avait l'air affable quand son impatience ne transparaissait pas, comme en ce moment, dans ses lèvres pincées et ses yeux d'un bleu profond, ses traits les plus expressifs. Il était d'un naturel entêté. Mais depuis la mort d'Hannah il était devenu irritable. Prompt à se rebiffer, et même à prendre la mouche, il s'était institué arbitre de toutes les questions d'intérêt général.

Tous les matins, il lisait le *Times* pour le plaisir d'être en désaccord avec les opinions qui y étaient exprimées. Et il poussait de violents ho! ho! ho! chaque fois que ce qu'il considérait comme le bon sens se voyait scandaleusement bafoué par ce journal. Sam Horowitz avait une idée bien précise des nouvelles qui valaient la peine d'être imprimées.

Avec les gens, c'était la même chose. Têtu, querelleur, soupçonneux, il entamait son refrain dès que le moindre désaccord était en vue. Ce n'était pas avec une jovialité de père Noël qu'il lançait son ho! ho! ho!, il l'entonnait comme le prélude à l'une de ces prédictions ou de ces critiques profondes et dogmatiques dont il avait le secret.

Horowitz avait beaucoup d'amour-propre. Venu enfant aux États-Unis, il y avait vécu pauvre mais, comme il s'était donné la peine d'apprendre la langue et les coutumes de ce nouveau pays, il s'y était fait une place au soleil. La pauvreté l'avait contraint à abandonner très tôt ses études pour travailler comme commis dans une petite entreprise de vente en gros de papier et de ficelle. Il s'était mis à son compte dès l'âge de vingt-trois ans et avait suffisamment réussi pour se marier, vivre très confortablement, élever deux enfants et les envoyer tous les deux dans des universités prestigieuses. Il avait toujours assuré un train de vie agréable à Hannah : domestique à demeure, vacances à la montagne l'été, voyage dans le Sud presque tous les hivers, quand les affaires le permettaient, et nouveau manteau de vison tous les quatre ans.

Quand les enfants volèrent de leurs propres ailes, Samuel Horowitz se consacra presque entièrement à son entreprise et à Hannah. Ils voyageaient souvent et, les six dernières années, ils étaient allés trois fois en Europe. Il ne lui avait jamais refusé aucun confort ni aucune commodité. Lorsqu'elle mourut, sa seule consolation fut de se dire que l'argent lui avait permis de tenter l'impossible pour la sauver. Pendant la durée de leur vie conjugale, Hannah n'avait jamais ni manqué ni eu l'impression de manquer d'amour, et il en était fier.

Pour un homme aussi fier, il n'était jamais facile de présenter des excuses, même quand il savait bien qu'il avait tort. Quand il y était contraint, il ne le faisait jamais franchement. Il tournait autour du pot à la manière de la logique talmudique des anciens rabbins. Puis il soulevait une paupière et jetait un coup d'œil à son adversaire, comme pour s'assurer qu'il ou elle était toujours là. Ainsi, un œil ouvert, l'autre fermé, Horowitz présentait des excuses alambiquées, ce qui lui évitait généralement de confesser son erreur ou d'admettre qu'il était désolé. Il usait de cette même technique pour présenter une requête qu'il hésitait à formuler directement.

Ceux qui le connaissaient bien n'ignoraient rien de cette habitude ni de ses ho! ho! ho!, sorte d'avertissement fredonné sur tous les tons. Ils pouvaient juger à l'avance de l'importance de son désaccord à la résonance musicale du dernier ho! Plus cette syllabe était atténuée, plus il y mettait de variations tonales, plus le dissentiment était grave et l'attitude intolérante.

Il semblait à Horowitz qu'il gisait là depuis des heures, à ressasser. Maudite soit cette attaque! Maudits soient-ils tous! Ils vont me mettre en cage. Ils appelleront cela fauteuil roulant ou maison de convalescence, mais ce sera une cage. Comme dans un zoo. A quoi bon vivre ainsi?

Mon fils, sa femme et ses enfants, viendront me voir à intervalles raisonnables, par pitié ou par devoir. Pas pour me réconforter, mais pour soulager leur conscience. Mona quittera son San Diego, sa Hadassah [1] et ses fidèles. Et elle pleurera. Évidemment, Mona pleurera. C'est ce qu'elle fait le mieux.

Bruce et Candy descendront sans doute de Boston pour me rendre visite durant les congés scolaires. C'est Mona tout crachée, ça, d'envoyer son fils et sa fille faire des études à Boston. A Harvard, de surcroît. C'est une marque de standing dans le milieu de Mona. Comme cette maison de quatre cent mille dollars, la Rolls d'Albert et le coupé Mercedes de Mona. Avoir deux enfants capables d'entrer à Harvard, c'était le *nec plus ultra* sur la côte Ouest.

Mona, Mona, Mona, se lamenta-t-il. Toute sa vie, elle avait eu des prétentions. Elle était d'ailleurs arrivée à ses fins, puisqu'elle avait obtenu tout ce qu'elle attendait de l'existence.

Alors pourquoi Horowitz regrettait-il tant qu'elle fût devenue ainsi? Pourquoi songeait-il toujours à elle avec une pointe de chagrin? Il ne le saurait jamais.

Pour l'instant, il devait se préoccuper d'autres problèmes, plus pressants. Qu'allait-il advenir de *lui*?

— Si seulement Hannah était encore en vie...

Et il pensa aux milliers de fois où, depuis la mort de sa femme, le cours de ses pensées avait commencé par ces mots-là.

Si seulement Hannah était encore en vie... elle serait à son chevet en ce moment. Pas par devoir, par amour. Pas pour sauver les apparences, mais par dévouement.

Si seulement Hannah était encore en vie, pensa-t-il tristement, tout cela ne serait jamais arrivé. Il n'aurait pas eu les bras chargés d'un sac de provisions quand il avait été agressé. On ne l'aurait pas balafré. Il n'aurait pas fait de crise cardiaque. Rien de tout cela n'aurait eu lieu, si seulement...

---

1. Organisation des femmes sionistes d'Amérique, visant à améliorer la médecine publique.

Il éprouva soudain un violent serrement au cœur. Si Hannah était encore en vie, elle aurait pu aller faire des courses, elle aurait peut-être été agressée, balafrée, tuée.

Il fut alors soulagé qu'elle fût morte. Du moins cette terreur, cette indignité, lui avaient-elles été épargnées. Elle avait vécu sans être profanée par ces sauvages. Il y avait au moins une chose dont on pouvait se réjouir.

C'était la première fois depuis son décès qu'il y trouvait quelque consolation. Quant à lui, il ne lui restait plus longtemps à vivre. Il avait lu quelque part, il s'en souvenait, que lorsque l'un des deux mourait, l'autre le suivait de près. Pourquoi pas? Que restait-il qui vaille la peine de vivre? Devenir prisonnier? Pensionnaire dans une institution? Esclave d'un fauteuil roulant? Il était plus facile, et certainement plus digne, de mourir.

Que Mona ne vienne pas verser des larmes sur moi! Que Bruce et Candy ne se fassent pas un devoir de me rendre visite avant de retourner sur la côte! Marvin Hammond, mon cher fils, je t'ai donné une excellente éducation, un bon départ dans l'existence, mais tu ne me dois rien. Ne te sens pas obligé de t'occuper de moi. Je m'en irai paisiblement vers la tombe sans ton aide et sans les larmes de Mona.

Je ne regrette qu'une chose. Je suis le dernier des Horowitz. Il y aura des Fields. Et il y aura des Hammond. Mais plus d'Horowitz. Je suis le dernier d'une lignée obscure, mais fière.

2

Deux jours plus tard, un jeune Noir à lunettes et vêtu d'une blouse blanche amidonnée vint voir Sam Horowitz.

— Qui êtes-vous, encore un interne? lui demanda ce dernier d'un ton agressif.

— Je suis le médecin chargé de la rééducation, dit le jeune homme. Je suis là pour procéder à un bilan.

— Le bilan de quoi?

— De votre état.

— Qu'est-ce qu'il a, mon état?

— Je suis ici pour évaluer les atteintes que vous avez subies.

— Quand on vous attrape par-derrière et qu'on vous met un rasoir sous la gorge, je n'appelle pas cela une atteinte. J'appelle cela une agression. Une tentative de meurtre. Alors ne me parlez pas d'atteintes.

— Monsieur Horowitz, lui expliqua le médecin, j'utilisais un terme médical. Cela signifie que l'organisme a subi un traumatisme. Mon travail consiste à évaluer les atteintes, les dommages, afin de vous prescrire une thérapie adéquate.

— D'accord. Évaluez-moi. Faites votre devoir.

Le jeune homme repoussa la couverture. Horowitz ne portait que la courte chemise que l'on fournit dans les hôpitaux.

— Qu'allez-vous faire? demanda-t-il en essayant de se couvrir dans la mesure du possible.

— Je vais exercer une pression sur votre jambe. Je veux que vous la repoussiez le plus fort possible.

Il souleva la jambe gauche d'Horowitz, poussa et attendit que ce dernier lui oppose une résistance. Le vieil homme fit une tentative, sans grand succès. Le jeune médecin hocha gravement la tête.

— Qu'y a-t-il? Je n'ai pas poussé assez fort? demanda Horowitz. Essayez encore.

Le jeune homme obtempéra. Horowitz produisit le plus gros effort dont il était capable. Mais il comprit vite qu'il n'avait pas fait mieux que la première fois. De nouveau, le médecin opina gravement du chef.

— Voyons la hanche à présent.

Le thérapeute lui fit faire le même genre d'exercice pour déterminer le degré de mobilité et de résistance de sa hanche gauche. Il ne parut pas plus satisfait.

— Eh bien? s'enquit Horowitz.

Le jeune homme ne dit mot, mais recommença avec la jambe et la hanche droites. Horowitz réagit bien. Ce qui sembla le rendre plus pessimiste.

— Maintenant, la main gauche, monsieur Horowitz. Fermez-la. Serrez le poing.

Horowitz dut s'aider du bras droit pour soulever le gauche afin de projeter sa main en avant. Puis, avec toute la volonté et toute la force qu'il avait en lui, il tenta d'effectuer le simple geste de fermer la main gauche et de serrer le poing.

— Vous ne pouvez pas aller plus loin?

— Si, je peux mieux faire, répliqua Horowitz qui ne voulait ni qu'on le jugeât ni qu'on le trouvât diminué.

Il produisit un autre effort, mais ses doigts ne réagirent pas comme il l'avait espéré. Il fixa sa main, qui ressemblait à présent à une serre ouverte.

— Que ressentez-vous? lui demanda le jeune homme.

— C'est comme... comme si on avait attaché des élastiques à mes doigts, qui les empêchent de se refermer. Si vous m'ôtiez ces élastiques, j'y arriverais, je vous l'assure.

Son interlocuteur hocha la tête avant de faire subir des tests similaires à son bras et à son épaule droites. A la fin de l'examen, il poussa un « hum! hum! » songeur, presque inaudible.

27

— C'est tout ce que vous trouvez à dire ? s'étonna Horowitz. C'est ça une évaluation ? Combien de temps a duré votre
spécialisation en rééducation motrice ?
— Deux ans.
— Et c'est tout ce qu'on vous a appris ? Deux ans de cours
de « hum ! hum ! » ? Drôle d'école !
— Je vais vous prescrire un programme d'exercices que
vous commencerez demain.
— Mais vous ne m'avez toujours pas donné les résultats de
mon évaluation ! Après tout, c'est moi le malade. J'ai le droit
de savoir. Je paie pour tout ça.
— Soit. Vous ne présentez aucune perte de propriaception,
mais vous présentez des séquelles d'une cardiopathie temporaire qui a affecté dans une certaine mesure le fonctionnement
de votre jambe, de votre hanche, de votre épaule, de votre
main et de votre bras gauches. Il s'agit apparemment d'une
incapacité à effectuer une dorsiflexion du pied, qui provoquera une légère claudication quand vous marcherez. Nous
allons donc mettre au point un programme d'exercices qui,
nous l'espérons, atténuera ces problèmes.
— Propria... je ne sais plus quel terme vous avez employé,
mais qu'est-ce que ça veut dire ?
— Propriaception, lui expliqua le jeune homme, cela signifie sensation. Vos membres ont gardé toute leur sensibilité. Et
c'est une bonne chose. Mais il y a perte de mobilité, à laquelle
nous devons tenter de remédier immédiatement, sinon une
spasticité s'installera.
Horowitz était trop fier pour reconnaître qu'il n'avait pas
compris grand-chose à ce qu'on venait de lui dire.
— Voilà ce que l'on appelle une réponse courtoise, fit-il
aimablement.
Gros malin ! se dit-il. Donnez à un *shvartzèr* un peu d'éducation et il se prend tout de suite pour un as !
Mais il garda cette opinion pour lui.

— Eh bien, docteur ? demandait invariablement Horowitz,
chaque fois que le médecin du service faisait sa visite de routine.

Il obtenait toujours la même réponse peu rassurante.

— Vous allez bien, monsieur Horowitz, très bien!

Je n'en ai rien à faire! protestait-il en son for intérieur. Que vais-je devenir? Je ne veux pas être dépendant. Il ne le faut pas. Comme j'ai un peu d'argent de côté, je pourrai me débrouiller. Dites-moi honnêtement où j'en suis. Voilà ce que je veux savoir.

Pourtant, de quelque manière qu'il eût formulé sa question, la réponse du médecin était toujours la même :

— Vous allez bien, monsieur Horowitz, très bien. Le temps fera le reste.

Le temps? argumentait Horowitz. Le temps? Vous parlez de temps à un homme qui n'en a justement plus beaucoup devant lui.

Le goût amer de la réalité, il en fit l'expérience quand, pour la première fois, on apporta un fauteuil roulant dans sa chambre. Mme Copeland et un aide-soignant l'aidèrent à sortir de son lit et à s'y asseoir. Elle lui donna des instructions pour qu'il puisse l'actionner de la main droite, le faire avancer et reculer, et le guider de son pied valide.

— Si vous en avez envie, vous pouvez descendre le couloir jusqu'au solarium, lui dit-elle, tandis qu'il s'y essayait. Il fait beau aujourd'hui et cela vous fera du bien de parler aux autres patients.

De nouveau seul, Samuel Horowitz resta immobile, dans le fauteuil roulant. Il avait la main droite posée sur les genoux, la gauche pendait, inutile, sur le bras du siège. Il tenta de la soulever, mais n'y parvint pas complètement. Il s'aida donc de la main droite pour la poser sur ses genoux.

Ma main gauche est orpheline, pensa-t-il alors, une handicapée, un enfant malade que je devrai materner le reste de mon existence. Il faudra que je la traîne avec moi ou que j'attende qu'elle suive le mouvement. Quoi qu'il en soit, je ne la considère plus comme une partie de moi-même. C'est une étrangère, qui me gêne et m'entrave, et que malheureusement je ne peux pas laisser derrière moi.

Après qu'il fut resté tranquille pendant quelques minutes, à maudire le fauteuil, son bras, sa maladie et l'univers en général, il tendit sa main valide vers la roue, avança un peu, puis inversa le mouvement. Le fauteuil réagit et recula en décrivant un arc de cercle. Il aurait besoin de sa jambe gauche pour le faire avancer tout droit ou tourner selon son gré.

Soudain, il s'arrêta. Si j'apprends à m'en servir, se dit-il, je serai condamné à y rester toute ma vie. Je veux marcher! Tout seul! Avec une canne, s'il le faut. Mais je refuse de devenir prisonnier de ce fauteuil. Je refuse!

Mais au bout de quelque temps, il se retrouva là, impuissant et vaincu. Prisonnier. Des larmes coulèrent lentement sur ses joues. Il n'avait pas pleuré depuis la mort d'Hannah. Ses larmes le brûlèrent en atteignant la cicatrice encore sensible. Elles poursuivirent leur chemin, lentes, douloureuses, ce qui lui permit de compter les points de suture.

Plus tard il apprit à diriger son fauteuil avec suffisamment de dextérité pour sortir de sa chambre. Au début il se déplaça lentement, à la manière des crabes. Mais il arriva quand même au solarium. Là, il contempla Central Park et les immeubles à l'horizon. Il aperçut même sa maison.

Quand d'autres patients tentaient d'engager la conversation, il répondait sèchement ou faisait la sourde oreille. Dans tous les domaines, il avait décidé de se dissocier des malades et des assistés. Toute sa vie, il avait été actif. S'il ne pouvait pas le redevenir, il ne voyait aucune raison de continuer à vivre. Il ne se satisferait pas d'une existence amoindrie.

A la fin de la journée, quand Mme Copeland ou une aide-soignante venait l'aider à regagner son lit, force lui était de reconnaître, intérieurement bien entendu, qu'il goûtait ce refuge. Il aurait haï ce lit, s'il avait eu le moindre espoir de triompher de son invalidité. Au lieu de ça, il le retrouvait avec plaisir.

Un jour, on l'initia au maniement de la canne avec quadripode. C'était un engin de métal luisant, muni d'une poignée noire capitonnée. A la base, celle-ci comportait non une extré-mité pointue, mais un petit plateau carré, étayé par quatre pieds métalliques recouverts de caoutchouc, offrant ainsi un appui plus solide que celui des cannes ordinaires. Psychologiquement, il ne put jamais l'accepter. Cet appareil bizarre ne faisait que lui rappeler davantage son invalidité présente, son incapacité à faire quelque chose d'aussi banal que de tenir debout sur ses jambes ou de déplacer le pied gauche sans qu'il se traînât lamentablement.

Vint enfin le jour où, après une consultation en bonne et due forme, les médecins acceptèrent de laisser repartir Samuel Horowitz. Il était content de quitter cet endroit, mais la tempétueuse Mme Copeland, à laquelle il s'était attaché, allait lui manquer. Malgré ses airs tyranniques, elle était d'une grande sensibilité, et sa brusquerie n'était qu'un bouclier protégeant une extrême vulnérabilité.

Il allait aussi regretter ses laborieux trajets jusqu'au solarium et les conversations acerbes et monosyllabiques avec ses compagnons d'infortune, trop enclins à lui raconter leur vie, leurs triomphes et leurs problèmes. Quant à lui, il préférait rester sur son quant-à-soi. Pourtant ils allaient tous lui manquer, car avec eux, au moins, il ne se sentait pas en état d'infériorité. Et dans l'univers des gens bien portants, à qui allait-il se sentir supérieur?

Il lui faudrait faire des projets. Les gens de son âge s'en allaient dans le Sud. Il s'y était toujours refusé. A ses yeux, c'était reconnaître la victoire sans appel de la vieillesse. De plus, le Sud était une terre peuplée de veuves fouineuses et prédatrices, prêtes à sauter sur le premier veuf qui se présenterait. Il préférait rester à New York.

Mais chaque chose en son temps. L'idée de rentrer chez soi, de retrouver des lieux, des objets familiers, des habitudes n'était pas pour lui déplaire.

Quand Marvin, son fils, vint le chercher, Horowitz comprit pourtant que ce retour n'était pas aussi simple qu'il l'avait imaginé. On ne lui avait pas permis de prendre un taxi, comme il l'avait espéré. Il lui faudrait une voiture spéciale, une ambulance qui pourrait contenir son nouveau fauteuil pliant. Il ne pourrait pas non plus entrer dans le hall de l'immeuble sans l'aide de Juan, le portier, qu'il aurait aimé éviter et dont il eût préféré refuser l'assistance. Non, comprit-il soudain, il aurait besoin du portier et de Marvin pour leur faire descendre, à lui et à son fauteuil, les trois marches qui menaient dans le hall.

Tout cela lui faisait horreur.

3

L'ambulance se gara devant la marquise du vieil immeuble de Central Park West. La porte du passager s'ouvrit et Marvin Hammond en sortit, tandis que le chauffeur faisait en courant le tour de son véhicule pour lui prêter main forte.

Ensemble, ils soulevèrent le fauteuil roulant. Pendant que Marvin et le chauffeur réglaient les questions financières, Horowitz se retourna lentement pour faire face à l'immeuble.

Il était de retour.

En levant les yeux vers la façade, il fut déçu. Il n'éprouvait nullement ce sentiment de familiarité et de soulagement qu'il avait espéré.

Il ne détacha pas les yeux de l'immeuble. Ce dernier était presque neuf quand Hannah, les deux enfants et lui s'y étaient installés, il y avait vingt-neuf ans de cela. A présent, il semblait vieux, miteux et délabré. La marquise de toile était effilochée par endroits, fouettée qu'elle était par les vents et la pluie qui venaient du parc les jours de tempête. Sur un mur on apercevait les traces d'un graffiti pornographique à demi effacé, encore un indice de la détérioration du voisinage, surtout des rues adjacentes, où la plupart des immeubles ne valaient guère mieux que des taudis.

Ce vieil immeuble leur avait quand même rendu de bons et loyaux services. Mona et Marvin y avaient grandi. C'était de là qu'ils étaient partis à l'université, là qu'ils étaient revenus diplômés. Et Mona avec un mari, un jeune homme brillant, qui saurait bien faire bouillir la marmite. Hannah ne l'avait-elle pas prédit après leur mariage? Elle avait raison, comme d'habitude. Les jeunes mariés avaient pris la décision hardie d'aller vivre en Californie, à San Diego. Là, Albert se lança dans l'immobilier et fit fortune, ce qui lui permit d'assurer à Mona une existence plus que confortable. Elle avait deux enfants à élever. Elle passait par New York deux fois par an, quand elle partait avec Albert pour l'Europe. Mais depuis la mort d'Hannah, leur avion survolait le pôle et Horowitz ne les avait pas vus depuis plus d'un an, en dépit des invitations répétées de Mona à venir séjourner chez eux. Il n'avait vu ses petits-enfants qu'une seule fois durant cette période, quand ils s'étaient arrêtés à New York en remontant vers Harvard.

Bruce et Candy. Drôles de noms pour des petits Juifs, songea Horowitz. Bruce? Une déformation de Baruch, le prénom du père d'Horowitz. Candy venait de Candace, nom qui rappelait celui de sa mère, Chana. Bruce et Candy, cela allait quand même bien avec le nouveau nom d'Albert, celui qu'il avait adopté avant de partir pour San Diego. Feldstein était devenu Fields. Pas mal, Fields. Fields. Fields. Samuel Horowitz dut reconnaître que, si on le prononçait assez souvent, il prenait même une consonance juive.

Il lui revint vite en mémoire que ni Albert ni Mona n'avaient jamais renié leur judaïté. Au contraire, Mona déployait une grande activité à la Hadassah. Albert était l'un des principaux bienfaiteurs du Fonds juif unifié de San Diego. Mais cela flattait davantage le palais, cela faisait plus distingué quand l'organisateur du dîner annonçait : « Deux mille dollars de la part de M. et Mme Albert Fields! »

Mme Albert Fields, se dit Horowitz d'un air rêveur. Il se rappela Mona à seize ans, quand elle sortait de ce même immeuble pour aller au lycée. Elle était jolie, intelligente, et, grâce au Ciel, en ce temps-là, un père pouvait envoyer sa fille à l'école sans craindre qu'elle ne fût volée, violée ou agressée. A présent, les écoles privées comme les universités étaient pleines de périls. Personne n'était plus en sécurité nulle part.

Et tout particulièrement dans les petites rues.

Pendant le temps où Samuel Horowitz dut attendre que

son fils ait payé le chauffeur de l'ambulance, tous ces souvenirs lui vinrent à l'esprit à la vitesse de l'éclair, y compris l'instant de sa propre agression, de la lutte, du coup de rasoir sur sa joue, de sa crise cardiaque et des conséquences que cela avait eues.

Mais ce n'étaient plus que des souvenirs. Or Horowitz devait se préoccuper du présent immédiat. Dans une minute ou deux, dès que Juan se serait aperçu de leur présence, il se précipiterait à leur rencontre. Juan sourirait d'un air jovial, même si, Horowitz le savait bien, ce réfugié cubain détestait cet emploi subalterne auquel il était astreint.

Comme les choses ont changé, songea Horowitz, depuis le temps où mon père nous a fait venir ici pour échapper aux dangers de la Première Guerre mondiale! Il n'y avait pas de métier trop médiocre pour lui. Les Juifs avaient l'habitude des privations et des revers amers d'un monde injuste. Ils ne se considéraient pas au-dessus d'un travail honnête. Mais tous ces nouveaux immigrés, ceux de Cuba et de Porto Rico, voulaient commencer au sommet. Sans parler des prétentions des Noirs du Sud. Et le gouvernement leur donnait raison! Dans quel monde vivait-on?

A ce moment-là, Horowitz comprit que ce qui lui déplaisait le plus, c'était que Juan le voie dans cet état. La dernière fois, le vieil homme était sorti d'un pas alerte, comme à son habitude, en lui adressant quelques mots anodins avant de tourner au coin de la rue et de se diriger vers Columbus Avenue pour y acheter les provisions dont il avait besoin pour les jours suivants. Du vivant d'Hannah, jamais il n'avait à se préoccuper de tels détails. Depuis qu'elle s'en était allée, et comme il n'était pas chez lui dans la journée et qu'il ne pouvait donc pas commander et se faire livrer ses provisions de bouche, il se déplaçait lui-même et faisait ainsi quelques économies. Non qu'il en soit à se rationner. Mais cela l'agaçait de payer trop cher, d'autant plus que cela faisait galoper l'inflation.

Ce jour-là, il était donc sorti d'un pas vif et désinvolte de son immeuble. La dernière fois que Juan l'avait vu, il était encore le Samuel Horowitz sain et vigoureux. Aujourd'hui,

Juan allait se trouver en présence d'un homme frêle et malade, qui ne pouvait même pas aller à pied de l'ambulance à l'ascenseur et qu'il faudrait porter pour descendre ces trois marches comme un petit enfant dans sa poussette. Bon sang! Pourquoi Marvin ne s'était-il pas arrangé pour le ramener à la maison quand Juan n'était pas de service ou à l'heure du déjeuner? Pourquoi Marvin l'avait-il contraint à subir cet affront?

Juan apparut, souriant, charmant, serviable et apparemment ravi de le voir.

— Monsieur Horwitz! s'exclama-t-il chaleureusement avec un fort accent.

Horwitz, se dit Sam. Au bout de deux ans et demi, on aurait pu penser que cet individu connaîtrait mon nom. Il y a deux O dans Horowitz. Mais il lui a déjà fallu plusieurs mois pour maîtriser la prononciation de ce nom tronqué. Et puis arrête de sourire comme ça!

Il fulminait intérieurement.

Quand le chauffeur de l'ambulance proposa d'aider Marvin à transporter le fauteuil roulant, Juan ne voulut rien savoir. Il saisit une roue. Marvin prit l'autre et, ensemble, ils descendirent les trois marches qui menaient dans le hall.

Autre confrontation pénible, pensa soudain Sam Horowitz. Angelo, le liftier, un Portoricain. Qu'était-il advenu des liftiers dénommés Pete et Eddie? Autrefois, ces fonctions revenaient invariablement à des Irlandais, aimables, corrects, qui savaient rester à leur place. Aujourd'hui les Angelo et les Juan étaient tellement obséquieux qu'on avait l'impression qu'ils voulaient se faire adopter, alors qu'ils détestaient leur travail, les locataires, le pays tout entier et le système.

Cela lui déplaisait vivement d'apparaître diminué, pitoyable, à leurs yeux. Il aurait voulu être le Sam Horowitz du mois précédent, en pleine forme, fringant, indépendant.

Il sentit qu'il transpirait. Encore un signe de son nouvel état. De simples pensées engendraient la même transpiration qui suit une activité intense. Il serait heureux d'avoir quitté les bras de Juan, d'en avoir fini avec Angelo et de retrouver l'intimité de son appartement.

Ses déficiences actuelles lui sembleraient plus supportables loin des regards pesants et de l'évidente commisération des autres. Et surtout il voulait être seul. Il le serait bientôt. Cette pensée l'aidait à endurer l'insistance avec laquelle Juan avait tenu à l'amener jusqu'à son domicile. Quand Marvin lui proposa un pourboire, l'homme refusa.

— Pas pour *ça*, déclara Juan, comme s'il l'avait fait par amitié et par affection.

Il fait semblant, pensa amèrement Sam Horowitz. Il fait semblant parce que dorénavant il me considère comme la source de nombreux et gros pourboires à venir. Il me prend pour un pauvre invalide, qui va dépendre de lui. Pour aller chercher le journal. Pour le courrier.

Juan s'en alla enfin. Samuel Horowitz put contempler à son aise l'appartement dans lequel il avait passé vingt-neuf ans de son existence. Il ne l'avait pourtant quitté que depuis quatre semaines, mais elles lui avaient semblé aussi longues que des mois entiers, et même davantage. Il aurait dû être soulagé, il n'était que déprimé.

— P'pa... attaqua Marvin en haussant le ton pour lui montrer clairement que c'était là un préambule à une discussion sérieuse.

Qu'il ne cherche surtout pas à m'imposer sa loi! pensa aussitôt Horowitz. Nous y voilà! Dès que l'on vieillit ou que l'on tombe malade, les enfants se mettent à vous traiter comme un imbécile, incapable de prendre une décision. Marvin, l'avertit-il intérieurement, fais bien attention! Si tu m'annonces que ta sœur et toi, vous avez décidé de ce que vous alliez faire de moi, je te jette dehors!

— Oui, Marvin? répondit-il d'un ton presque accommodant au lieu de proférer les menaces qu'il avait en tête.

— Nous en avons parlé et, pour l'instant...

— Qui a parlé de quoi? demanda Horowitz.

— Mona et moi. Qui veux-tu que ce soit?

Il l'a dit, rumina Horowitz. Il a prononcé ces mots terribles. Mona et moi.

— Oui, et de quoi Mona et toi avez-vous donc parlé? fit-il d'une voix un peu trop douce.

— Eh bien, nous pensons que cet appartement est trop grand pour toi à présent. Tu n'as pas besoin d'une salle à manger, ni d'un salon aussi vaste. Pour l'instant, tu seras mieux ici, dans un lieu que tu connais bien. Nous remettrons le déménagement à plus tard.

Merci, merci de tout cœur, mes chers enfants, observa Horowitz en son for intérieur.

— Et après? dit-il tout haut.

— Et après? Et après quoi? demanda Marvin, perplexe.

— Quand on aborde ce genre de conversation, on va généralement plus loin. De quoi d'autre avez-vous « parlé », Mona et toi?

— Il va te falloir une femme, déclara Marvin.

— C'est très aimable à vous. Je souhaiterais une jolie pépée blonde et pulpeuse de vingt-deux ans. Votre mère vous dirait que j'ai toujours aimé les femmes bien en chair. Le nouveau genre à la mode, maigres comme des clous et pas assez de hanches pour tenir leur jean, si tu veux mon avis, ce ne sont pas des femmes!

— P'pa, sois sérieux!

— Je suis sérieux. Tu appelles ça des femmes? De mon temps...

Encore cette malheureuse phrase.

— Bon, d'accord, je vais être sérieux.

— Après nous être entretenus avec les médecins, Mona et moi, nous avons décidé que tu avais besoin d'une femme qui ait une expérience d'infirmière et de domestique. Quelqu'un qui pourrait te faire ta rééducation et qui ne rechignerait pas pour autant à s'occuper du ménage, à te préparer tes repas, et cætera.

— Alors? fit Horowitz d'un ton belliqueux.

— Alors, avança Marvin, nous nous sommes mis en quête d'une telle perle. Ce n'est pas facile à trouver. J'ai dû appeler des dizaines d'infirmières diplômées avant de tomber sur une femme qui, pour des raisons personnelles, était prête à accepter ce genre de travail.

— Je vois. Pourquoi Bernadine ne fait-elle pas l'affaire? Elle a été onze ans au service de ta mère, puis au mien depuis sa mort!

– Bernadine est une femme de ménage extrêmement compétente, reconnut Marvin.

– Elle ne cuisine pas si mal que ça quand je le lui demande!

– Bernadine ne connaît rien à la rééducation, lui expliqua Marvin.

– Et tu as trouvé quelqu'un qui s'y connaît?

– Une femme très bien, capable. D'excellentes références. Une expérience hospitalière.

Horowitz ne réagit pas sur-le-champ.

– Comment s'appelle-t-elle, cette perle rare qui a toutes les qualifications requises pour sauver l'humanité en détresse?

– Papa, si tu commences déjà à l'avoir dans le nez, ça ne va pas arranger les choses.

– Bon, je vais l'adorer. Comment s'appelle-t-elle, que je puisse lui envoyer des lettres d'amour? grommela Horowitz.

– Harriet Washington, dit Marvin.

– Chère Harriet Washington, je vous aime! improvisa sarcastiquement Horowitz, irrité qu'on le flanque d'une étrangère, une femme pour le choix de laquelle on ne l'avait même pas consulté. Je ne vous ai jamais vue, mais si vous plaisez à Mona et à Marvin, vous me plaisez aussi. Non, c'est trop osé pour une première lettre. Pourquoi pas, chère mademoiselle Washington... Est-elle mariée ou non?

– Elle est veuve, répondit Marvin.

– Ho! ho! ho! Préservez-moi des veuves! J'en ai vu bien assez pendant les mois qui ont suivi le décès de ta mère.

– Quand tu la verras, tu comprendras vite qu'elle n'a aucune visée sur toi. Elle est aussi mère de famille, grand-mère, et elle a autre chose en tête que d'épouser un homme comme toi.

– Bon, fit Horowitz, plus conciliant, tant que les choses seront claires de ce côté-là... Donc, chère madame Washington, je...

Il se tut brusquement. Le sarcasme qu'il avait sur le bout de la langue ne parvint pas jusqu'à ses lèvres. Une idée nouvelle et plus troublante venait de lui traverser l'esprit.

– Washington, Washington, ce n'est pas un nom courant.

Elle n'est pas de la même famille que... non, ce n'est pas possible. Hé, attends une minute, mon petit gars! Washington est un nom très répandu... dans certains endroits.

— Qu'entends-tu par là?

— Washington est un nom très répandu chez les gens de couleur. Dis-moi, elle est noire?

— Oui.

— Je n'en veux pas dans cette maison! explosa Horowitz.

— Mais, papa, Bernadine est noire, elle aussi.

— Bernadine, c'est différent. C'est une personne bonne et chaleureuse. Bernadine, on peut lui faire confiance. On n'a pas besoin de compter les couverts en argent quand elle s'en va en fin de journée. Je ne veux pas d'étrangers et pas de Noirs chez moi! J'ai dit!

— P'pa...

— Arrête de m'appeler p'pa tout le temps. Et puis ne discute pas! Je ne sais pas comment tu t'es arrangé avec elle, mais dédommage-la! Je n'en veux pas ici. C'est clair?

— P'pa...

— Appelle-moi encore une fois p'pa et je te fiche dehors! s'écria Horowitz, qui faisait virevolter son fauteuil pour tourner le dos à son fils.

— Papa... je t'en prie, ne crie pas comme ça.

— Je n'ai pas l'intention de baisser le ton! Madame Washington, ne vous avisez pas de venir ici! Pas dans ma maison! Je me fiche pas mal que vous soyez une infirmière expérimentée. Même si vous étiez neurochirurgien, je ne voudrais pas chez moi de Noirs que je ne connais pas! J'ai vingt-deux points de suture au visage à cause de ces gens-là! Je ne veux plus en voir aussi longtemps que je vivrai!

— Papa, s'il te plaît, plaida désespérément Marvin.

— Sors d'ici! Tout de suite!

Horowitz fit tournoyer son fauteuil pour fixer le mur et bien montrer à son fils qu'il ne voulait plus le voir.

A ce moment-là, Horowitz entendit une autre voix, une voix de femme, douce et ferme à la fois, un rien irritée:

— Monsieur Hammond, puis-je vous dire deux mots?

Marvin était trop embarrassé pour lui répondre immédiatement. Lentement, avec effort, Horowitz retourna son fauteuil. Dans le passage qui menait à sa chambre, il aperçut une petite femme d'âge mûr. Ses cheveux d'ébène étaient tressés et la natte qui lui ceignait la tête lui faisait une tiare scintillante. Derrière des lunettes à monture d'argent, elle avait un visage aux traits bien dessinés. Sa solide constitution trahissait son âge. Elle était vêtue d'un uniforme d'infirmière blanc et tenait une taie d'oreiller propre à la main. Pendant qu'Horowitz se disputait avec son fils, elle était en train de faire le lit.

Horowitz lui jeta un coup d'œil rapide, trop gêné pour l'observer davantage. Elle le fixa, sans colère mais avec une immense pitié. Cela le froissa tant qu'il se détourna à nouveau.

— Monsieur Hammond? répéta la femme.

— Oui, bien sûr, dit Marvin.

En fusillant son père du regard, il montra du doigt la salle à manger où il pourrait discuter tranquillement avec Mme Washington.

Pendant ce temps, Samuel Horowitz, qui avait feint la colère pour dissimuler son embarras, tendit l'oreille pour entendre ce qui se disait. Comme il n'y parvenait pas, il tenta de rapprocher son fauteuil. Mais il manœuvra mal et se retrouva dans une position étrange, une roue sur le tapis du vestibule, l'autre sur le sol.

— Je ne savais pas que vous étiez déjà là, dit Marvin en guise d'excuse. J'avais l'intention de lui en parler avant votre arrivée.

— Vous n'aviez pas le droit de faire ça, répliqua Mme Washington.

— Je vous présente mes excuses, fit Marvin pour arranger les choses.

— Je veux dire que vous n'aviez pas le droit de *lui* faire ça, insista-t-elle. Vous auriez dû lui expliquer tout ça bien avant. Vous n'auriez pas dû lui lancer ça à la figure avec une telle brusquerie!

— Je suis navré.

— Mais si cela doit poser un problème, je range l'appartement, je le fais déjeuner et je m'en vais. Ou si cela peut vous aider, je reste un jour ou deux jusqu'à ce que vous ayez trouvé quelqu'un pour me remplacer. Une Blanche. Cela lui conviendra mieux.

— Ce ne sera pas facile d'en trouver une, noire ou blanche, qui ait toutes les qualités requises pour ce travail. Je le sais. J'ai mobilisé une secrétaire de notre bureau de New York pendant toute une semaine pour prospecter les agences.

— Je ne sais vraiment pas quoi faire, dit-elle.

— Faites un essai, je vous en prie.

— Cela dépend plus de lui que de moi.

— Je vais lui en parler.

— Oh, mais il faut que je le sache dès maintenant. J'ai une autre proposition et je dois donner une réponse ce soir.

Marvin Hammond poussa le fauteuil de son père dans la salle à manger, malgré les protestations d'Horowitz qui considérait qu'il était parfaitement capable de le faire lui-même. Il l'approcha de la fenêtre qui donnait à l'est et souleva le store pour que le soleil du matin pénètre dans la pièce et que son père puisse contempler la splendide vue de Central Park, qui avait toujours été l'un de ses grands plaisirs.

« Rien que pour cette vue, c'est fabuleux d'habiter dans le West Side », avait-il coutume de dire.

C'était avant son agression. Dans le West Side.

Malgré la chaleur du soleil et la beauté du parc, qui avait retrouvé sa verdure après un hiver plus rigoureux que d'ordinaire et un printemps tardif, Horowitz ne se sentit guère la patience de l'écouter. Quand Marvin chercha son regard, Horowitz détourna la tête et s'absorba dans la contemplation de la fenêtre.

— Papa, cette fois, il faut que tu m'écoutes.

— J'écoute, déclara Horowitz en montrant bien qu'il n'avait nullement l'intention de se laisser convaincre.

— La situation est plus grave que tu ne le crois.

— Qu'en sais-tu? lui demanda son père sans détacher les yeux du parc qui s'étendait à ses pieds. Je ne vois pas pourquoi je ne peux pas garder Bernadine. Elle fait presque partie de la famille. Je l'aime bien. Elle m'aime bien. Nous nous entendons à merveille. Je ne veux pas d'une étrangère dans cette maison!

Il se rendit compte qu'il élevait de nouveau la voix. Il tendit donc la main droite, attrapa le manteau de Marvin et le rapprocha de lui.

— Est-ce que tu vas donner un trousseau de clés à cette étrangère? murmura-t-il. Un soir, elle entrera ici et me cambriolera sans que je m'en aperçoive. On ne peut pas se fier à ces gens-là. En Bernadine, j'ai confiance.

— P'pa...

— Encore « p'pa »?

— Tu as besoin de rééducation.

— Je la ferai à l'hôpital. Ils m'ont dit de revenir une fois par semaine, eh bien, j'irai.

— Il te faut une séance quotidienne. Ici. A la maison. Elle sait faire ça. Et puis tu as besoin de quelqu'un pour faire le ménage et pour te préparer tes repas.

— On mange trop! Toute une civilisation fondée sur la gourmandise! Je n'ai besoin que d'un petit décaféiné le matin et d'un repas le soir. A-t-on besoin de déjeuner? Pas moi!

— Papa, il te faut trois repas équilibrés par jour, de la rééducation et une personne compétente pour veiller sur toi. Mona et moi, nous sommes tombés d'accord...

— Ho! ho! ho! s'exclama tristement Horowitz en entendant le nom de sa fille. Et sur quoi la gloire de San Diego est-elle tombée d'accord?

— Si on ne peut pas te soigner à la maison et si tu refuses de sortir et de rester avec elle...

— Les parents s'occupent de leurs enfants, l'interrompit Horowitz. Les enfants ne sont pas censés s'occuper de leurs parents!

— Papa, veux-tu m'écouter et cesser de discuter?

— Qui discute? Je me contente de mettre en évidence certaines réalités.

— Il n'y a pour l'instant qu'une réalité qui importe. D'après ce que nous ont dit les médecins, Mona et moi avons décidé que, si tu n'acceptes pas cette solution, nous te mettrons dans une maison de santé.

— Vous allez me mettre dans une maison de santé? fit Horowitz d'un ton railleur. Si ce n'était pas aussi insultant, je m'esclafferais. Une maison de santé. Il y a vraiment de quoi se marrer!

Il pouffa d'un rire qu'il aurait voulu ironique, mais qui sonna juste assez creux pour trahir son inquiétude.

— Je préfère retourner à l'hôpital! Mme Copeland s'occupera de moi. Une femme très bien, bien qu'elle soit irlandaise.

— Ils ne te reprendront pas. Tu n'es plus assez malade pour occuper un lit d'hôpital. Tu as besoin d'être suivi, de te dépenser. Tu dois retrouver une vie plus normale.

— Une vie normale... dans une maison de santé! ironisa Horowitz.

— Tu ne nous laisses pas le choix, répliqua Marvin.

— Et si on me le donnait, à moi, le choix?

— C'est ce que nous faisons.

— Tu parles d'un choix. Une maison de santé... ou Martha Washington.

— Elle ne s'appelle pas Martha, rectifia Marvin.

— Quelle importance?

— Papa, nous ne voulons pas que tu sois malheureux, mais nous devons obéir aux ordres du Dr Tannenbaum.

— Je prendrai un autre médecin!

— Les ordres seront les mêmes.

— Une maison de santé, répéta Horowitz d'un air songeur. Je n'aurais jamais imaginé que cela m'arriverait. Plutôt mourir!

— Papa, c'est facile de mourir. C'est vivre qui exige quelques efforts.

— Ho! ho! ho! On philosophe à présent. Le Talmud selon le rabbin Marvin! Pardonne-moi, mon cher enfant, tu n'aimes pas qu'on te rappelle ces choses-là. Marvin Hammond, philosophe!

— Papa, tu ne regardes pas la réalité en face.

— Si, je la regarde en face, mais elle ne me plaît pas.

— Papa, il y a une chose que j'ai toujours admirée en toi, c'est ton indépendance, poursuivit Marvin quand son père se fut suffisamment calmé pour l'entendre. Je n'ai pas eu beaucoup de mal à m'associer à un gros cabinet d'avocats, parce que tu m'as apporté sur un plateau d'argent l'éducation qui m'a été plus tard indispensable. Mais tu n'imagines pas combien de fois je me suis dit : si j'étais arrivé ici, enfant, réfugié, étranger, sans argent et sans avantages, aurais-je eu les tripes et la capacité de fonder ma propre affaire et de réussir ?

— Tu me prends pour IBM, protesta Horowitz non sans fausse modestie.

— Mais tu l'as fait tout seul. C'était à toi. Un esprit libre et indépendant dans une économie de liberté. Et tu as réussi par toi-même. J'ai toujours admiré cela. Mais les choses évoluent. Pour tout le monde, pour peu que l'on vive assez longtemps. Arrive un temps où l'on ne peut plus être indépendant, où l'on a besoin d'aide. Il n'y a aucune honte à le reconnaître.

— Crois-moi, déclara Horowitz d'un ton décidé, si je retrouvais la force de mon bras et de ma jambe...

— Papa, c'est là le problème, tu ne l'as pas retrouvée. Tu dois accepter cela.

Horowitz se tut quelques instants avant de demander :

— Marvin, que t'ont-ils dit exactement, les médecins ?

— Comme à toi. Je leur ai dit : Mon père est un dur à cuire. Vous pouvez lui dire la vérité sans la travestir par de jolis mensonges. Allez-y carrément. Il peut supporter ça.

— Merci, Marvin, je t'en suis reconnaissant. Alors c'est vrai ? Mon état peut évoluer. Peut-être pas une guérison totale, mais une nette amélioration.

— Exactement ! s'exclama Marvin. Mais en attendant, tu as besoin d'assistance.

— Sinon c'est la maison de santé ? demanda tristement Horowitz, songeur.

— C'est la seule solution de rechange, dit Marvin, avec un peu plus de fermeté cette fois. Bien entendu, tu peux aussi aller chez Mona.

— Ah oui ! Mona, la reine Esther de San Diego.

Horowitz écarta d'emblée cette proposition.

— Papa, qu'en dis-tu ?

– C'est hors de question! se rebella Horowitz au dernier moment. Je suis adulte et en pleine possession de mes facultés. Je ne veux pas qu'on me boucle!

– Tu sais très bien que, si j'y suis contraint, j'obtiendrai une décision de justice, lui fit remarquer Marvin sans minimiser l'éventualité d'un tel recours.

– Je prendrai un avocat. Je me battrai contre toi!

Sous l'effet de la colère, Horowitz avait élevé la voix.

– Et comment vas-tu prouver, papa, que tu n'as pas besoin d'un séjour en maison de santé? En entrant au tribunal en fauteuil roulant? Dans ces circonstances, aucun juge ne te donnera raison. Les choses sont claires. Tu as le choix entre cette femme et la maison de santé. A toi de décider!

Horowitz demeura un long moment silencieux.

– N'est-il pas possible d'en trouver une autre?

– Je te l'ai déjà dit, il est impossible d'obtenir quelqu'un qui soit qualifié et qui accepte ce genre de travail. Faire le ménage, c'est quand même descendre d'un cran.

– Il doit bien y avoir une autre femme quelque part...

– Nous n'avons pas réussi à mettre la main dessus.

– Et puis elle me déteste, déclara Horowitz.

– Qu'en sais-tu?

– Ce serait normal, avoua Horowitz. Après tout, elle a entendu ce que j'ai dit d'elle et de tous les Noirs.

– Elle ne te déteste pas, lui assura Marvin.

– Si elle avait dit la même chose de moi, moi je la haïrais.

– Papa, je dois retourner à Washington. Je n'ai pas toute la journée, dit Marvin. Si tu ne me dis pas oui maintenant, il va falloir que je déniche une maison de santé où il y aura de la place pour toi.

– Toute ma vie, je me suis juré de ne pas finir dans une institution, fit Horowitz d'un ton amer.

– Tu n'y es pas obligé. Alors?

– Alors... Tu es sûr qu'elle voudra bien rester?

– Elle l'a dit.

– A-t-elle de bonnes références?

– Les meilleures qui soient.

— Elle... elle n'est pas trop laide. Enfin, le peu que je l'ai vue, elle semble correcte, propre, *balbatishè* [1].

Marvin ne répondit pas pour contraindre son père à se décider.

Ce dernier ferma les paupières. Au bout de quelque temps, il ouvrit l'œil droit et dit :

— Entendu.

— Bien! fit Marvin, soulagé. Maintenant il faut que je m'en aille. Je lui ai donné toutes les instructions nécessaires, les clés, et elle sait dans quels magasins tu fais tes courses.

Il était déjà à la porte quand son père l'appela :

— Encore une chose, Marvin!

Celui-ci, qui redoutait qu'il n'eût changé d'avis, ce qui bouleverserait ses projets, se retourna lentement pour regarder son père à l'autre bout de la pièce.

— Oui, papa?

— Bernadine.

— Quoi, Bernadine?

— C'est exactement ce que je veux savoir. Qu'advient-il de Bernadine?

— Je lui ai expliqué ce dont tu avais besoin. Elle a compris. Je lui ai donné son congé avec quatre semaines de salaire. Il le fallait.

— Quatre semaines de salaire? fit Horowitz, outré. Une femme qui a servi ta mère pendant onze ans et moi pendant trois? A une femme qui, à son âge, ne retrouvera pas aisément une place, si tant est qu'elle en trouve une, tu n'as donné que quatre semaines de salaire?

— Elle aura la sécurité sociale, lui opposa Marvin.

— La sécurité sociale aujourd'hui, tu parles d'une aubaine! Je veux qu'on lui donne une pension. Prends mon argent.

— Papa, on ne te demande pas...

— Cesse de jouer les avocats. Sois un être humain pour une fois! s'exclama Horowitz, sans dissimuler sa colère. Bernadine aura une pension. Et si tu ne veux pas t'en occuper, je le ferai. Je laisserai un peu moins d'argent à mes petits-enfants qui, de toute façon, sont déjà beaucoup trop riches!

1. Respectable, responsable.

– D'accord, d'accord, je vais arranger ça.

Marvin se laissa fléchir à contrecœur.

– Merci, monsieur Hammond, éminent conseiller à la Cour, déclara Samuel Horowitz à son fils. Maintenant tu peux t'en aller et te féliciter. Tu as fait du bon boulot. Harceler un vieillard jusqu'à ce qu'il accepte quelque chose qui finira très, très mal, il le sait bien. Si tu veux, envoie tes honoraires pour l'excellent conseil que tu m'as donné en cette belle journée!

– P'pa...

Marvin fit un dernier effort pour l'amadouer.

– Encore un « p'pa » et je change d'avis! le menaça Horowitz.

Marvin, qui connaissait la propension de son père à prendre des décisions aussi brutales que perverses, quitta immédiatement les lieux.

Horowitz jeta un regard circulaire dans le salon, s'arrêtant sur les meubles qu'Hannah avait réunis avec tant de joie, en prévision des longues années qu'ils passeraient ensemble.

Il s'avança jusqu'au grand secrétaire en noyer, dont il caressa du bout des doigts le bois patiné et luisant. Il contempla le sofa, aux lignes simples et fines, couvert d'un brocart blanc et or, dont les coussins confortables vous accueillaient, tout comme le velours moelleux des fauteuils tapissés.

Dans le coin il y avait une jolie table de bridge entourée de quatre fauteuils de bois et de cuir, luisants de cire, sculptés par un vieil artisan italien dont l'habileté était devenue chose rare. Le cuir rouge gaufré d'or du dessus de table s'harmonisait avec celui des fauteuils, ajoutant un éclat de couleur vive à l'or de la moquette.

A cette table, Horowitz et Phil Liebowitz s'étaient opposés dans de nombreuses et épiques parties de rami. Et quand Liebowitz était parti ou qu'il n'était pas libre, il y avait joué avec Hannah. A présent, à part les photos des petits-enfants, prises quand ils étaient tout jeunes, qui trônaient dessus, cette table était à l'abandon, inutile.

Avec une grande difficulté, Horowitz poussa son fauteuil roulant sur l'épaisse moquette, pour se familiariser à nouveau avec ce lieu. En fait, pour lui, il y avait là deux endroits différents : l'appartement douillet où il avait vécu si longtemps avec Hannah et le grand espace vide qu'il habitait depuis trois ans.

Il arriva à la chambre, mais n'y jeta qu'un bref coup d'œil. Cette femme qu'on lui imposait était toujours là à faire le ménage. Il n'avait nulle envie de l'affronter. Il traversa donc le vestibule et pénétra dans la salle à manger. Il roula sur le parquet ciré, puis sur le tapis, et regarda autour de lui. De toutes les pièces, c'était celle qui lui était le moins familière. Il n'avait pas pris un repas à cette grande table de bois sombre, sculptée, cirée, depuis la semaine où l'on avait enterré Hannah.

Il repartit en sens inverse et roula de nouveau sur le parquet nu, jusqu'à la porte de la cuisine. Il eut du mal à propulser le fauteuil sur le seuil, mais une fois qu'il l'eut franchi, la conduite sur linoléum lui parut aussi aisée que dans le couloir de l'hôpital.

Le réfrigérateur bourdonnait activement. Le formica blanc des plans de travail qu'Hannah avait fait installer luisait de propreté, comme elle aimait à le voir.

Bernadine avait fait diligence durant sa longue absence, pensa-t-il. Ou bien était-ce l'œuvre de cette femme ? Comment s'appelait-elle déjà ? Dans son entêtement hostile, il avait oublié son nom. La propreté étincelante du sol de la cuisine, de la cuisinière à gaz, des éléments et de la petite table à laquelle il prenait son jus de fruit du matin et son café instantané depuis trois ans, tout cela, il préférait en attribuer le mérite à Bernadine.

Il retourna ensuite dans le salon en se disant que si grand, si vide, si désert que fût cet appartement, il y était quand même chez lui.

Puis il contempla le parc, les terrains de jeux, les enfants, les fervents de la course à pied, les immeubles de la Cinquième Avenue et au-delà. Tout était apparemment comme avant. Mais cela ne lui faisait plus le même effet.

Car c'était Samuel Horowitz qui avait changé. Il fixa sa main gauche invalide, essaya de serrer le poing et échoua. En rassemblant toutes ses forces, il ne parvint à former qu'une pince qui le narguait.

Il baissa les yeux vers le square où jouaient, devant leurs mères, des enfants qui n'avaient pas encore l'âge d'aller à l'école. C'est l'aube de la vie, se dit-il, facile, insouciante. Je me demande s'ils savent comment cela finit.

Il eut de nouveau conscience de la présence de la femme qui s'affairait entre la chambre et le vestibule. Il l'appela :

— Comment vous appelez-vous déjà ?

— Madame Washington.

— Je sais, fit-il avec impatience. Je veux parler de votre nom complet.

— Harriet Washington.

— Eh bien, Harriet, je vais vous dire comment nous allons procéder.

— Si vous souhaitez appeler une bonne par son prénom et qu'elle vous y autorise, c'est parfait. Mais je suis infirmière et ma dignité professionnelle exige que l'on m'appelle madame Washington !

— Pas mademoiselle ? ironisa Horowitz.

— J'ai été mariée à un homme charmant nommé Horace Washington et je n'ai pas l'intention de l'oublier. Et je ne veux pas que quiconque l'oublie. Ce sera donc madame Washington !

— Bien, si cela peut vous faire plaisir, va pour madame Washington !

4

Samuel Horowitz savait que, pour l'instant, il devait faire la paix avec cette femme obstinée. Mais comment s'y prendre? Mieux valait, se disait-il, ne pas affronter son visage plein de reproche. Il resta donc où il se trouvait et se servit de la fenêtre comme d'une diversion commode.

— Madame Washington? appela-t-il.

De toute évidence, elle ne l'avait pas entendu.

— Madame Washington! cria-t-il plus fort.

Comme elle ne répondait toujours pas, il explosa :

— Maudite bonne femme! Où est-elle passée?

— Ici même, murmura alors une voix douce et ferme.

Il tourna la tête à demi et l'aperçut derrière lui. Il ne l'avait pas entendue venir sur l'épaisse moquette du salon.

— Ce n'est pas la peine de marcher sur la pointe des pieds, ni de me prendre en traître. Je déteste les surprises!

— Qu'est-ce que vous voulez, que j'accroche des clochettes à mes chaussures? demanda-t-elle d'un ton sarcastique.

Horowitz tourna lentement son fauteuil roulant pour lui faire face. Il la regarda longuement. C'était la première fois qu'il regardait vraiment cette femme qu'il avait décidé de chasser de son existence à la première occasion.

— Dites-moi, madame Washington, fit-il avec une courtoisie forcée au point d'en devenir insultante. Que savez-vous au juste des chaussures à clochettes?

— Eh bien, monsieur Horowitz, si j'ai bien compris, il y eut jadis un rabbin célèbre, un... j'ai oublié le terme...

— *Tzaddik.*

— C'est ça, c'était ce genre de type. Il semble...

— Si cela ne vous ennuie pas, l'interrompit Horowitz, quand vous parlez d'un *tzaddik*, ne dites pas : ce genre de type. Un *tzaddik* est un être très particulier. Pas « ce genre de type », comme on le dirait d'un... d'un... (Il bafouilla, car le premier mot qui lui était venu à l'esprit aurait déclenché une nouvelle crise.) D'un... Disons d'un Portoricain. Là, on peut dire « ce genre de type ».

Elle savait exactement quel était l'exemple qu'il avait en tête. Elle le dévisagea sans ciller et il comprit qu'elle avait lu dans ses pensées.

— Un *tzaddik* est un homme extrêmement vertueux. Pas seulement un érudit ou un philosophe, mais un être extraordinaire, qui éprouve un amour immense pour toutes les créatures divines, même les plus petites.

— Même les plus noires? demanda-t-elle sur le ton de la provocation.

Horowitz changea brusquement de sujet.

— Je vous ai demandé ce que vous saviez des chaussures à clochettes!

— D'après ce qu'on m'a raconté, ce... ce...

— *Tzaddik*, reprit Horowitz, impatient d'en terminer avec cette histoire.

— Voilà! Il se sentait responsable de toutes les créatures de Dieu si bien qu'il ne voulait pas même tuer la plus minuscule fourmi. Par conséquent, il avait fait fixer des clochettes à ses chaussures pour que, quand il marchait, les fourmis soient averties et qu'elles s'écartent à toute vitesse.

— Hum! fit Horowitz, surpris. Très intéressant.

— C'est bien mon avis et c'est pour cela que je m'en suis souvenue.

— Ce qui est intéressant, c'est que vous ayez appris un détail aussi peu connu, poursuivit Horowitz. Dites-moi, où avez-vous appris ça?

— Avant que je fasse des études d'infirmière, à l'époque où je travaillais chez les Rosengarten.

— Quels Rosengarten?

— Charles Rosengarten.

— Charles... Rosengarten... Non, connais pas. Et ils parlaient de ça à la maison? De ces sujets-là?

— Le monsieur était président d'une école juive de la 79ᵉ Rue. Nous avions donc souvent le rabbin à dîner. Un soir, au dessert, je l'ai entendu raconter cette anecdote au moment où j'apportais le gâteau.

— Hum! Intéressant, reconnut Horowitz non sans une certaine condescendance. Mais pourquoi m'en parlez-vous? Vous ai-je demandé où vous aviez travaillé? Ou essayez-vous de me dire qu'il y a eu des Juifs parmi vos meilleurs employeurs, pour me rendre votre présence plus acceptable?

— Non, dit-elle avec sincérité. Avez-vous l'intention de passer votre temps à regarder par la fenêtre?

— Je vous enverrai une note écrite pour vous indiquer ce que j'ai l'intention de faire plus tard. Maintenant rendez-vous utile, préparez mon déjeuner, par exemple.

— Il est prêt, dit-elle, le prenant au dépourvu.

— Comment peut-il être prêt? Je ne vous ai même pas dit ce que je voulais, ajouta Horowitz qui trouvait à redire à tout ce que pouvait faire ou dire son interlocutrice.

— Qu'est-ce qui vous ferait plaisir?

— Des ailes de colibri sur canapé, mais mon médecin m'interdit les toasts, répliqua Horowitz d'un ton railleur. Qu'est-ce qui me ferait plaisir... répéta-t-il avec rancœur. Ils m'ont collé un sacré régime à l'hôpital. Et j'ai complètement perdu le goût de la gastronomie. Et ces plats servis sur des assiettes en plastique, que l'on vous fait manger avec des fourchettes et des couteaux en plastique. Pas étonnant que tout ait le goût de plastique!

— Alors qu'est-ce qui vous ferait plaisir? insista Mme Washington.

— Ce qui me ferait vraiment plaisir... hésita Horowitz, c'est... c'est...

Il détourna la tête.

— Monsieur Horowitz? fit-elle doucement.

Il ne lui répondit pas, car il était sur le point de pleurer et il en était tout à fait conscient. Il se tut. Elle respecta son silence.

Il lui dirait ce qu'il avait sur le cœur en temps et en heure. Ce qu'il fit.

— Ce qui me ferait vraiment plaisir, c'est qu'Hannah soit là, dans la cuisine, et qu'elle me prépare un de ces plats qu'elle faisait si bien. Elle savait exactement ce que j'aimais et comment je l'aimais. Personne ne pouvait reproduire ses recettes. Les gens qui ont connu cette maison étaient fous de sa cuisine. Elle leur donnait toutes ses recettes. Mais cela n'avait jamais le même goût. Jamais. Elle avait le génie de la cuisine. Et le génie des rapports humains. Les gens l'aimaient... l'aimaient. Parfois je me dis qu'ils toléraient simplement ma présence à ses côtés.

Il s'aperçut qu'il reniflait. Il essuya ses larmes et dit, comme pour se faire pardonner son émotion :

— Madame Washington, quand vous aurez mon âge, vous verrez que vos yeux se mettront à pleurer sans raison. C'est une question de robinets. Je crois qu'on appelle ça des valves.

— Des conduits? suggéra-t-elle.

— Oui, les conduits deviennent... se distendent... Voilà, des conduits distendus.

— Et pour votre déjeuner?

— Je me fiche du déjeuner.

— Il est prêt, alors autant le manger. Vous allez avoir besoin de forces.

— Quelle force faut-il pour rester dans un fauteuil roulant? demanda-t-il en le tournant lentement pour bien lui montrer qu'il avait l'intention de sortir de la pièce.

Quand il arriva dans le vestibule, il vira à gauche, en direction de la chambre.

— Non! s'écria-t-elle. La table est mise dans la salle à manger.

— Dans la salle à manger? fit-il sur un ton de défi. Je n'y ai pas mangé depuis qu'Hannah est partie.

— Dorénavant, vous mangerez dans la salle à manger, décréta Mme Washington.

— C'est se donner beaucoup de peine pour une seule personne, protesta-t-il. Et puis il n'y a pas de télévision dans cette pièce.

— Vous n'avez pas besoin de la regarder en mangeant, lui fit-elle remarquer avec autorité.

— Le Président Carter donnera peut-être une conférence de presse. Il y en a tous les mardis et tous les jeudis. Il occupe plus le petit écran que les présentateurs de variétés.

— Vous n'aimez pas le Président Carter?

— Je n'aime aucun Président depuis Roosevelt. Et si vous voulez que je vous dise la vérité, je n'en étais pas fou non plus. Qu'est-ce qu'il y a pour le déjeuner?

Il essaya de se rapprocher de la table, mais les bras du fauteuil l'en empêchèrent.

— Vous voyez bien que ça ne va pas, dit-il. On ne peut pas manger ici. Je serais bien mieux dans ma chambre. Et même dans mon lit. Voilà! Un plateau au lit.

Elle ne répondit pas, mais desserra les pinces des bras et les glissa en arrière.

— Essayez maintenant.

Il se plaça au niveau de la table, puis lui lança un regard hargneux.

— Petite futée!

Puis il examina la table en cherchant ce qu'il pourrait bien trouver à redire.

— La plus belle porcelaine d'Hannah? Pour un petit déjeuner de rien du tout? Elle se retournerait dans sa tombe, si elle savait ça.

— Nous ne lui dirons rien, rétorqua Mme Washington.

Il la fusilla du regard. Elle sourit. Elle avait un sourire chaleureux, des yeux lumineux et pétillants dans son visage noir, des dents blanches et régulières et une peau si lisse qu'elle semblait cirée comme un bel acajou. Ce sourire était irrésistible. Il ne résista pas.

— Alors où est-il, ce déjeuner? Je croyais que c'était prêt.

— Buvez votre jus de tomate, dit-elle en se dirigeant vers la cuisine.

— Je n'aime pas le jus de tomate. Ça me donne des brûlures d'estomac.

— Buvez-le. C'est bon pour vous.

— Je dénie à quiconque, et à vous en particulier, le droit de me dire ce qui est bon pour moi! Je n'aime pas le jus de tomate. Je n'ai jamais aimé le jus de tomate! Et je n'en boirai pas!

— Votre fils m'a dit que votre femme vous en donnait souvent, répondit-elle.

— Ah, c'est donc ça! fit Horowitz d'un air penaud. Le jus de tomate d'Hannah était différent. Elle y ajoutait quelque chose. On ne m'a jamais servi un jus de tomate comme celui d'Hannah!

— Je sais.

Horowitz ne parvint pas à déterminer, à la lueur qui apparut dans ses yeux, si elle en convenait ou si elle se moquait de lui.

— Bon, dit-il, reconsidérant sa position. Pour une fois, je vais le boire! Mais n'en refaites plus jamais! Vous m'entendez? hurla-t-il.

— Monsieur Horowitz, tout le West Side vous entend!

Il lui lança un regard furibond, prit son verre dans sa main valide et en avala une gorgée avec la ferme intention de le trouver mauvais. N'en croyant pas ses papilles, il en prit une seconde gorgée.

— Vous avez mis quelque chose là-dedans! fit-il d'un ton accusateur. Qu'est-ce que c'est?

— Une goutte de citron et une pointe d'anis.

— C'est... Ce n'est pas mal. En fait, c'est...

Cela lui déplaisait fort de faire une telle concession.

— Cela ressemble beaucoup à celui d'Hannah.

— C'est exactement le même, rectifia Mme Washington. J'ai trouvé ses recettes hier.

— Vous étiez déjà en train de fouiner ici hier? s'indigna Horowitz.

— Ne vous inquiétez pas, Bernadine était là pour m'aider à me familiariser avec votre appartement. Ainsi vous n'aurez pas à compter les couverts en argent, ajouta-t-elle à dessein.

— Bon, qu'y a-t-il pour le déjeuner? demanda-t-il, gêné d'avoir lancé pareille accusation.

Mme Washington retourna dans la cuisine. Il l'entendit sortir des assiettes et des verres.

– Je croyais que c'était prêt! s'écria-t-il impatiemment.
– Et moi, je croyais que vous n'aviez pas faim, répliqua-t-elle sur le même ton et avec la même agressivité.
– Puisque je suis ici et qu'il n'y a pas de télévision, mieux vaut manger et me débarrasser de cette corvée!
– Un petit instant! A propos, un homme a appelé ce matin. Phil Liebowitz. Il m'a dit qu'il était un de vos amis et qu'il avait l'intention de passer vous voir.
– Et qu'avez-vous répondu? s'enquit Horowitz, sur la défensive.
– Que vous le rappelleriez quand vous seriez arrivé.
– A l'avenir, madame Washington, si j'ai besoin d'une secrétaire chargée de mes relations mondaines, j'en engagerai une. En attendant, ne dites pas aux gens que je les rappellerai. C'est mon affaire. Je m'en chargerai moi-même!
– Bien entendu. Excusez-moi.
– A votre avis, que va-t-il se passer si je le rappelle? Liebowitz va me dire : « Viens donc chez nous faire une petite partie de rami. » Vous croyez qu'il aime jouer aux cartes? C'est un joueur exécrable. Il l'a toujours été. Alors pourquoi? Parce qu'il veut me voir dans cet état. Il va jubiler, ce vautour. Il s'immisce dans les problèmes d'autrui. Son plus grand plaisir, c'est d'assister aux funérailles et de faire des visites à l'hôpital. La prochaine fois qu'il appellera, ne décrochez pas!
– Cela va de soi! répliqua Mme Washington en soulignant bien toute l'absurdité d'une telle recommandation.
– Le déjeuner devait être prêt dans un instant, rétorqua Horowitz, vexé. Vous parlez d'un instant! Une si longue attente suffirait à vous faire perdre l'appétit!
La porte battante s'ouvrit enfin et Mme Washington apparut avec une grande assiette dans une main, une assiette à salade, plus petite, dans l'autre. Elle posa la plus grande devant lui. Il la fixa d'un regard sans indulgence, puis leva les yeux vers elle.
– Madame Washington, fit-il d'une voix douce et sarcastique, vous a-t-on dit que j'étais millionnaire?
– Je ne demande jamais de références bancaires à mes employeurs, rétorqua-t-elle. Mangez!

57

— Un steak? se lamenta-t-il. Du filet de bœuf pour le déjeuner? Me prenez-vous pour Crésus?

Comme Horowitz en avait pris l'habitude, il s'adressa alors au monde en général.

— Cette femme est folle. Un steak pour le déjeuner. A-t-on jamais vu une chose pareille?

Il se tourna vers elle.

— Madame Washington, laissez-moi vous donner un petit conseil. Si vous pensez vous attirer mes bonnes grâces avec ce genre de combines, vous vous trompez! Je ne vous aime pas. Je ne vous aimerai jamais. La seule raison pour laquelle je vous tolère dans ma maison, c'est que, dans le cas contraire, mon cher fils, l'éminent avocat Marvin Hammond, et sa non moins fameuse sœur, la reine juive de San Diego, ont l'intention de me mettre dans une institution spécialisée. Entre la maison de santé et vous, j'ai choisi le moindre des deux maux. Mais ne tirez pas sur la corde, comme on dit. Sinon, dans peu de temps la maison de santé ne me semblera pas si terrible que ça!

Elle attendit patiemment qu'il eût terminé sa tirade.

— Votre steak refroidit, dit-elle simplement.

— Plus de steak! Vous m'entendez?

— Comme si vous étiez dans cette pièce, répliqua-t-elle. Maintenant, mangez!

— Et si je n'obtempère pas, qu'allez-vous faire, me traiter de sale Blanc?

Néanmoins, il prit son couteau de la main droite et tenta de planter sa fourchette avec la gauche. Il ne put contraindre ses doigts à saisir la fourchette. Quand il voulut la piquer dans le steak, celle-ci lui échappa et tomba sur la moquette.

— Excusez-moi, dit-il.

Elle se baissa, ramassa la fourchette et l'essuya soigneusement sur son tablier propre. Puis elle la lui tendit et tenta de la placer dans sa main gauche. Il ne parvint pas plus à la saisir convenablement. Il fixa sa main, la fourchette, puis Mme Washington.

— Je vous l'avais bien dit, on ne sert pas de steak au déjeuner. On prévoit quelque chose comme du saumon en boîte.

Ou du thon. Ou bien un sandwich. Un plat simple que l'on peut manger sans couteau et sans fourchette. Ou simplement avec une fourchette. Voilà! Qu'il suffise d'une main! Vous pouvez remporter ce steak et le jeter. Si vous voulez, mangez-le vous-même. Est-ce ce que vous aviez en tête depuis le début? Que je ne serais pas capable de le couper et que je vous le donnerais? C'est ça? Eh bien, j'ai repéré votre petit manège. Non, ne l'emportez pas! Laissez-le ici! Et coupez-le! Vous me ferez manger!

Elle fit brusquement volte-face et retourna dans la cuisine.

— Je vous ai dit de le couper! cria-t-il.

Elle revint avec une seconde fourchette. Celle-ci était munie d'un manche enveloppé d'un épais bourrelet de mousse de caoutchouc, maintenu par un bout de Scotch incolore.

— Essayez avec ça, dit-elle en la lui tendant.

Il la prit de la main gauche en rechignant et referma lentement les doigts autour du manche. Cette fois, il put la tenir fermement. Il la planta dans le petit morceau de filet qu'il avait dans son assiette. Ainsi parvint-il à immobiliser le steak.

Il en prit une bouchée, la trempa dans la sauce, la porta à sa bouche de la main droite et se mit à mâcher. Il répéta ces gestes à plusieurs reprises, chaque fois avec un peu plus d'aisance que précédemment. Il avala la moitié de son steak sans prononcer un mot.

— J'aime la viande un peu plus cuite, dit-il pour satisfaire un besoin irrésistible d'émettre une critique.

— Il faut que je m'habitue à votre gril, lui expliqua-t-elle.

— Ne prenez pas cette peine. La viande, c'est trop cher et trop difficile à manger, dit-il, mais une bouchée après l'autre, il en vint à bout. Nous ne ferons plus de steak!

— D'accord, dit-elle simplement. A présent, mangez votre salade.

— Je n'aime pas la salade.

— Mangez-la quand même. C'est bon pour vous.

Il allait protester, mais elle le coiffa sur le poteau :

— Si j'en crois les fiches d'Hannah, elle vous servait très souvent de la salade.

Elle débarrassa la première assiette et poussa l'autre droit devant lui. Il attendit qu'elle ait quitté la pièce pour manger. Quand elle réapparut, il avait fini.

Il avait gardé la fourchette au manche rembourré dans sa main valide cette fois.

— Vous l'avez fait exprès, l'accusa-t-il.

— Qu'est-ce que j'ai fait?

— De me servir un steak. Pour bien me montrer que je suis un infirme! Je n'ai besoin de personne pour me le dire! Je ne veux plus jamais revoir cette fourchette! Vous m'entendez? Plus jamais!

Il lança la fourchette à l'autre bout de la pièce. Elle heurta le mur opposé et vint s'écraser sur la moquette. Alors il déplaça son fauteuil pour l'affronter de face.

— Je vois bien ce que vous avez en tête! Vous avez un plan. Prouver que je suis infirme. Montrer que vous valez mieux que moi. Ou bien voulez-vous prouver que vous êtes indispensable? Je n'ai pas besoin de vous! Je n'ai besoin de personne. Et surtout pas que l'on me rappelle que je... que je ne peux pas...

Il hésita avant d'admettre :

— Que je ne peux plus faire ce que je faisais...

Lentement il tourna sa chaise vers la porte. Il essaya de redonner aux bras leur longueur normale, mais n'y parvint pas. Malgré cela, il quitta la pièce en s'efforçant de conserver sa dignité.

Il fit rouler son fauteuil jusqu'à sa chambre, puis vers la fenêtre qui donnait sur le parc. Il porta la main droite à son visage, se couvrit les yeux et pleura. Il souhaita désespérément que cette femme envahissante ne pénètre pas dans la pièce, qu'elle ne le voie pas dans cet état. Il ne la connaissait que depuis peu, mais son amour-propre avait déjà bien assez souffert.

Il n'aurait pas dû s'inquiéter ainsi, car Harriet Washington était au téléphone, dans la cuisine.

— Docteur Tannenbaum? demanda-t-elle. Mme Washington, l'infirmière de M. Horowitz.

Elle attendit un instant que le médecin la prenne en ligne.

— Oui, madame Washington, comment cela s'est-il passé?

— Il m'oppose une résistance dans tous les domaines. Surtout pour le steak. Il ne veut pas qu'on lui rappelle le handicap de sa main gauche.

— Comment a-t-il tenu la fourchette capitonnée?

— Pas mal du tout, mais ça lui déplaît souverainement.

— Vous avez quand même eu une bonne idée en ne le nourrissant que de plats qui exigent le recours aux deux mains, dit le médecin.

— C'est une technique qui a fait ses preuves. Demain, des côtes d'agneau.

— Bien! l'encouragea le Dr Tannenbaum. Et son attitude générale?

— Hostile, combative, lui rapporta-t-elle. Il ne veut même pas que ses amis intimes le voient comme ça. C'est un homme d'une grande fierté.

— Son fils m'a prévenu, fit le médecin. Son amour-propre ne nous sera utile que s'il lui donne la volonté de guérir. Sinon, il risque de constituer un frein, voire un danger mortel.

— J'ai déjà vu ça.

Mme Washington se rappela sa triste expérience personnelle avec Horace.

— Ils veulent vivre exactement comme avant, sinon ils préfèrent mourir.

— Espérons que cela ne se produira pas, dit Tannenbaum pour lui donner du courage.

— Oui, dit-elle sans grand espoir.

— Cela dépendra de vous.

— Je le sais. Mais il ne veut pas qu'on l'aime et ne veut pas non plus aimer quiconque. Je suppose que la dernière personne qu'il a aimée, c'était sa femme.

— A présent, elle ne peut plus l'aider, lui rappela le Dr Tannenbaum.

5

Mme Washington lui avait servi son dîner, avait débarrassé la table, fait la vaisselle et veillé à ce qu'il fût confortablement installé dans son lit.

— Si vous devez vous lever la nuit, lui avait-elle bien recommandé, allumez la lumière. Et faites bien attention avec votre canne. Cette moquette est un peu trop épaisse pour que votre sécurité soit totale.

— Merci, madame Washington, répondit Horowitz d'un ton ironique. Cette moquette a été choisie par Hannah en personne. L'une des dernières choses qu'elle ait faites, c'est justement de revoir la décoration de cet appartement. Je suis certain qu'elle n'aurait pas pris une moquette qui mette ma vie en danger.

Mme Washington haussa les épaules.

— Bonne nuit, monsieur Horowitz, fit-elle avant de partir, épuisée après une journée éprouvante, plus en raison des frictions constantes que du travail que l'on avait exigé d'elle.

Elle se demanda si les avantages de cette situation en compensaient vraiment les évidentes difficultés.

Seul dans son lit, pour la première fois depuis qu'il avait subi le double outrage d'une agression et d'une atteinte cérébrale, Samuel Horowitz se calma, bien décidé à profiter de son intimité retrouvée. De la main droite, il saisit la télécommande de son poste de télévision. L'une des dernières extravagances d'Hannah, ce poste télécommandé.

Au fond, il réprouvait plutôt cette facilité, car il était persuadé que tous les malheurs de l'humanité venaient de la trop grande douceur de l'existence. De nos jours, les enfants en général et ses petits-enfants en particulier avaient grand besoin de quelques privations. Ne leur serait-il pas bénéfique de savoir ce que c'est que d'avoir faim une fois de temps en temps, que d'être contraint de travailler pour gagner de l'argent, avant de quitter le lycée, que d'apprendre à marcher un peu plus loin que de la porte à l'allée où l'on gare sa voiture?

Si on leur imposait cela, ils n'auraient plus envie de se droguer, de s'envoyer en l'air et de se saouler, enfin de toutes ces choses dont on parle dans les journaux.

Quand on n'était pas capable d'apprécier suffisamment le miracle que constituait la télévision pour traverser la pièce pour l'allumer, l'éteindre ou changer de chaîne, on ne méritait pas de l'avoir. C'était par mollesse et par insouciance que la civilisation et l'humanité allaient à vau-l'eau.

Cependant, il fallait reconnaître que, pour un malade présentant une infirmité, la télécommande n'était pas seulement une commodité, mais une nécessité. Il alluma donc en pressant sur le bouton et bénit Hannah d'avoir eu la délicatesse de prévoir son état présent.

La première émission ne le fascina pas. La police recherchait un tueur. Dans la deuxième, un tueur recherchait sa victime. La troisième chaîne lui proposa une comédie familiale, dont les protagonistes étaient noirs. Il la regarda quelque temps, ce qui lui remémora son ressentiment à l'égard de cette insolente Mme Washington.

Il se demanda combien de personnes, dans ce public qui hurlait de rire, avaient été agressées et frappées au rasoir par des voyous. Ils ne riraient pas tant. Il zappa sur une autre chaîne et tomba sur un match de basket entre deux équipes qui ne l'intéressaient nullement et qui, l'une en rouge, l'autre en bleu, traversaient sans cesse le terrain dans les deux sens en courant après un ballon. Cela, se dit-il en appuyant de nouveau sur une touche, n'était pas un spectacle pour adultes. Il avait pourtant lu dans les journaux que l'on payait les joueurs des centaines de milliers de dollars par an pour s'y adonner.

Et qu'ils étaient presque tous noirs. Et ces gens-là continuaient à protester contre l'inégalité des chances!

On n'en fait jamais assez pour eux, se lamenta-t-il en silence. Les Noirs sont non seulement avides, mais rapaces. Donnez-leur le doigt, ils vous prendront la main. Donnez-leur la main et adieu bonhomme!

Cela lui rappela qu'il devait demander à Marvin de quel salaire il était convenu avec Mme Washington. Les yeux de la tête, sans doute. Peut-être même un bras et une jambe. Ce qui, par un enchaînement logique, lui fit penser que c'était justement à cause de son bras et de sa jambe qu'elle était là. Ah! Du temps de Bernadine! S'il le pouvait, il flanquerait dehors cette détestable, cette arrogante Mme Washington et rendrait à Bernadine la place qui aurait dû rester la sienne.

Ces réflexions faites, il renonça au match de basket et se plongea dans un programme éducatif traitant de la grossesse des adolescentes, un sujet qui ne l'avait plus préoccupé depuis que Mona avait épousé Abraham Feldstein, qui se faisait désormais appeler Albert Fields. Il se rappela le soir où il était rentré avec Hannah de ce mariage à l'hôtel St. Regis. Une réception très onéreuse. En retirant les boutons de col de sa chemise de cérémonie, il s'était dit que jusqu'à présent, une éventuelle grossesse de Mona avait été son perpétuel souci. Dorénavant il ne s'inquiéterait plus que de son éventuelle stérilité. Qu'elle croisse et multiplie, comme on dit dans la Bible, maintenant qu'elle était dûment mariée. Bien que la Bible ne mentionne jamais de noms comme Bruce et Candy.

Il avait dû s'assoupir, car il se réveilla devant le bourdonnement fastidieux de l'écran. Il éteignit le poste et se rendormit.

Beaucoup plus tard, un grand remue-ménage lui fit ouvrir les yeux. C'était le lendemain matin. Il écouta le ramdam causé par un nettoyage on ne peut plus énergique, des meubles que l'on déplaçait et le ronflement incessant de l'aspirateur. Il éprouva d'abord un immense soulagement. Cela ressemblait fort à Bernadine. Puis il se rendit compte que ce n'était pas possible. Ce devait être cette Mme Washington. Immédiatement, il lui en voulut de l'avoir réveillé avec ce bruit importun. Ne pouvait-on faire le ménage sans lui imposer un tel boucan à une heure aussi matinale?

La colère monta en lui, jusqu'à ce qu'il jette un coup d'œil à la pendule de sa table de chevet. Neuf heures vingt-deux. Cela faisait des années qu'il ne s'était pas levé aussi tard.

Comme on le lui avait conseillé à l'hôpital, il roula sur le côté, puis il s'assit en essayant de conserver son équilibre. C'était un point sur lequel le kinésithérapeute de l'hôpital avait souvent insisté. Que vous soyez assis ou debout, trouvez l'équilibre. Il devait s'entraîner. Il tenta de se lever tout en attrapant sa canne, cet appareil métallique qui lui permettait de faire quelques pas.

Il resta quelques instants suspendu entre le lit et la canne puis, grâce au Ciel, il en saisit la poignée et poussa un soupir de soulagement. Sinon il aurait été contraint d'appeler à l'aide. Pas cette femme! Lentement, à pas hésitants, traînant ce pied gauche qu'il ne pouvait toujours pas fléchir, il se rendit de la chambre à la salle de bains. Heureusement, songea-t-il, ces deux pièces étaient séparées du reste de l'appartement. Il disposait donc d'un peu d'intimité pour faire sa toilette. Il était important de conserver sa dignité, son amour-propre. Surtout avec une femme qui sautait sur la moindre occasion de l'humilier.

La chance lui sourit jusqu'au moment où il tenta de se raser. A l'hôpital, un barbier faisait sa tournée tous les matins. A présent, Horowitz devait se raser tout seul. Il avait une barbe blanche et râpeuse de plus d'un jour. Il s'aspergea le visage, fit sortir de la crème en appuyant sur un tube avec son pouce droit, bien qu'on lui eût recommandé de se servir de sa main gauche chaque fois que c'était possible.

Il pressa trop fort et un serpentin de crème blanche incontrôlable traversa le lavabo avant de s'écraser sur la glace. Il l'essuya d'un geste brouillon et recommença. Avec plus de prudence cette fois, il pressa délicatement et en étala une bonne quantité sur les doigts de sa main gauche. Il en était réduit à se frotter la figure, ce qui lui était impossible. Il eût été plus sage d'appuyer avec le pouce gauche et d'appliquer la crème avec la main droite. Maladroitement, il prit un peu de l'épaisse couche qui lui recouvrait la joue gauche pour en mettre sur la droite.

Aux premiers coups du rasoir, il comprit que la lame était vieille et émoussée. N'était-ce pas normal? Après tout, il ne l'avait pas utilisée depuis plus d'un mois et s'en était servi une ou deux fois auparavant. Heureusement, il en avait des neuves. Il prit la cartouche avec le plus grand soin de sa main valide et tenta de se saisir du rasoir de l'autre. Mais la poignée était trop mince, plus fine encore que la fourchette non capitonnée qu'il avait essayé de tenir la veille. Il changea donc de main et parvint à tenir la cartouche par la base, mais quand il rapprocha le rasoir, il s'aperçut qu'il ne contrôlait pas assez son pouce gauche pour sortir une lame.

Il fit plusieurs tentatives. Mais son pouce gauche refusa obstinément d'obéir aux instructions de son cerveau.

— Madame Washington! appela-t-il enfin, furieux, dépité et vaincu.

Derrière les portes closes et malgré le bruit de l'aspirateur, elle l'entendit. Comment eût-elle pu ne pas l'entendre? Son cri tenait du barrissement de l'éléphant blessé.

La porte de la salle de bains s'ouvrit brusquement.

— Qu'y a-t-il? Êtes-vous tombé...?

Elle constata avec soulagement qu'il était debout, bien qu'il prît désespérément appui sur le bord du lavabo pour garder l'équilibre.

— Il y a un problème, monsieur Horowitz? demanda-t-elle plus calmement.

— Il y a un problème, monsieur Horowitz? reprit-il d'un ton railleur pour dissimuler sa propre défaillance et parce que la cicatrice qu'il venait d'apercevoir dans la glace venait de réveiller son agressivité. Bien sûr que non! Regardez-moi! Ne suis-je pas superbe? Bon, un peu barbu. Mais ce n'est peut-être pas plus mal. Ça cache la cicatrice que m'ont faite vos charmants jeunes gens. Regardez bien! Vous voyez? Vingt-deux points de suture!

Mme Washington n'examina pas sa balafre, mais le fixa droit dans les yeux.

— Je suis désolée, dit-elle simplement.

— C'est très commode. On est désolé et ça efface tout. Je vais avoir ça le restant de mes jours.

— Si je peux faire quelque chose...

— Oui, vous pouvez faire quelque chose! Apprenez donc à vos sauvages à respecter la vie humaine et la dignité d'autrui! fulmina Horowitz.

Il se détourna et leva la main gauche vers la cicatrice qu'il ne put atteindre.

— Écoutez, je ne crois pas que nous allons nous entendre. Je ferais mieux de chercher quelqu'un d'autre. Peut-être une Blanche. Vous trouverez une autre place, j'en suis certain. Vous êtes infirmière, m'a dit Marvin. On manque toujours d'infirmières. Vous ne devriez pas avoir de problème. Donc, dès demain...

Il ne fit pas le moindre effort pour terminer sa phrase, mais ce n'était pas nécessaire.

— Je préfère rester ici, déclara-t-elle.

— Pourquoi? Pour faire pénitence et racheter ce que vos sauvages m'ont fait? Vous êtes quoi? Une de ces chrétiennes qui se font fort d'accomplir chaque jour leur bonne action? Comme Jimmy Carter? Il y tient absolument même s'il ravage le pays et le monde entier. Moi, je préfère que vous vous en alliez.

— Je ne peux pas, dit-elle fermement.

— Pourquoi? Il doit bien y avoir d'autres emplois?

— Oui.

— Alors? fit-il comme s'il avait pour lui une logique incontournable.

— Ce travail présente un intérêt particulier pour moi. Et c'est pour cette raison que j'accepte de remplir les fonctions de femme de ménage, de cuisinière, d'infirmière, de kinési-thérapeute et de bouc émissaire pour un vieux bonhomme méchant, qui rejette la faute de son état actuel sur tous, excepté lui-même.

Cela dit, Harriet Washington se planta d'un air décidé devant Samuel Horowitz et le regarda droit dans les yeux.

— Si ce n'est pas là une bonne raison de vous en aller, je ne sais pas ce qu'il vous faut, grommela-t-il.

— Je vais vous expliquer. Comme ça, vous saurez, poursuivit Harriet Washington avec, dans la voix, une pointe d'impatience tout à fait délibérée, car elle détestait parler de ses problèmes personnels. J'ai une fille, qui a deux enfants. Des enfants très bien, ajouterai-je avant que vous ne fassiez des réflexions désagréables. Le petit garçon a douze ans, la fille huit. Ils grandissent, vont à l'école et ont besoin de quelqu'un pour veiller sur eux.

— Alors je vous incite vivement à le faire.

— Pendant la journée, ma fille s'en occupe. Mais le soir, elle est infirmière chef de l'équipe de nuit d'un hôpital. Il faut bien que quelqu'un reste avec les enfants. Pour veiller à leurs devoirs. Pour qu'ils ne traînent pas dans les rues. Pour surveiller leur éducation. Pour qu'ils ne deviennent pas des « sauvages », monsieur Horowitz. Suis-je assez claire?

— Alors ce travail... commença-t-il.

— Oui, le coupa-t-elle, reprenant les commandes. Il convient parfaitement à ma situation. Il me permet de gagner ma vie et d'être à la maison avant que ma fille parte travailler.

— Deux petits-enfants... fit Horowitz, songeur. Vous ne semblez pas avoir l'âge d'une grand-mère.

— Je suis assez vieille, dit-elle tristement. Bien assez vieille.

— Quel âge avez-vous? demanda-t-il.

— Soixante et un ans.

— Non!

— Si.

Une pensée assaillit soudain l'esprit d'Horowitz.

— Dites-moi, dans tout ce que vous m'avez dit de votre fille, il n'a jamais été question d'un mari. Est-elle...?

— Elle est veuve! l'interrompit Harriet Washington de manière abrupte.

— Je vois, fit Horowitz, gêné qu'elle eût deviné ses pensées avec autant de précision. Et son mari?

— Il a été tué. Par balle.

— Oh? dit-il, n'osant pas s'avancer davantage.

— Tué par l'un de ces « sauvages ». Il avait répondu à un appel de police secours et essayait de mettre un terme à un hold-up dans un supermarché de Columbus Avenue.

— Je suis navré.

— J'ai donc accepté cet emploi, parce qu'il convenait parfaitement à mes obligations familiales. Et je n'ai pas l'intention de me faire expulser par quiconque. Et certainement pas par vous. Vous avez besoin de moi, autant que moi de vous. Bien sûr, vous pouvez me rendre la vie dure. Vous pouvez m'insulter, m'avilir, vous mettre en colère, crier, hurler, tempêter tant que vous voulez! Moi, je vais m'incruster! Alors habituez-vous à moi!

— Vous jouez les dures à cuire! s'écria Horowitz pour se moquer d'elle.

— Je *suis* dure à cuire. Maintenant, que désiriez-vous?

— Je ne désirais rien du tout!

— Alors pourquoi avoir crié comme un putois? Vous faites des exercices vocaux tous les matins pour pouvoir hurler le reste de la journée? Je n'ai pas entendu de beuglement pareil depuis que Bobby Thompson a marqué un but à Branca et gagné le championnat!

— Vous vous intéressez au base-ball?

— Depuis le temps de Jackie Robinson, je m'intéresse au base-ball, avoua-t-elle. Je n'aime pas particulièrement ça, mais je suis les matches.

— Je vois ce que vous voulez dire. J'étais un fan des Giants quand Sid Gordon jouait dans l'équipe. C'était le seul Juif qui maniait bien la batte depuis Hank Greenberg. Vous avez entendu parler de Hank Greenberg?

— Les Detroit Tigers. Première base.

— Exactement! Je croyais que vous ne vous intéressiez au base-ball que depuis Jackie Robinson?

— Le week-end, M. Rosengarten déjeunait toujours en écoutant les matches à la radio.

— Je vois.

Comme ils avaient trouvé un terrain d'entente, si ténu fût-il, elle se crut autorisée à lui demander :

— Vous avez appelé... Qu'est-ce qui n'allait pas?

— Il... Il faut remplacer la lame de mon rasoir, avoua Horowitz, bien qu'il lui fût pénible de reconnaître qu'il avait besoin d'aide pour quelque chose d'aussi banal. Savez-vous le faire?

— M. Washington se servait toujours d'un rasoir mécanique, dit-elle en insérant une lame neuve. Avez-vous vraiment l'intention de vous raser avec ça? ajouta-t-elle avant de lui tendre le rasoir.

— Ne me touchez pas! protesta-t-il. Je me rase depuis cinquante-cinq ans et j'ai la ferme intention de continuer pour les cinquante-cinq ans à venir!

Puis il se ravisa.

— Peut-être pas cinquante-cinq ans, mais le reste de ma vie. Je n'ai jamais été rasé par une femme et je n'ai nullement l'intention de commencer aujourd'hui, merci beaucoup!

— Ce n'était pas ce que je voulais dire.

— Alors écrivez-moi une lettre où vous m'expliquerez ce que vous entendiez par là. Pour l'instant, il faut que je me rase.

Il s'empara du rasoir avec la main droite. Il était sur le point de poser la lame sur son visage, à présent nappé comme un gâteau de savon desséché.

— Il y a un autre moyen, suggéra-t-elle.

— Évidemment, je pourrais me laisser pousser la barbe.

— Pourquoi ne pas utiliser le rasoir que vous a acheté votre fils?

— Quel rasoir?

— Quand nous avons passé en revue les choses dont vous auriez besoin, je lui ai conseillé un rasoir électrique. Les hommes dans votre état en utilisent généralement un. C'est beaucoup plus facile.

— Premièrement, je ne suis pas dans un « état ». Deuxièmement, étant donné la pénurie d'énergie, je ne vais certainement pas consommer inutilement de l'électricité. Et troisièmement, ça me déplaît souverainement que vous dictiez à mon fils ce qu'il doit faire. De plus, se raser avec un engin pareil, ce n'est pas se raser. C'est une espèce de massage rapproché. Pour se raser, il faut une lame, et une lame bien aiguisée. Maintenant, voulez-vous me faire l'extrême honneur et la grâce de vous retirer pour que je puisse le faire?

— Entendu, dit-elle en se résignant à regret.

Elle était partie, Dieu merci. Il allait enfin pouvoir s'accorder le luxe d'un rasage lent et méticuleux. Il essaya de faire glisser la lame et se rendit compte qu'il avait naguère pris l'habitude de tenir sa joue bien tendue avec sa main gauche tout en se rasant de la main droite. Or il ne pouvait plus se servir de sa main gauche. Il commença par en rejeter la faute sur la crème à raser qui s'était solidifiée, s'aspergea le visage et recommença, appliquant une nouvelle couche de crème sur sa peau humide. Puis il reprit le rasoir. Quand il eut terminé, il s'examina dans la glace. Il aperçut quelques taches de mousse blanche. Comme rasage, il avait déjà fait mieux.

Tandis qu'il se frottait pensivement la joue, il en sentit la rugosité plus vite qu'il ne la vit. La suite des événements exigerait une extrême délicatesse. Il rinça son rasoir sous le robinet, s'efforça, sans grand succès, de le sécher et le remit dans son ancienne boîte. Puis il tendit la main pour saisir sa canne et se dirigea à pas lents vers le salon. Quand il y arriva, il transpirait à grosses gouttes.

Mme Washington se trouvait dans la pièce, où elle époussetait les objets en bois. Elle les astiquait avec le même soin qu'Hannah, le soir, quand les invités étaient partis. Mme Washington n'avait pas remarqué sa présence ou faisait comme si elle ne l'avait pas vu.

C'était donc à lui de lancer la conversation, et ce n'était pas aisé.

— Heu... commença-t-il, madame Washington, savez-vous ce que c'est que la conviction?

— Vous voulez parler de la preuve qui établit la culpabilité? demanda-t-elle, visiblement perplexe devant ce brusque changement de sujet.

— Non, je veux parler de la conviction que l'on a quand on croit très fort à quelque chose. Par exemple, Jimmy Carter croit que seuls les natifs de Géorgie ont les qualités requises pour participer au gouvernement des États-Unis. Ou bien, pour prendre un autre exemple, Martin Luther King était un homme de conviction.

— Oui, reconnut Mme Washington, de plus en plus ébahie.

— Eh bien, quand un homme a des convictions, cela ne signifie pas qu'il soit têtu ou déraisonnable. Vous comprenez?

Elle n'y comprenait rien, mais elle opina néanmoins du chef.

— Bon, et pour vous prouver la différence entre la conviction et l'entêtement, je vais vous montrer que je suis un homme de conviction qui a l'esprit ouvert. Je sais parfaitement me raser avec un rasoir mécanique. Mais je suis impartial et je ne demande qu'à être convaincu. Je vais donc expérimenter ce rasoir électrique.

Ce préambule lui permit de lui demander sans offenser sa dignité :

— Où est-il? J'aimerais bien l'essayer.

— Bien sûr, dit-elle en prenant soin de ne pas le regarder, pour ne pas le mettre dans l'embarras à un moment aussi délicat.

Elle savait, en effet, qu'il allait rencontrer d'autres difficultés quand elle aurait branché l'appareil.

Il la regarda faire, prit le rasoir qu'elle lui tendait et le mit en marche. Puis il le passa sur sa joue, comme il l'avait vu faire dans les spots publicitaires, par à-coups répétés. Quand il voulut vérifier le résultat, il se retrouva avec un rasoir bourdonnant qu'il ne pouvait poser nulle part sans danger. Il le glissa, tout vibrant, dans la poche de sa robe de chambre, et se tâta la joue droite. Elle était lisse, incroyablement lisse. Il continua de se raser.

Il avait terminé, débranché le fil et, en bloquant fermement l'appareil contre le bord du lavabo de la main gauche, il parvint à libérer l'autre extrémité. C'était un exercice difficile que d'enrouler proprement le fil. Il remit donc cette opération à plus tard, après le petit déjeuner.

Quand il voulut se rendre dans le salon, il s'aperçut que Mme Washington était en train de faire le lit. Il entra à grand-peine dans la chambre.

— Eh bien? lui demanda-t-elle. Comment cela s'est-il passé?

— Ce n'est pas un vrai rasage, déclara-t-il avec une mauvaise foi évidente, mais c'est commode. J'imagine que ce serait très pratique en cas de pénurie d'eau ou de grande sécheresse. Je... J'essaierai encore les prochains jours. Je ne suis pas quelqu'un d'expéditif. Je ne juge pas hâtivement. Vous l'avez déjà remarqué, je suppose.

— Oui, mentit-elle. Et si vous preniez votre petit déjeuner?

— Bonne idée.

— Un peu plus tard, comme il fait beau, peut-être pourrions-nous aller prendre l'air et profiter du soleil? lui proposa-t-elle.

6

Horowitz n'avait jamais beaucoup apprécié les bains. Les bains chauds, déclarait-il avec solennité, ne faisaient que vous épuiser. Pour être dynamique, il fallait bien dormir, prendre une douche bien chaude, suivie d'un coup de jet froid. Avec précaution, il retira sa robe de chambre et son haut de pyjama, fit couler l'eau dans le bac à douche et attendit que sa main droite lui indique qu'il avait obtenu la bonne température. Il dénoua la ceinture de son pantalon et le laissa tomber au sol. Il était prêt.

Mais ce qu'il avait fait machinalement tous les jours était soudain devenu une aventure périlleuse. Il se rappela brusquement qu'on lui avait conseillé de faire installer une poignée de sécurité, comme ceux dont on disposait à l'hôpital. Mais ce n'était pas encore fait. Il avait quand même l'intention de prendre sa douche. Il fit passer non sans mal sa jambe gauche par-dessus le bord du bac, puis la droite. En se tenant à l'un des robinets il leva la tête vers le flot d'eau chaude et s'émerveilla de la pression du jet qui venait lui frapper le visage et la poitrine. Il se sentit de nouveau en sécurité, comme s'il avait retrouvé ses sensations habituelles.

Tout se passa bien jusqu'à ce qu'il attrape le savon avant de le faire mousser sur son corps. Ce fut une tâche lente et laborieuse. Il y parvint néanmoins, bien que, à plusieurs reprises, il craignît de perdre l'équilibre. Les robinets lui fournirent un appui qui lui permit d'aller jusqu'au bout.

Mais quand il coupa l'eau et tendit la main vers la porte

embuée, il se rappela qu'il n'avait pas prévu de serviette. D'habitude, il en posait une sur le rebord du lavabo, à portée de la main. Il s'était tellement concentré pour se déshabiller qu'il avait oublié ce détail. En ce moment, il oubliait d'ailleurs de nombreux détails. S'il allait en chercher une, il aspergerait le sol de la salle de bains. Il lui faudrait aussi prendre garde à ne pas glisser.

Quand il ouvrit la porte, il trouva une serviette-éponge sur le bord du lavabo, à l'endroit même où il l'aurait lui-même posée. La porte de la salle de bains était entrouverte. Au cas où il appellerait à l'aide, se dit-il. Il s'indigna aussitôt qu'elle ait eu l'effronterie de pénétrer dans la salle de bains alors qu'il prenait sa douche. Bernadine n'aurait jamais fait une chose pareille. Si l'on ne pouvait plus avoir un peu d'intimité dans sa propre maison...

Mais il prit la serviette, soulagé, sinon reconnaissant, de n'avoir pas eu à fouler le sol trempé au risque de perdre l'équilibre précaire qui était le sien.

Des boutons, des boutons, encore des boutons. Il ne s'était jamais rendu compte qu'il y avait autant de boutons sur les vêtements masculins. Sur ses dessous. Sur sa chemise aussi. Il se mit à les détester férocement. Puis il tenta, en vain, de remonter la fermeture Éclair de son pantalon. En tenant le bas de sa braguette de la main droite, il essaya de la fermer de la main gauche. Mais l'attache était trop petite pour qu'il puisse commodément la saisir. Il changea de main et tint le tissu de la main gauche. Chaque fois, cela lui glissait des doigts, la fermeture gondolait, refusant obstinément de se laisser faire.

Il fut alors contraint d'affronter l'instant le plus humiliant de sa convalescence. Il faudrait bien appeler Mme Washington à l'aide. Il s'y refusa avec opiniâtreté. Il était insensé de sortir, argumentait-il en son for intérieur. Bien sûr, c'était une belle journée, chaude, agréable. Mais quel bien cela lui ferait-il de se promener, puisqu'il fallait partir et revenir en fauteuil roulant? S'assiérait-il simplement au soleil? Pour bronzer? Pour quoi faire? Pour être le malade le plus en forme de New York? Au diable les sorties! Au diable les séances d'habillage! Que le monde entier aille au diable!

— Madame Washington! appela-t-il enfin, penaud, les paupières closes.

— Oui, monsieur Horowitz? répondit-elle du salon où elle continuait de faire le ménage.

— Pourriez-vous venir un instant?

Quand elle pénétra dans la chambre, elle l'observa longuement.

— Vous n'allez pas sortir comme ça, n'est-ce pas?

— Bien sûr que non. C'est pour cela que je vous ai appelée.

Il ouvrit l'œil droit et, en dépit de son embarras, tenta de paraître désinvolte.

— Je... Je voudrais que vous m'aidiez à fermer ma... ma braguette, s'il vous plaît.

— Je vais le faire. Mais ce costume... ajouta-t-elle en hochant tristement la tête.

— Qu'est-ce qu'il a, mon costume? demanda-t-il d'un ton offensé.

— Vous avez le pantalon le plus vieux, le plus déformé, que j'aie jamais vu. Je parie même qu'on ne fait plus de tissu de ce genre.

— Qu'est-ce qu'il a, ce tissu? fit-il, ravi de pouvoir de nouveau s'offusquer.

— Vous avez des vêtements beaucoup plus jolis. J'en ai vu dans votre placard.

— Je vous serai reconnaissant de ne pas fouiner dans mes placards!

— Je ne vous sortirai pas dans une tenue pareille, un point c'est tout!

— Où allons-nous? A une réception dans la roseraie de la Maison Blanche?

— Excusez-moi, mais ce costume ne vous va pas du tout.

— Remontez ma fermeture Éclair, c'est tout ce que je vous demande! explosa-t-il, à mi-chemin entre la gêne et la fureur.

Elle se contenta de le fixer du regard.

— Vous voulez que j'use le fond d'un excellent pantalon dans un fauteuil roulant? Je m'y refuse. D'ailleurs, je ne veux pas sortir du tout! Voilà! La question est réglée! Inutile de remonter ma braguette! Inutile de me donner des tuyaux pour être à la dernière mode! Fichez-moi la paix! Sortez d'ici! Sortez!

Elle ne bougea pas d'un pouce. Elle connaissait fort bien les enjeux d'un tel affrontement. Elle avait vu d'autres patients se comporter ainsi. Bien que la situation lui parût unique, sa réaction était loin de l'être. Consciemment ou non, il refusait de sortir dans ce fauteuil. Il ne pouvait pas se faire à l'idée d'apparaître au grand jour, captif de cet appareil. Tout cela ne faisait qu'un avec son costume miteux, son vieux pantalon élimé, cette épouvantable association de couleurs. Et tout cela n'était que le reflet de l'opinion dépréciée qu'il avait de lui-même.

— Monsieur Horowitz, nous allons nous promener au parc. Mais je ne veux pas qu'on me voie avec un homme dans cette tenue. Je ne veux pas que l'on croie que je vous ai laissé paraître ainsi en public. Ce serait ma compétence qui serait mise en doute. Et j'ai une réputation à soutenir.

— Vous n'avez qu'à vous asseoir sur un autre banc, rétorqua-t-il. Faites comme si vous ne me connaissiez pas. Ce qui m'arrangerait tout à fait!

— Otez-moi cette chemise et ce pantalon! lui ordonna-t-elle.

Il lui lança un regard de défi.

— Même Hannah n'a jamais osé me parler sur ce ton!

— Je parie que vous ne vous habilliez jamais comme ça du vivant d'Hannah!

— Appelez-la Mme Horowitz, s'il vous plaît, répliqua-t-il, furibond.

— Très bien. Mme Horowitz. Je parie que M. Horowitz ne s'est jamais habillé ainsi quand Mme Horowitz était vivante.

— C'est mieux, fit-il d'un air approbateur.

— Alors retirez-moi ces vêtements, insista-t-elle.

Comme il ne lui opposait qu'un visage provocateur, elle ajouta :

— Si vous ne le faites pas, c'est moi qui vais les ôter et vous habiller!

– Vous n'oseriez pas! cria-t-il par défi.

Mais en lui-même, il dut reconnaître qu'il était possible, voire vraisemblable, qu'elle l'osât. Elle le fusilla du regard.

– Cette chemise et ce pantalon sont parfaits, grommela-t-il.

A grand-peine, il déboutonna le premier bouton de sa chemise.

– C'est bon, je le fais! Vous pouvez vous en aller! fit-il soudain d'un ton agressif.

Mais elle ne bougea pas et observa son lent combat, pour mesurer l'ampleur de la difficulté qu'il éprouvait à se déboutonner tout en songeant aux exercices auxquels il lui faudrait avoir recours pour surmonter ces handicaps.

– Pendant que vous y êtes, lacez donc vos chaussures, suggéra-t-elle avec fermeté.

– J'ai déjà lacé mes chaussures! protesta-t-il.

Mais quand il baissa les yeux, il s'aperçut que les lacets pendouillaient. Sur son visage se reflétèrent une perplexité et une frustration telles qu'elle se sentit obligée de lui donner quelques explications.

– Cela arrive, monsieur Horowitz, dit-elle doucement. Une hémi...

– Une hémi? Qu'est-ce que c'est qu'une hémi?

– A gauche...

– Une hémi à gauche? C'est quoi? Un demi-communiste? Je ne suis pas communiste.

– Une hémiplégie gauche, lui expliqua-t-elle, frappe ceux dont le cerveau droit a été atteint et qui souffrent donc de lésions du côté gauche. Dans ce cas, on a tendance à oublier les gestes quotidiens, lacer ses chaussures, boutonner sa chemise ou son manteau. Parfois, on ne sait même plus enfiler son bras gauche dans une manche. Il faut penser à chaque geste. Mais on finit par y arriver.

Il hocha la tête comme si ses explications l'avaient satisfait, mais elle comprit qu'il était extrêmement découragé.

– La dernière fois qu'on m'a dit de lacer mes chaussures, répondit-il d'un air triste, j'avais sept ans.

— Une cravate aussi? se rebella-t-il quand il eut revêtu un pantalon sortant du pressing et une chemise blanche toute propre.

— Oui.

— Espèce d'Hitler noir! marmonna-t-il en choisissant une cravate sur le cordon accroché à la porte du placard.

Il en souleva une, feignant un effort surhumain, pour susciter son approbation.

— Vous pouvez faire mieux que ça, dit-elle.

Il grommela de plus belle, mais en prit une autre, une belle et coûteuse Macclesfield.

— Ce que Neiman-Marcus vous offre de mieux! s'écria-t-il d'un ton sarcastique en la brandissant. Cadeau de ma chère fille, Mona, à Noël de l'année dernière. Si ce n'est qu'elle a dit que c'était pour H'anouka. Vous avez entendu parler de H'anouka?

— Oui, c'est comme les catholiques. Vous allumez des cierges.

— Vous parlez d'une comparaison, railla-t-il en la soupçonnant de l'avoir fait exprès pour l'agacer. Nous allumions des bougies avant même que les catholiques existent!

Il tenta laborieusement de nouer sa superbe cravate, taillée dans une épaisse étoffe.

— Il y en a qui achètent des cadeaux invraisemblables chez Neiman-Marcus. Moi j'ai eu une cravate. Et quelle cravate! Pas étonnant que je ne l'aie jamais portée! Elle est impossible à nouer! Je parie que même vous, vous n'y arriveriez pas! déclara-t-il d'un air provocant.

— Vous avez raison, dit-elle. Je ne la nouerai pas parce que c'est vous qui allez le faire.

D'un geste impatient, il l'ouvrit et recommença. Lentement, d'une main tremblante, il effectua un mouvement d'enveloppement. Mais les doigts de sa main gauche procédaient par à-coups.

— Je suis désolé, je n'y arrive pas.

— Vous le pouvez, si vous vous en donnez la peine.

— J'ai beau essayé, ça ne marche pas. Bon, je n'ai rien d'un

Beau Brummel. Vous aurez donc honte de vous promener avec moi. D'ailleurs je ne vois pas pourquoi. Personne ne croira que nous sommes mariés. Alors pourquoi diable irait-on vous reprocher ma tenue?

— La question n'est pas là, monsieur Horowitz. Le problème, c'est ce que vous allez ressentir en paraissant en public attifé de la sorte.

— Tout le monde se fout de l'aspect que j'ai! explosa-t-il. Hannah, elle, s'en préoccupait. Partout où nous allions, elle trouvait que j'étais le mieux habillé. Pas luxueux, pas voyant, mais la qualité, le bon goût! A présent, pour qui voulez-vous que je m'habille?

Il lui jeta un regard furieux, mais ses yeux humides le trahissaient.

— Écoutez, si vous avez tellement honte de vous montrer en public en ma compagnie, n'y allons pas!

— Nous allons sortir sur-le-champ. Il va faire chaud aujourd'hui. Et je veux que vous profitiez du soleil avant qu'il ne fasse trop chaud. Allons-y!

— Ce n'est pas encore l'heure du déjeuner? demanda-t-il.

— C'est l'heure d'aller nous promener au parc, dit-elle d'un ton décidé.

— Ce serait plus agréable d'avoir affaire à Idi Amin Dada marmonna-t-il, mais il saisit sa canne de métal luisant et avança lentement vers le vestibule. Je ne suis pas obligé de prendre le fauteuil roulant. Je peux marcher sans ce maudit appareil.

— Surveillez bien la moquette et ne parlez pas en même temps, lui ordonna-t-elle.

Quand il se fut engagé dans le couloir en traînant les pieds, il prit garde à l'endroit où la moquette de la chambre cédait la place au parquet, à celui où le bord de la moquette du vestibule pouvait coincer sa canne et le faire trébucher. Lorsqu'il fut enfin dans l'entrée, il s'aperçut qu'il était assez fatigué pour s'asseoir avec plaisir dans son fauteuil roulant. Au bout de vingt et un pas, il était en nage. Il y avait quelques mois de cela, il sortait de chez lui et prenait gaillardement la direction de Columbus Circle avant de s'engouffrer dans le métro qui le conduisait à son entreprise.

Sa petite entreprise, songea-t-il d'un air affligé. Abe Gottshall s'occupait de tout, et tout allait bien, lui avait dit Marvin. Abe était un homme sympathique, honnête, mais pas un génie. Dès qu'on le lui permettrait, décida Horowitz, il irait voir comment l'autre s'en sortait.

La porte de l'ascenseur s'ouvrit, interrompant le cours de ses pensées, et Angelo lui adressa un sourire radieux.

— Bonjour, monsieur Horowitz. Quelle joie de vous voir sortir par une belle journée comme ça!

Horowitz se méfiait de ce sourire radieux. Il était vrai qu'Angelo souriait souvent. Mais ce jour-là, Horowitz crut y déceler une pointe de mépris. Sans l'ombre d'un doute, Angelo jubilait intérieurement de se sentir supérieur à ce pauvre M. Horowitz, si vieux et si malade.

— Bonjour, Angelo, lança sèchement Horowitz pour toute réponse.

Cela mit fin à ces civilités. La porte se referma et l'ascenseur descendit. Quand ils parvinrent au rez-de-chaussée, Angelo s'assura avec méticulosité que la cabine était exactement au niveau du sol, pour qu'Horowitz puisse sortir son fauteuil sans difficulté. Il s'y reprit à plusieurs fois. Ce salopard le fait exprès, se disait Horowitz pendant ce temps, pour souligner mon impotence. Mais quand Angelo eut obtenu l'ajustement idéal, Horowitz poussa aisément son fauteuil.

Il se propulsa jusqu'aux trois marches qui le séparaient de la porte d'entrée, toute de verre et de métal.

Ces maudites marches! se dit Horowitz. L'architecte qui a conçu cet immeuble devrait pourrir en prison! Il les a placées à un endroit où elles ne pouvaient qu'être gênantes. Combien de centaines de fois n'avait-il pas vu des mères de famille soulever leur poussette et la reposer quand, pour une raison ou pour une autre, le portier n'était pas disponible. Vous parlez d'un architecte!

A présent, en un sens, c'était lui le petit enfant. Il faudrait les aider, sa poussette — appelez ça un fauteuil roulant si vous voulez — et lui, à gravir ces fichues marches. Juan, le portier, venait à leur secours, et Angelo, ce Portoricain sournois, les avait suivis en silence depuis l'ascenseur. Quand Mme Washington voulut les aider, les deux hommes lui firent gentiment signe. Chacun saisit un côté et ils gravirent les marches pour que le fauteuil puisse aisément passer la porte et gagner la rue.

Horowitz sortit sans toucher ni d'un côté ni de l'autre. Du moins avait-il réussi cela sans se ridiculiser. Il regarda autour de lui. Le trottoir était bordé d'une file ininterrompue de voitures garées, comme toujours. D'autres véhicules circulaient, qui laissaient échapper des fumées nocives dans un brouhaha ponctué, de temps à autre, par les coups de klaxon de protestation d'un conducteur irrité par le bref arrêt d'un taxi vide qui prenait un client.

La rue avait son aspect habituel. Même la vieille Mme Goldstein, qu'il apercevait le matin quand il partait au bureau un peu tard, était à sa place, au soleil, près de l'angle où son compagnon noir avait poussé son fauteuil roulant.

Autrefois, leur conversation se limitait à un échange de salutations polies, puis il se dirigeait d'un bon pas vers Columbus Circle. A présent, il ne marchait plus, mais avançait lentement dans un fauteuil roulant. On voyait bien, à l'expression peinte sur son visage, qu'elle attendait plus que ce « bonjour » habituel et ces phrases vides de sens, par lesquelles ils se contentaient de reconnaître leur existence mutuelle.

— Monsieur Horowitz, je suis contente de vous revoir. On m'a raconté ce qui vous était arrivé et j'en suis vraiment désolée.

— Que vous a-t-on raconté? demanda-t-il avec ressentiment.

Elle observa son visage, la balafre rouge, les marques blanches qu'avaient laissées les points de suture.

— Mon Dieu, comme ils vous ont arrangé! Ne ripostez jamais, lui conseilla-t-elle. C'est ce que m'a dit mon petit-fils, Sheldon. Saviez-vous qu'il travaillait dans le service du procureur? Et cela ne fait que deux ans qu'il est sorti de la faculté de droit! Il a vu trop de gens se faire tuer pour avoir résisté à leurs agresseurs. Après tout, ce n'est qu'une question d'argent.

— Qu'une question d'argent? reprit Horowitz. Faut-il les laisser commettre un crime? Si nous baissons tous les bras et si nous nous laissons faire, ce sera l'escalade et nous serons d'autant plus à leur merci.

— On peut se faire tuer, le prévint Mme Goldstein.

— Il y a des choses pires que cela, dit tristement Horowitz.

De toute évidence, il faisait allusion à l'immobilisation à laquelle il était astreint.

— Dans quelque temps, vous n'aurez plus ce sentiment, le consola-t-elle. Pensez à vos enfants et à vos petits-enfants. Vous avez certainement envie de les voir grandir et réussir dans la vie. Vous avez des petits-enfants, n'est-ce pas?

— Oh oui, fit sombrement Horowitz, j'ai des petits-enfants. A Harvard.

— Harvard, c'est bien. J'ai un petit-fils qui fait sa médecine à Cornell, ajouta-t-elle. Comme ça, nous sommes à égalité.

— Bien, il faut que j'y aille, dit Horowitz d'un ton qu'il voulut aussi désinvolte que s'il partait faire sa promenade matinale.

Puis il se dirigea lentement vers le bord du trottoir, là où la ville avait eu la prévenance de creuser une déclivité pour faciliter l'accès de la chaussée aux bicyclettes, aux poussettes et aux fauteuils roulants. Il tourna son fauteuil, s'apprêtant à traverser dès que le feu passerait au rouge. Il avait pleinement conscience de la présence encombrante de Mme Washington, juste derrière lui, bien qu'elle n'eût pas prononcé un mot depuis qu'ils étaient entrés dans l'ascenseur.

Le feu passa au rouge et Horowitz se lança sur la chaussée pour traverser la rue. Une voiture se rapprocha, qui venait de sa droite. Un bref instant, il redouta qu'elle brûle le feu et le heurte de plein fouet. Il jeta un regard furieux au conducteur, qui s'arrêta gentiment devant la ligne blanche. Du côté du parc, Horowitz poursuivit son chemin jusqu'à ce qu'il ait trouvé un endroit sans arbres, baigné du soleil de midi. Il manœuvra de façon à exposer son visage et se souvint que, l'été, de retour de Floride ou de la campagne, Hannah lui disait toujours qu'un teint hâlé lui seyait particulièrement.

Mme Washington s'assit sur un banc à côté de lui, mais ne fit aucun effort pour engager la conversation. Moins il y aurait de points de friction dans leurs relations naissantes, mieux cela vaudrait.

Après quelques instants de silence, pendant lesquels les bruits de la rue lui semblèrent exceptionnellement forts, il se décida à parler.

— Quelle bavarde!

— Qui?

— Cette Mme Goldstein. Ça papote, ça papote, ça papote! Un homme dans ma situation doit éviter les veuves. Elles cherchent toujours à vous mettre le grappin dessus. Ça commence par une invitation à dîner. Ensuite, c'est : « Si vous n'avez rien d'autre à faire, peut-être aimeriez-vous aller au cinéma? » Ou bien : « Il se trouve que mon fils ou mon neveu travaille dans le show-business, et il m'a donné deux places pour un spectacle. Voulez-vous m'accompagner? » Croyez-moi, une veuve en quête d'aventures est la chose la plus dangereuse au monde.

— Oui, je sais, répondit d'un ton plein de sous-entendus Mme Washington, qui était elle-même veuve.

— Excepté la personne qui se trouve à mes côtés, bien entendu, ajouta aussitôt Horowitz, se sentant percé à jour.

Il se tut quelque temps.

— Après la mort de votre mari, vous n'avez jamais cherché à vous remarier?

— Pas particulièrement.

— Vous êtes une femme exceptionnelle.

— Non, j'avais un mari exceptionnel.

— C'est un sentiment qui vous honore, dit Horowitz on ne peut plus sincèrement.

Suivit un nouveau silence, pendant lequel Horowitz demeura les yeux clos et la face tournée vers le soleil. Une pensée lui vint brusquement à l'esprit, il ouvrit l'œil droit et demanda :

— Dites-moi, les Noirs attrapent-ils des coups de soleil?

— Oui.

— Comme les Blancs?

– Pas tout à fait. Nous possédons une protection innée. Mais il nous arrive aussi d'avoir des coups de soleil. Pourquoi?

– Je réfléchissais. On peut juger de l'aisance financière d'un Blanc à son bronzage en hiver. Comment fait-on pour les Noirs?

– Les Cadillac, répliqua Mme Washington.

Il y eut un nouveau silence.

– Ainsi votre mari était un homme charmant, reprit Horowitz, impressionné par sa fidélité. Que faisait-il? Pour gagner sa vie, j'entends.

– Quand ça allait bien, il était soudeur.

– Hum! fit Horowitz, épaté.

– Pendant la guerre, il s'est bien débrouillé. Il avait un travail régulier, très bien payé. Entre les guerres, les choses n'étaient pas si roses. Il a traversé de longues périodes de chômage. Deux fois, il a dû accepter des emplois de gardien dans des immeubles de Harlem. Je ne pouvais pas supporter de le voir perdre son âme à exécuter de basses besognes, alors qu'il était si doué pour son propre métier. C'est la raison pour laquelle j'ai décidé de faire des études d'infirmière. Pour qu'il ne soit pas obligé de faire ça.

– Qu'est-ce qu'il a fait alors? demanda Horowitz.

– Il s'est occupé des enfants, de la maison. Il a pris des petits boulots.

– Pour un homme, déclara Horowitz, ce n'est pas une façon de vivre.

Elle ne répondit pas. Quand Horowitz ouvrit les yeux, il aperçut un coureur en survêtement. L'homme s'approcha d'eux, poursuivit son chemin et Horowitz constata qu'il n'était pas beaucoup plus jeune que lui. Si seulement il était capable de courir comme ça... Ou même de marcher, sans contraintes. Tout ce qui était censé l'aider n'était qu'entrave et embarras. Il ferma de nouveau les paupières.

– Votre mari, cela fait combien de temps qu'il est mort?

– Neuf ans.

– Alors il n'a jamais vu sa petite-fille, comprit-il soudain. C'est triste.

— Oui, c'est triste, fit Mme Washington. C'était juste avant Noël. Ma fille attendait son second enfant. Horace avait eu la chance de trouver du travail dans un grand magasin. Il cherchait ce qu'il allait bien pouvoir offrir au bébé comme premier cadeau de Noël quand il est mort brutalement. Sans avertissement, comme ça.

— Très triste, dit Horowitz avec une réelle compassion.

— Je ne sais pas, répondit-elle curieusement.

— Un homme meurt sans voir naître l'un de ses petits-enfants et vous ne trouvez pas ça triste ? demanda-t-il en se tournant vers elle.

— Du moins a-t-il été délivré du combat qu'il menait pour être ce qu'il ne serait jamais. Un soutien de famille. Dans son cercueil, il avait l'air paisible, comme si c'en était enfin fini de cette lutte et de cet échec. Je lui ai dit : « Ne t'inquiète pas, Horace, j'ai toujours su ce que tu étais et ce que tu aurais pu être. Et tu n'as à te justifier devant personne d'autre sur cette terre. »

— Vous avez dit ça ? A un homme mort ?

— Vous n'avez rien dit à Mme Horowitz ?

Il ne répondit pas tout de suite.

— Je ne l'ai pas dit, admit-il enfin, mais je l'ai pensé. Pendant que le rabbin parlait, qu'il lui faisait des tas de compliments, je songeais : « Hannah, ma chérie, que peut dire de toi un étranger, qui puisse se rapprocher de la vérité ? Bien sûr, c'est notre rabbin et il te connaissait. Mais personne ne te connaissait comme moi. Personne ne savait comme tu étais douce et gentille, comme tu savais encourager un homme, comme tu avais le don merveilleux de deviner quand il avait besoin de silence, qu'il était trop blessé pour en parler ou qu'il avait trop d'ennuis pour les partager.

« C'était tellement fabuleux de se réveiller le matin à tes côtés ! Tu venais me réveiller avec le sourire. Tu attaquais la journée avec enthousiasme. Et comme tu étais ainsi, je faisais de même. Quand je partais, j'étais heureux, joyeux, et le monde était beau. Maintenant que tu n'es plus là, rien ne sera plus jamais comme avant. Le rabbin peut toujours nous dire solennellement que le Seigneur donne et reprend, je n'oublierai pas qu'il t'a rappelée à Lui, Hannah, jamais. Même si c'est un péché. » Voilà ce que je pensais, reconnut Horowitz. C'était la première fois qu'il faisait un tel aveu. Mme Washington acquiesça d'un geste furtif.

– Nous sommes tristes tous les deux, mais nous avons eu beaucoup de chance.

– Oui, fit Horowitz, j'espère simplement que vous en avez eu autant que moi.

On entendit un vacarme terrible dans la rue, des cris rauques, des rires, des menaces, les fanfaronnades des adolescents qui s'égaillaient à l'heure du déjeuner. Sortant du lycée de Columbus Avenue, ils arrivaient en groupes, raz de marée de jeunes Noirs, garçons et filles, ces dernières presque toutes mûres physiquement. Ils criaient ostensiblement, de manière obscène. Et l'on entendait la musique rock que hurlaient leurs postes de radio.

Quand il les vit approcher, Horowitz eut un geste de recul involontaire. Mme Washington le remarqua. Il s'agrippa aux bras de son fauteuil au point d'en avoir les articulations des doigts toutes blanches, et sa main gauche tâtonnait désespérément pour tenter de trouver une prise. Elle remarqua tout cela mais ne dit rien. Elle savait qu'il était mû par une sorte d'automatisme, qu'il se comportait comme s'il se retrouvait en face des deux voyous qui l'avaient agressé, et que cette réaction durerait un certain temps.

La vague de lycéens passa devant eux.

– Je suis assez resté au soleil aujourd'hui, je crois, dit-il d'un air sombre, quand ils furent partis.

– Je le crois aussi, acquiesça Mme Washington.

7

Sa dignité fut offensée une nouvelle fois quand on dut le porter pour descendre les marches qui permettaient d'accéder au hall et qu'il dut endurer le sourire d'Angelo, mais il fut soulagé de retrouver enfin l'intimité de sa chambre. Il fit signe à Mme Washington qu'elle pouvait sortir. Il voulait être seul pour s'extraire avec peine de son fauteuil, prendre sa canne et avancer jusqu'au lit qui avait été le leur, à Hannah et à lui, et qui n'était plus que le sien.

Il se sentait fatigué, plus que fatigué, exténué. Il s'effondra au bord de son lit, perdit l'équilibre et chavira du côté gauche. Il resta ainsi, à chercher son souffle. Puis il s'efforça de glisser plus avant sur le lit en soulevant sa jambe et son bras droits. Il s'endormit d'un sommeil léger provoqué par son épuisement physique et nerveux. Samuel Horowitz, qui était encore capable, six semaines auparavant, de descendre d'un pas alerte jusqu'à Columbus Circle, était anéanti d'être resté une heure assis au soleil dans Central Park.

Peu de temps après, elle le réveilla doucement.

— Hum? Qu'y a-t-il? fit-il en sursautant.

Il leva les yeux et la vit au-dessus de lui.

— Oh, c'est vous! s'écria-t-il d'une voix désagréable.

— Qui vouliez-vous que ce soit? Marilyn Monroe?

— Vivien Leigh, répliqua-t-il d'un ton amer.

— Désolée, mais vous n'êtes pas non plus Clark Gable, dit-elle. C'est l'heure du déjeuner.

— Je ne veux pas déjeuner.

– Je n'avais pas envie de le préparer, mais je l'ai fait quand même. Alors vous allez le manger, répondit-elle avec fermeté.

– Quand les vôtres prendront le pouvoir, ils vous confieront sûrement un camp de concentration, lui lança-t-il.

Mais il n'opposa aucune résistance. Comme il commençait à mieux maîtriser les mouvements nécessaires, il roula lentement sur le côté, se redressa, trouva l'équilibre en position assise, puis se mit debout. Pas aussi bien qu'il l'aurait dû, observa-t-elle. Il résistait encore au lieu de faire preuve de détermination. S'il se comportait ainsi dans les quelques semaines à venir, cela risquait de compromettre son rétablissement.

– J'aimerais que vous me laissiez seul, fit-il brusquement.

– Pourquoi?

– Je voudrais remettre mon pyjama et ma robe de chambre.

– Pourquoi?

– Pourquoi pas? Où voulez-vous que j'aille? Guincher? Dites-moi, madame Washington, voulez-vous venir avec moi à Roseland pour danser le berk?

– Vous voulez dire le jerk, le corrigea-t-elle.

– C'est ça, le jerk. Vous pourriez rencontrer un homme riche et sympathique qui vous entraînerait loin de tout ça. Je veux mettre mon pyjama et ma robe de chambre!

– Je ne pense pas que ce soit une bonne idée, le réprimanda-t-elle pour lutter contre cette tendance qu'il avait depuis peu à se complaire dans l'invalidité.

– Je ne vous ai pas demandé votre avis. Sortez, un point c'est tout! Et laissez-moi libre de faire ce dont j'ai envie!

– En plus, nous n'avons pas le temps.

– Pas le temps? Entre maintenant et les nouvelles de six heures, j'ai plus de temps qu'il ne m'en faut.

– Vos blintzès seront froids.

– Des blintzès?

Pour la première fois depuis son réveil, ses yeux brillèrent d'impatience.

– Des blintzès.

Mais il se refusa à lui donner la satisfaction de lui manifester sa joie.

— Je déteste les blintzès surgelés! J'ai essayé une fois, après la mort d'Hannah. C'est du caoutchouc. Ceux de mon Hannah, c'était un pur délice!

Il entreprit alors de lui donner des explications.

— Voyez-vous, madame Washington, les gens croient que le singulier de blintzès, c'est blintz. Rien de plus faux. On dit un blintzeh, des blintzès. Pour préparer des blintzès, il faut battre les œufs, les mélanger à la farine et remuer jusqu'à ce que la pâte devienne lisse. Pas de grumeaux, c'est très important. Pour faire la crêpe, il suffit de verser une louche du mélange dans une poêle à frire très chaude, l'étaler jusqu'à ce que le fond soit recouvert d'une couche très fine et remettre très vite le reste dans le bol. Quand le contenu de la poêle est assez cuit pour être sec, on retourne la crêpe sur un beau torchon tout propre et on tape un peu pour qu'elle se détache. Illico presto, on a une crêpe fine et parfaitement ronde qu'il ne reste plus qu'à fourrer. On peut la fourrer de...

— C'est en train de refroidir! l'interrompit-elle.

— Vous les ferez réchauffer, répliqua-t-il impatiemment.

— Ça va se dessécher et devenir caoutchouteux.

Il lui en voulut de lui lancer ses propres paroles à la figure.

— Bon! lui concéda-t-il de mauvais gré.

Puis il se tourna vers son fauteuil roulant.

— Vous pouvez très bien marcher, dit-elle en désignant sa canne.

— Ce ne sera plus du caoutchouc, mais de la bordure de trottoir! s'irrita-t-il.

— Marchez! insista-t-elle.

Il prit sa canne et la suivit. Il avançait lentement, péniblement. La moquette luxueuse et moelleuse, qui lui avait coûté vingt-six dollars le mètre, il s'en souvenait, ne lui facilitait pas la tâche. Vingt-six dollars le mètre pour un attrape-nigaud, une course d'obstacles, se lamentait-il en se dirigeant vers le vestibule.

Quand il atteignit la salle à manger et bien que Mme Washington eût fermé la porte battante qui menait à la cuisine,

Horowitz sentit le parfum chaud et délicieux des blintzès frits. Au souvenir de ceux d'Hannah, ses papilles gustatives eurent une réaction nostalgique. Elle en faisait de magnifiques, si fins, des cercles parfaits. Et ses farces! Elle prenait parfois une livre de fromage blanc ordinaire, un œuf cru, de la vanille, une pointe de sucre et un soupçon de magie, un zeste de citron et des épices. Ce n'étaient plus de simples crêpes, mais un pur régal pour le nez et pour le palais. Elle les pliait et les faisait frire jusqu'à ce qu'ils prennent un joli brun mordoré des deux côtés. Alors ils étaient prêts à servir. Chauds, parfumés et colorés juste à point.

Certains y ajoutent de la confiture ou du sirop, mais avec Hannah, ils les aimaient généralement nature, pour mieux en savourer le goût. Ou bien avec une pointe de crème aigre pour leur donner un peu plus de piquant. Ce qu'il humait dans l'air environnant avait, pour un instant, ravivé ce souvenir exquis. Mme Washington ouvrit grand la porte et entra avec une assiette et un petit bol de crème aigre, qu'elle posa devant lui.

Horowitz ne mangea pas immédiatement. Il y jeta d'abord le coup d'œil critique du connaisseur.

– Ce sont des blintzès? demanda-t-il de façon désobligeante.

– Qu'est-ce qui ne va pas?

– Premièrement, ils sont un peu trop dorés. Vous les avez trop fait frire.

– Goûtez-les, l'exhorta-t-elle.

– Deuxièmement, ils sont mal pliés.

– Goûtez-les, répéta-t-elle.

Il se pencha pour en sentir le parfum avec la mine distante d'un sommelier appréciant le bouchon d'une bouteille de vin fraîchement ouverte.

– Différent. Ils ont un parfum différent de ceux d'Hannah.

Telle fut l'opinion catégorique qu'il exprima.

– Goûtez-les! s'entêta Mme Washington.

– Dans quoi les avez-vous fait frire? Dans du beurre, fit-il, accusateur.

91

– Votre médecin vous déconseille d'abuser du beurre, lui rappela-t-elle. Mangez-les donc avant qu'ils soient froids.

– Qu'avez-vous utilisé? Du lard? Vous autres, vous prenez toujours du lard ou de la graisse de bacon.

– De la margarine à faible teneur en cholestérol, rectifia-t-elle. Ordre du médecin!

– Il ne sait pas plus que vous comment on fait les blintzès, rétorqua Horowitz, toujours vindicatif.

– Essayez! dit-elle avec impatience.

– J'imagine qu'une bouchée ne m'empoisonnera pas.

Il prit sa fourchette dans la main droite et coupa la pâte légèrement brunie. La crêpe était tendre, l'intérieur d'un blanc fumant et alléchant. Il porta une première bouchée à ses lèvres, inspira profondément et l'enfourna avec plus d'avidité qu'il ne voulait le laisser paraître. Il mâcha lentement en prenant le temps de savourer. Mme Washington attendit son jugement définitif.

– Une hirondelle ne fait pas le printemps ni une bouchée le blintzeh, se contenta-t-il de dire. Ne jugeons pas trop vite.

Il en prit donc une deuxième, puis une troisième.

– Eh bien, au moins ils ne ressemblent pas aux surgelés, reconnut-il enfin. Ils ne valent pas tout à fait ceux d'Hannah, mais ils ne sont pas mauvais.

Quand il eut attaqué la dernière des trois crêpes, il demanda d'un air détaché :

– C'est tout? Hannah m'en donnait toujours au moins quatre. Parfois cinq.

– Le médecin a dit trois, au plus.

– Qui les a faits? demanda-t-il en avalant le dernier morceau. Cette Mme Resnick du troisième étage? Après la mort d'Hannah, elle m'envoyait sans cesse des petits plats. Une veuve très tenace, celle-là. Si elle ne pouvait pas m'attirer dans son lit, elle se figurait qu'elle me piégerait par l'estomac.

Il se tourna brusquement vers Mme Washington.

– Ne riez pas. Je suis encore un homme, si vous voyez ce que je veux dire?

– Je vois ce que vous voulez dire, dit-elle pour ménager sa vanité.

— Bon, alors qui les a faites?

— *Eliyahu Ha'Nawvi*, répondit-elle sans sourciller.

Lentement, plus par agacement qu'en raison de son handicap, il se tourna à nouveau vers elle et lui décocha un regard furibond.

— Je n'aime pas qu'on me baratine. Quand je pose une question, je veux une réponse franche. Alors qui?

— C'est moi, répondit-elle. Qui voulez-vous que ce soit?

— Très bien. Vous auriez dû me dire tout de suite : « C'est moi qui les ai faits », au lieu d'une insolence comme *Eliyahu Ha'Nawvi*. D'ailleurs que savez-vous d'*Eliyahu Ha'Nawvi*?

— Quand je travaillais chez les Rosengarten, il y avait un grand *seder* [1] pour la Pâque. Et l'on me demandait de garder une coupe d'argent emplie de vin pour Élie, le prophète, au cas où il se pointerait. Bien entendu, il n'est jamais venu. Ensuite je remettais le vin dans la carafe. Comme dans les Évangiles, me disais-je toujours.

Horowitz l'écouta avec intérêt jusqu'au moment où elle prononça ce mot.

— Madame Washington, la Pâque a existé bien avant les Évangiles! En fait, la Cène n'était...

— Qu'un seder, le devança-t-elle.

— Exactement! Alors ne faites pas de comparaison et ne me dites pas qu'*Eliyahu Ha'Nawvi,* c'est comme les Évangiles!

Ayant bien enfoncé le clou, Horowitz se détendit.

— Alors? fit-il sans dissimuler sa curiosité.

— Alors quoi?

— En quoi *Eliyahu Ha'Nawvi* ressemble-t-il aux Évangiles? Hein?

— Dans les Évangiles, Jésus dit : « J'ai eu faim et vous m'avez nourri, j'ai eu soif et vous m'avez donné à boire, j'étais étranger et vous m'avez accepté comme l'un des vôtres. » Et quand ils Lui dirent : « Nous n'avons jamais fait cela pour toi », Il leur répondit : « Ce que vous aurez fait au plus petit d'entre vos frères, c'est à moi que vous l'aurez fait. »

1. Veillée pascale.

« Alors, le jour de la Pâque, quand je mettais de côté la coupe d'Élie, je me disais qu'il ne viendrait sûrement pas, mais que quelqu'un de pauvre ou de solitaire passerait peut-être. Mme Rosengarten appelait le rabbin et lui demandait s'il y avait des étrangers en ville, qui aimeraient célébrer la Pâque avec eux. C'était donc vraiment la même chose.

Horowitz demeura pensif pendant quelques instants.

— Et moi qui pensais qu'à l'église vous ne faisiez que taper dans vos mains en chantant « Amen » ou « Alléluia ». Ce qui d'ailleurs vient aussi de nous, les Juifs. C'est écrit dans l'Ancien Testament.

— Oui, je sais, acquiesça Mme Washington.

— Il y a une chose que vous ne m'avez toujours pas dite.

— Laquelle ?

— Où vous avez appris à faire de tels blintzès ?

— Chez Mme Rosengarten.

— Mais le goût... ils ont exactement le même que ceux d'Hannah, déclara-t-il d'un ton nostalgique. Une pure coïncidence, je suppose ?

Elle ne répondit pas à sa dernière question.

— Votre fille a téléphoné pendant votre petit somme.

— Pourquoi ne m'en avez-vous pas parlé avant ?

— Et laisser refroidir vos blintzès ?

— Très sage de votre part, admit-il. Ma fille Mona est la perle rare de San Diego, commença-t-il à se lamenter, l'hôtesse la plus huppée de tout le pays. C'est une fonceuse, une pleureuse aussi. Quand il s'agit d'agir, elle agit. Quand il s'agit de pleurer, elle pleure. Avec une efficacité redoutable. C'est la parfaite femme juive, épouse et mère. Si jamais on élève une statue de la Liberté en Israël, Mona pourra poser comme modèle. Mais comme fille, elle laisse un peu à désirer.

— Elle avait l'air très inquiète. Elle m'a posé des tas de questions sur votre santé, sur les progrès que vous faites.

— Évidemment, fit-il, railleur.

— Je vous assure. Si elle avait juste fait semblant, je m'en serais aperçue. Elle m'a même demandé si vous ne seriez pas mieux chez elle.

— Que lui avez-vous dit ? demanda-t-il, soudain sur la défensive.

94

– Que vous aviez besoin de votre environnement familier.

– Bien, bien, dit-il doucement. Je ne veux pas qu'elle me voie dans cet état. Plus tard, quand j'irai mieux, peut-être... Il envisageait une telle éventualité sans rien promettre.

– Non, décida-t-il finalement. Je ne m'y sentirais pas chez moi. Jamais. Croyez-moi, madame Washington, si *Eliyahu Ha'Nawvi* se pointait chez Mona, il ne pourrait même pas s'engager dans leur allée circulaire sans une Rolls Royce ou au moins une Mercedes. Avez-vous remarqué que l'on reconnaît les médecins juifs à leur Mercedes? Dans quel monde vit-on? gémit-il.

– Elle veut que vous la rappeliez.

– Ça coûte trop cher d'appeler la Californie dans la journée, dit-il pour trouver une échappatoire.

– Elle m'a laissé un numéro vert. Ça ne vous coûtera pas un sou.

Privé de sa dernière excuse, Horowitz dut céder.

– Bon, je l'appellerai.

– Je vais chercher votre fauteuil roulant.

– Je peux très bien marcher, protesta-t-il.

– Vous êtes venu en marchant, et c'était trop fatigant pour vous, lui fit-elle observer gentiment.

– Je ne peux pas parler à ma fille dans un fauteuil roulant. Pouvez-vous comprendre ça, madame Washington?

– Oui. Mon Horace était pareil. Quand notre petit-fils venait lui rendre visite, il ne voulait pas qu'il le voie boitiller avec sa canne. C'était très dur pour lui, mais il tenait bon. Et il passait le lendemain au lit pour récupérer. Je comprends donc très bien.

– Je vais marcher jusqu'à la chambre et je m'assiérai dans le grand fauteuil.

Elle le suivit à une distance respectable pour ne pas l'importuner, tandis qu'il peinait avec sa canne sur l'épaisse moquette. Quand il fut assis dans le fauteuil bien rembourré de la chambre, il tendit la main. Elle lui donna le téléphone et le brancha.

Le numéro vert était celui des bureaux d'Albert Fields Associés. L'opératrice avait reçu l'ordre de transmettre l'appel au domicile de M. Fields, si un certain M. Horowitz appelait. Patiemment, Samuel Horowitz attendit que Mona veuille bien décrocher son téléphone. Ce fut une bonne qui parlait espagnol qui lui répondit et qui, non sans difficulté, lui fit comprendre que Mme Fields s'était rendue à la réunion de l'un de ses comités féminins et avait laissé des instructions pour qu'on la prévienne dès que son père appellerait.

Il fallut néanmoins un certain temps à Mona pour parvenir jusqu'au téléphone. Horowitz s'excusa auprès de Mme Washington.

— Ma Mona est occupée. Une réunion. Ma Mona est toujours occupée. Quand ce n'est pas la Hadassah, c'est le Fonds juif unifié, la maison de retraite pour les personnes âgées ou le jumelage avec Israël. Ma Mona a été présidente plus souvent que Roosevelt. Heureusement pour le pape, elle n'est pas catholique ! Sinon il serait au chômage !

A cet instant, Horowitz entendit sa fille s'exclamer : « Papa ! » Et avant qu'il ait le temps de prononcer le moindre mot, elle fondit en larmes.

— Oh papa... papa !

— Mona, Mona, ma chérie, je vais bien. Il n'y a aucune raison de pleurer. Je vais au mieux. Je suis assis dans le grand fauteuil bleu de la chambre. Le soleil illumine la pièce. Je me sens en forme. Je viens de faire un bon déjeuner. Des blintzès ! Délicieux !

— Des blintzès ? fit Mona, horrifiée. Sais-tu quelle quantité de cholestérol il y a dans un seul blintzeh ?

— Non, avoua Horowitz.

— Une quantité astronomique. Combien en as-tu mangé ?

— Deux, mentit Horowitz pour éviter une crise nationale.

— Deux blintzès ! s'exclama-t-elle, scandalisée. Ton médecin est-il au courant ?

— Il n'était pas là.

— Je vais l'appeler pour lui demander si les blintzès font partie de ton régime.

— Mona, je t'en prie.

Horowitz tenta vainement de faire barrage à la vague de son indignation.

— Un homme qui vient de faire une crise cardiaque peut très bien rechuter. Il faut que tu réduises le cholestérol, que tu surveilles ta tension et que tu suives un régime raisonnable. Pas de graisses. Pas de sel. Pas de sucre. Il y a aussi le diabète sénile. Je crois que cela s'appelle comme ça. Ce sont les personnes âgées qui l'attrapent.

— Je ne suis ni sénile ni diabétique, protesta Horowitz. En vain.

— J'appelle Marvin dès que j'ai raccroché. Je veux qu'il ait une longue conversation avec ton médecin. (Un détail lui vint brusquement à l'esprit.) Oh, mon Dieu!

— Mona, ma chérie, qu'y a-t-il? Que s'est-il passé? demanda Horowitz, qui s'attendait au récit de quelque nouvelle catastrophe.

— Ne me dis pas que tu as pris de la crème aigre avec tes blintzès!

— Non, je ne te le dirai pas.

— Dis-moi!

— Tu viens de me dire de ne pas te le dire!

— Je veux la vérité. As-tu ou n'as-tu pas pris de crème aigre avec tes blintzès?

Pendant quelques instants, Horowitz tergiversa. C'était une décision difficile, qui portait à conséquence. S'il lui disait la vérité, Dieu seul savait comment elle allait réagir. Elle serait capable de planter là toutes ses réunions et de se précipiter à New York pour régenter toute son existence. En fait, elle allait harceler son cardiologue, rendre la vie impossible à Marvin, et cela pourrait bien ne pas s'arrêter là. Il considéra donc qu'un mensonge judicieux serait très opportun.

— Mona, ma chérie, fit-il du ton pondéré avec lequel on proclame une décision de la Cour suprême, il n'y avait pas de crème aigre.

— Parfait! exulta-t-elle, grandement soulagée. Sais-tu qu'il y a dans la crème aigre autant de graisses, et même parfois plus, que dans la crème fraîche?

— Je ne le savais pas, répliqua Horowitz avec ce qu'il considérait comme une nuance d'étonnement de bon ton. Je suis enchanté que tu m'aies prévenu.

— Interdit, absolument interdit! s'écria solennellement Mona.

Horowitz fit une tentative pour mettre un terme à leur conversation.

— Mona, je ne veux pas te retenir, tu as ta réunion. Et puis les appels longue distance coûtent une fortune pendant la journée.

— Nous sommes sur le numéro vert d'Albert et ça ne coûte pas un sou. Quant à ma réunion, les Noirs de cette nation ont attendu deux cents ans l'égalité, alors l'intégration scolaire à San Diego peut bien attendre quelques minutes quand il est question de la vie de mon père.

— Mona, ma chérie, la vie de ton père n'est nullement en cause. Va t'occuper des petits Noirs, s'il te plaît!

— Pas tant que je n'aurai pas la situation bien en main, déclara Mona. Je veux le nom de ton médecin et son numéro de téléphone!

— Mona, je t'en prie, les enfants s'impatientent! tenta de l'interrompre Horowitz.

— Et j'insiste pour dire deux mots à cette femme! Est-elle là?

— Mona, je t'en prie...

— Est-elle là?

— Elle est là.

— Parfait! D'abord, tu vas me promettre de venir ici dès que tu pourras voyager. Je me suis renseignée. American Airlines propose des vols directs New York-San Diego, deux fois par jour. De plus, Albert joue au golf avec l'un de leurs cadres. Tu pourras voyager en hôte de marque pendant tout le trajet.

— Hôte de marque, tout le trajet! répéta Horowitz. On a l'impression que je me présente à la présidence du pays.

— Je vais voir tout ça avec ton médecin, dit Mona, comme s'ils venaient de conclure un accord sur cette question.

— Mona, ma chérie...

Mais elle repoussa d'avance toute objection.

— A présent, passe-moi cette femme! Comment s'appelle-t-elle?

98

– Mme Washington. Elle veut vous parler, ajouta-t-il en couvrant le récepteur de sa main.

Harriet Washington hésita, puis saisit le combiné.

– Bonjour, Mme Washington à l'appareil.

– Dois-je comprendre que vous avez donné des blintzès à mon père?

– Oui, reconnut Harriet Washington.

– Cela fait-il partie de son régime? demanda Mona sur le ton modéré d'un procureur.

– Il n'a pas de régime. Il peut manger tout ce qu'il veut. Avec modération.

– Quel genre de médecin est-il allé voir?

– Un médecin qui croit qu'il ne sert à rien de torturer un patient qui est plutôt en bonne santé. Le taux de cholestérol de votre père est tout à fait normal. Il n'a pas un poids excessif. Son état de santé est stable. Je dirais que la seule chose qui cloche, c'est son attitude. C'est un homme méchant, irascible. En fait, sa grande joie du moment, c'est justement de laisser libre cours à sa méchanceté!

Horowitz la fusilla du regard, mais elle l'ignora.

– C'est la seule chose qu'il ne fasse pas avec modération, poursuivit Mme Washington.

– J'aimerais avoir le nom de son médecin, dit Mona.

– Je ne pense pas que ce soit indispensable, hasarda Mme Washington.

– Je ne vous ai pas demandé votre avis, rétorqua Mona d'un ton cassant. C'est mon père et j'ai le droit de savoir. En fait, s'il n'est pas en état de voyager, je viendrai à New York dès que j'aurai réglé quelques affaires! J'arriverai immédiatement. Mais nous devons aussi penser à nos petits Noirs.

Mme Washington la soupçonna fort d'avoir deviné, à sa manière de s'exprimer, qu'elle était elle-même noire, et de chercher à en tirer profit. Son intuition se révéla juste. Car Mona baissa le ton et se mit à chuchoter comme une conspiratrice.

– Madame Washington, vous avez notre numéro vert, n'est-ce pas?

– Oui.

— Eh bien, servez-vous-en!

— Je ne comprends pas.

— Vous vous chargez de mon père et, moi, je me charge des enfants noirs de San Diego, promit Mona.

— Je ne comprends toujours pas.

— Appelez-moi plusieurs fois par semaine! ordonna Mona, irritée que son elliptique tentative de conspiration eût échoué. Je veux un rapport détaillé de l'état de mon père! Simplement, nous ne lui dirons pas que nous en parlons. D'accord?

— Je n'aime pas faire ce genre de promesse, fit Mme Washington d'un ton hésitant.

Mona baissa encore la voix.

— Vous ne le regretterez pas.

— Je ne connais pas d'enfant noir à San Diego, répliqua Mme Washington.

— Je veux dire que vous aurez un petit supplément chaque semaine. Disons vingt-cinq dollars? proposa Mona.

— Je crains que ce ne soit impossible, répondit Harriet Washington. Je vais en parler au médecin. Si j'ai bien compris, votre frère l'appelle déjà plusieurs fois par semaine.

— Je vois, dit Mona, visiblement frustrée et très embarrassée. Merci! ajouta-t-elle sèchement.

— Souhaitez-vous que je vous repasse votre père?

— Non! Je vais me débrouiller toute seule! déclara Mona.

8

Mme Washington avait raccroché.

— Un être exquis, non? observa Horowitz. Si l'amendement sur l'égalité des droits passe, le prochain Hitler sera une femme.

— Elle a dit qu'elle luttait pour l'intégration scolaire des enfants noirs de San Diego.

— Et alors? Les siens font leurs études à l'université de Boston. Ils vont à l'école en voiture de sport, pas de bus, ce qui permet à ma chère Mona de dispenser aux autres ses conseils en matière d'éducation. Je vois ça d'ici. Les bus sont prêts. On doit forcer les enfants noirs à y monter en rangs. Mais il y a quelques récalcitrants qui sortent par la fenêtre. Et ma Mona qui les remet *manu militari* dans le bus. On ne manque pas d'énergie dans ce pays, madame Washington, tout le problème, c'est qu'elle est mal répartie. Accrochez Mona à un camion, elle le tirera. Comme ces grands costauds qui sont capables de tirer une locomotive en tenant la corde entre leurs dents. Sauf que Mona, elle, parlerait en même temps.

Il lui tendit sa main droite pour conclure un marché avec elle.

— Madame Washington, il faut que nous nous entendions sur un point. Ne dites jamais à Mona que je suis en état de voyager. D'accord?

Mais elle ne prit pas sa main.

— Monsieur Horowitz, un accord doit être bilatéral. Si j'accepte vos conditions, vous devez accepter les miennes.

– J'accepte.

– Je n'ai encore rien proposé.

– Bon. Allez-y! Je suis prêt à tout pourvu que vous me protégiez de Mona.

– Monsieur Horowitz, que vous le vouliez ou non, vous allez vous rétablir. Pas pour vous, mais pour moi. J'ai une réputation professionnelle à soutenir.

– Me rétablir? fit Horowitz, à la fois pensif et morose. Pour quoi faire? J'ai des enfants qui n'ont rien de commun avec moi, des petits-enfants que je connais à peine. A quoi bon vivre? En fait, madame Washington, voulez-vous que je vous dise une chose? De nos jours, les vieux n'ont plus peur de mourir, mais de vivre. Alors si je retrouve la santé, quelle *gedillah* puis-je espérer? *Gedillah,* expliqua-t-il, est un mot qui signifie...

– Joie, une grande joie, le devança-t-elle.

– Comment savez-vous ça? s'enquit-il, puis il comprit soudain. Laissez-moi deviner... Mme Rosengarten!

– Non.

– Alors qui?

– M. Rosengarten, répondit-elle en souriant.

– Très drôle, répliqua-t-il d'un ton aigre. Mais cela ne change rien à l'affaire. La vie ne m'apporte plus de *gedillah*. Pour vous, je veux bien faire un effort. Nous sommes d'accord?

Il lui tendit de nouveau la main.

– Pas la droite, la gauche.

– Pendant soixante-huit ans, j'ai serré la main de la droite.

– Dorénavant, vous vous servirez de la gauche chaque fois que ce sera possible.

Elle lui tendit la main gauche. A contrecœur et avec peine il leva lentement le bras pour l'atteindre, alors qu'elle la tenait délibérément trop haut. Elle la serra en espérant qu'il ferait de même, mais son espoir fut déçu.

– Serrez! lui intima-t-elle. Chaque fois que l'occasion se présente, serrez. Le plus fort possible!

Il fit un nouvel effort, mais il était loin d'avoir recouvré une force suffisante.

– Maintenant passons aux exercices, annonça-t-elle.

– Dites plutôt que vous avez encore l'intention de me torturer! fit-il, hautain.

– En tout cas, s'il y a une chose qui ne nécessite aucune rééducation, c'est bien votre langue, déclara-t-elle avec une ironie un peu désabusée. Allons-y!

– J'ai fait assez d'exercices à l'hôpital.

– Vous devez continuer jusqu'à ce que vous ayez récupéré votre mobilité, insista-t-elle. Premier mouvement!

– Je ne me souviens pas, mentit-il.

– Allongez-vous sur le dos...

– Je sais quand même m'allonger sur le dos.

– Allongez-vous sur le dos, poursuivit-elle malgré cette interruption délibérée, et levez le bras gauche au-dessus de votre tête jusqu'à ce que votre main touche le mur derrière vous. Allons! Levez! Lentement! Encore! Jusqu'au bout! Le plus loin possible! Essayez de toucher ce mur!

– J'essaie, j'essaie, protesta-t-il d'un ton belliqueux.

– Vous pouvez faire mieux que ça. Encore! Encore!

Il se donnait du mal, mais la résistance de ses nerfs endommagés l'empêchait d'aller plus loin. Sa main était à vingt-cinq ou trente centimètres du mur. Il lui faudrait s'entraîner, s'étirer, se servir de ses muscles, contraindre son cerveau à coopérer.

– Maintenant levez le bras au-dessus de la tête en raidissant le coude, lui ordonna-t-elle quand il eut effectué le premier exercice une dizaine de fois. Comme ça.

Feignant de lui faire une simple démonstration, elle l'aidait un peu pour qu'un nouvel échec ne le décourage pas davantage. Elle le força à exécuter dix fois ce même geste.

– Bon, saisissez ma main. Empoignez-la. Comme si nous nous serrions la main avec une grande vigueur.

Il produisit un faible effort, involontaire cette fois. Il lui faudrait répéter ces exercices de dextérité pour retrouver sa mobilité et la maîtrise totale de ses mouvements. Un manche de fourchette capitonné ferait l'affaire pour le moment. Mais s'il prenait l'habitude de compter sur tous ces instruments qui lui facilitaient la tâche, il ne progresserait jamais.

Harriet Washington décida d'exiger davantage de lui.

— Maintenant, sur le dos, genoux fléchis!

Il obtempéra en rechignant.

— Levez les orteils!

— Je ne peux pas, dit-il après une timide tentative.

— Mais si!

— Je vous dis que non!

— Monsieur Horowitz, vous allez lever les orteils de votre pied gauche!

Comme il ne faisait aucun effort, elle lui prit le pied et repoussa ses orteils en direction de sa jambe.

— Ouille! Vous me faites mal!

— Parfait! Si vous ressentez quelque chose, c'est qu'il reste un espoir d'accroître votre capacité motrice, lui expliqua-t-elle avec calme en reprenant délibérément le même mouvement et en exerçant, cette fois, une pression plus forte.

— D'accord, d'accord, je vais essayer tout seul.

Et il y parvint. A plusieurs reprises, il effectua une flexion légère, mais perceptible.

— Encore cinq fois, dit-elle.

Il obtempéra en maugréant, mais non sans quelque efficacité.

— Levez la jambe le plus droit possible. Puis laissez-la retomber. Lentement!

Avec peine, il tendit sa jambe gauche, soumettant à l'effort la hanche qui subissait aussi les séquelles de sa crise cardiaque.

— Plus haut, suggéra-t-elle en se penchant pour mieux l'observer.

— Plus haut? Qu'attendez-vous de moi? Que je m'entraîne pour les jeux Olympiques?

— Plus haut!

Après un effort modestement récompensé, il fut à bout de souffle. Elle lui laissa le temps de récupérer avant de poursuivre l'entraînement que lui avait enseigné le jeune kinésithérapeute noir de l'hôpital.

Après avoir effectué une série complète, Horowitz avait le souffle court, le front et les joues luisants de sueur. Il faudrait lui faire subir la même épreuve avant le dîner et avant son

104

départ en fin de soirée. Elle n'était pas satisfaite de ses progrès. Certes il obéissait, mais seulement quand il y était contraint. Il ne prenait pas assez d'initiatives.

Si l'on pouvait se passer de ce fauteuil, l'amener au point où il se déplacerait seul sur des distances assez longues pour aller se promener au parc avec sa canne, peut-être cela lui redonnerait-il assez d'amour-propre pour qu'il puise la volonté d'aller de l'avant. Sinon, son état se détériorerait, il dépérirait et, selon toute vraisemblance, finirait par se laisser mourir.

Quand le téléphone sonna, Horowitz tendit le bras gauche mais, bien que l'appareil fût à sa place habituelle sur la table de chevet, il ne parvint pas à l'atteindre. Il ressentit vivement cet échec. Dans ses yeux, elle lut qu'il ne lui donnait qu'à contrecœur la permission de répondre.

– Vous êtes bien chez M. Horowitz, annonça-t-elle.

Il se blinda en prévision de quelque intrusion dans sa vie privée. Quelque lointain parent que l'on avait prévenu de son retour et qui se sentait obligé d'appeler. Il en avait reçu, des coups de fil de ce genre, à la mort d'Hannah! Tous ces gens lui téléphonaient, l'abreuvaient de clichés, et Horowitz, malgré lui, leur renvoyait les mêmes banalités. C'était avilir la mémoire d'Hannah et sa vie tout entière que de l'enfermer dans des phrases toutes faites. A présent, il n'avait aucune envie d'entendre le brouillon de son propre éloge funèbre.

– Il veut vous parler, dit Harriet Washington en lui tendant le combiné.

– Qui?

– Le Dr Tannenbaum.

– Bonjour docteur! Je ne me suis jamais senti aussi bien de toute mon existence. J'envisage même d'épouser une jeunesse de dix-neuf ans et de partir en croisière dans la mer des Caraïbes pour notre lune de miel, déclara-t-il, provocateur, avant que le médecin ait pu placer un mot.

– Monsieur Horowitz, avez-vous eu une conversation avec votre fille, Mme Fields?

– Oui, admit-il, sur ses gardes.

– Eh bien, elle vient de m'appeler.

105

— Et alors?

— Elle trouve que vous n'avez pas l'air bien.

— Franchement, je ne trouve pas qu'elle aille si bien que ça, elle non plus, se lamenta Horowitz, mais il est trop tard pour faire quoi que ce soit.

— Elle est très inquiète, dit le Dr Tannenbaum.

— Elle est née inquiète. Dès son premier souffle, elle s'est mise à parler et réorganiser la salle d'accouchement.

— Que lui avez-vous raconté?

— Rien. J'ai été doux comme un agneau.

— C'est peu dire, intervint Mme Washington.

— Quoi que vous lui ayez dit, elle a l'impression que vous n'êtes pas bien soigné et, si ça continue comme ça, elle exigera que vous alliez à San Diego.

— Plutôt m'expatrier!

— Elle a l'intention d'en toucher deux mots à votre fils et de vous mettre dans une maison de santé où vous subirez un traitement approprié.

— Personne ne me mettra dans une maison de santé! Vous entendez, personne!

Indigné, il voulut raccrocher brutalement le téléphone, mais manqua son coup d'au moins quinze centimètres. Sans un mot et sans un regard de reproche, Mme Washington le lui prit des mains et le remit en place.

Il était passé en un bref instant d'une attitude de provocation et d'agressivité à la triste réalité de sa condition.

— J'aurais dû y parvenir, n'est-ce pas? demanda-t-il doucement.

— Vous y arriverez en temps et en heure. Mais il faut persévérer.

— Je... je... bredouilla-t-il, j'ai un aveu à vous faire. Ce matin, quand j'essayais de m'habiller, il s'est produit quelque chose... J'ai glissé mon bras droit dans la manche droite et le bras gauche dans la gauche. Mais quand j'ai voulu boutonner ma chemise, je me suis aperçu que mon bras gauche n'était pas dans la manche.

— Cela arrive, dit-elle doucement.

— Mais j'ai cru que c'était, j'ai pensé...

106

Il ne put terminer sa phrase.

– Vous croyez qu'elle pourrait le faire?

– Quoi?

– Me mettre dans une maison de santé?

– Je ne pense pas. Après tout, il y a votre fils...

– Mona serait capable de convaincre n'importe qui de n'importe quoi. Elle a persuadé son mari qu'il réussirait dans l'immobilier à San Diego. Et elle avait raison. Elle a toujours raison. Même quand elle a tort, elle a raison.

Il hocha gravement la tête.

– Pourquoi ne pas marcher un peu, monsieur Horowitz? lui proposa Mme Washington pour lui changer les idées.

– Bonne idée! s'écria-t-il avec enthousiasme.

Il se leva en lui désignant sa canne. Comme elle ne la lui tendait pas, il lui lança un regard furieux. Ayant enfin compris qu'elle voulait qu'il fasse l'effort lui-même, il tenta de trouver l'équilibre et de l'attraper en même temps, mais, déséquilibré, il retomba sur son lit.

– Donnez-moi la main, lui demanda-t-il à son corps défendant.

Elle la lui tendit. Il la prit et se hissa sur ses pieds. Cette fois, elle rapprocha la canne. Quand les pieds de métal furent bien plantés dans l'épaisse moquette, il l'empoigna de la main droite et fit un premier pas. Elle le regarda avancer.

Il avait une démarche instable. Il essayait vainement de soulever le pied gauche, ce qui déséquilibrait ses foulées. La thérapie qu'il suivait avait pour but ultime de rééquilibrer les foulées des deux pieds. Il était loin d'avoir atteint la stabilité recherchée. Deux fois, il planta mal les pointes de la canne et manqua de basculer. Mais, cahin-caha, il parvint jusqu'à la salle de bains.

Comme il s'y attardait, elle entrouvrit la porte et découvrit que, prenant appui sur le lavabo, il s'était penché vers la glace pour examiner l'estafilade qu'il avait sur la joue. A ce moment-là, il détourna le regard et l'aperçut dans l'entre-bâillement de la porte.

– Vous m'espionnez! l'accusa-t-il.

– Je voulais seulement m'assurer que tout allait bien.

– Oh, à quelques cicatrices près, je vais bien! Regardez-moi! Examinez! commanda-t-il d'un ton rageur, puis il se retourna maladroitement, craignant de lâcher prise. Voilà ce qu'ils m'ont fait, vos charmants voyous, vos déshérités, vos incompris! Pendant des années j'ai donné de l'argent à L'Association nationale pour l'insertion des personnes de couleur! Et au Fonds universitaire noir! Et c'est comme ça que je suis récompensé! Alors inutile de fureter partout. Entrez donc, chère madame Washington, et jetez un coup d'œil!

Il haletait, transpirait légèrement, tandis qu'il pointait le menton en avant en un geste de défi.

Puis il reprit sa canne et sortit à pas lents de la salle de bains.

– Ils auraient mieux fait de me tuer, marmonna-t-il en chemin. Je serais bien plus heureux. Arriver à mon âge et dépendre des autres! Ça ne leur a pas suffi de me couper la gorge, il a fallu qu'il me flanque un infarctus!

– Ce n'est pas certain, le contredit-elle gentiment.

– Comment, pas certain?

– Il n'y a peut-être aucun lien entre votre agression et votre crise cardiaque, lui expliqua tranquillement Mme Washington. Aucun rapport physique ni psychologique. Vous auriez sans doute fait un infarctus de toute façon.

– Depuis quand êtes-vous professeur de médecine, chère madame Washington?

– Je suis infirmière depuis des années et je sais certaines choses, et notamment cela.

– Vous prenez leur parti. Tout ce que je sais, c'est que j'ai eu une attaque quand ce médecin recousait ma plaie! Il doit certainement y avoir un lien! s'entêta-t-il, mettant un point final à cette discussion.

– Non, murmura-t-elle.

Il ne répondit pas, mais la fusilla du regard tout en peinant pour poursuivre son chemin à l'aide de sa canne. Il se dirigea lentement vers le vestibule, puis vers le salon que baignait la lumière vive d'un soleil estival. Il se cala dans le fauteuil près de la fenêtre, soulagé, mais épuisé.

– Puis-je vous apporter quelque chose? demanda-t-elle.

— Avons-nous le *New York Times* d'aujourd'hui ? demanda-t-il avec solennité, en s'efforçant de maintenir une distance entre eux.

— Oui.

— Alors où est-il ?

— Dans la cuisine.

— Que fait-il dans la cuisine alors qu'il devrait être ici ?

— Je le lisais avant votre réveil.

— Dorénavant, je ne veux pas que quiconque lise mon *Times* avant moi, déclara-t-il.

— Ce n'est pas votre *New York Times,* dit-elle.

— Quand on me livre un journal devant ma porte, il est à moi ! se mit-il à hurler.

— On ne l'a pas livré. C'est moi qui l'ai acheté.

— Comment ça, on ne l'a pas livré ? Je reçois le *Times* tous les jours ! Sauf s'il y a une tempête de neige ou une grève, cria-t-il, scandalisé.

— Ou si l'on arrête votre abonnement quand vous êtes à l'hôpital.

— Et personne ne s'est soucié de le rétablir.

Il venait enfin de comprendre la raison de cet événement insolite.

— Je vais les appeler immédiatement. Allez me chercher le téléphone et branchez-le, lui ordonna-t-il d'un ton cassant d'homme d'affaires, pour dissimuler son embarras.

Le service des abonnements accepta de rétablir le service le lendemain matin. Mais malgré ses protestations et bien qu'il eût signalé qu'il avait été bon client pendant vingt-cinq ans avant d'avoir eu le malheur d'être reclus pendant des semaines dans un hôpital, on ne put rien faire pour son journal du jour. Furieux et déprimé, il raccrocha.

— Prenez donc le mien, lui proposa Mme Washington. J'ai fini de le lire.

Il déclina son offre avec obstination :

— Non, merci.

— Il y a des tas d'articles intéressants aujourd'hui.

— J'imagine. Des articles noirs rédigés par des journalistes noirs, qui nous disent que des Noirs analphabètes devraient entrer à la faculté de médecine et qu'il faudrait en détourner les brillants jeunes Juifs, grommela-t-il.

— Il n'y a pas un seul article sur cette question, lui assura-t-elle.

— Il y en a certainement. Ils en glissent un en douce chaque fois qu'ils en ont l'occasion. Je n'aimerais vraiment pas vivre dans un monde gouverné par le *New York Times*!

— Vous avez peut-être quand même envie de lire le numéro d'aujourd'hui.

— Je vous ai déjà dit que non! s'écria-t-il d'un ton tout ce qu'il y a de plus catégorique.

— Bon.

Elle allait quitter la pièce quand il la rappela :

— Madame Washington, où allez-vous?

— Vous ne pouvez quand même pas rester assis là! dit-elle.

— Et pourquoi diable ne puis-je rester ici? Je suis chez moi. Dans mon salon. Devant ma fenêtre et mon parc! Si j'ai envie de le contempler, rien ne m'en empêchera! Ici au moins, on ne m'agressera pas!

Il avait dit ça comme si elle était responsable de ses malheurs.

Elle poursuivit son chemin sans se donner la peine de lui répondre en songeant que le pire ennemi de cet homme borné n'était autre que lui-même. Il se révélait fort peu coopératif pour surmonter les déficiences de sa hanche, de sa jambe et de son pied et ne faisait pas le moindre effort pour retrouver les capacités motrices de sa main et de son bras, ce qui était tout aussi important et beaucoup plus ardu.

Le service de kinésithérapie de l'hôpital l'en avait avertie et lui avait indiqué les mesures à prendre. En dépit de l'irascibilité de son patient, elle était bien décidée à suivre ces recommandations.

Elle pénétra dans la cuisine et prit les divers objets qu'elle s'était procurés ou qu'elle avait trouvés dans la maison le jour où elle avait préparé son retour. Puis elle plia soigneusement le *New York Times* et l'emporta avec elle.

9

Quand elle réapparut, Horowitz regardait par la fenêtre, l'air mélancolique. Il s'aperçut de sa présence et soupira.

— Par une journée comme celle-ci, je rentrais à pied du bureau. Je partais tôt et je traversais le parc pour gagner les beaux quartiers.

— Vous recommencerez bientôt, l'encouragea-t-elle.

— Jamais.

Elle posa les objets qu'elle avait rassemblés sur la table de bridge installée dans le coin. Un jeu de cartes, de la pâte à modeler, un sac de billes et une boîte en carton, petite mais lourde.

— Qu'est-ce que c'est que ça ? demanda-t-il.

— Coupez le jeu et vous verrez bien.

— Je ne joue pas aux cartes, dit-il d'un ton dogmatique. À part un petit rami de temps en temps, reconnut-il devant le regard interrogateur qu'elle lui lança. Mais je ne suis pas un vrai joueur. Abe, le frère d'Hannah, était un joueur invétéré. Vous n'imaginez pas combien de fois il est venu me trouver en me suppliant de l'aider. Toujours couvert de dettes, et il continuait à taper le carton. Les cartes, c'est pour les bons à rien.

— Coupez !

Comme il hésitait, elle le rassura :

— Si vous n'arrivez pas à ôter le papier qui enveloppe le jeu, je le ferai.

— Mais je peux ! s'exclama-t-il avec détermination. Si je veux. Et je veux !

Il prit le paquet dans sa main droite et essaya de déchirer le papier avec la gauche, mais il ne parvint pas à resserrer les doigts suffisamment. Il changea de main et, tenant les cartes de la main gauche, il retira le papier de la main droite.

— Voilà! dit-il, triomphant.

— Maintenant, coupez.

— Pourquoi?

— Il faut les battre, lui expliqua-t-elle.

— Je vous ai dit que je n'avais nullement l'intention de jouer, s'entêta-t-il en lorgnant le *New York Times*.

— Vous ne jouerez pas. Vous allez juste les battre.

— Pour quoi faire?

— Pour vous servir de vos mains. Pour progresser.

— Si mon beau-frère avait fait une crise cardiaque, il serait guéri en une soirée s'il suffisait de battre les cartes, grommela Horowitz.

Il prit le jeu dans sa main gauche, fit sauter le cachet de la droite et sortit enfin les cartes qu'il tenta de battre d'une manière conventionnelle. Il procéda avec lenteur et avec succès jusqu'au moment où quelques cartes lui échappèrent avant de s'éparpiller sur la moquette.

— Je ne suis pas un vrai joueur de cartes, je vous l'avais bien dit!

Mme Washington ne dit mot. Elle ramassa les cartes et les lui tendit. Il fit une nouvelle tentative, les battit plus lentement et, cette fois, n'en laissa tomber aucune.

— C'est bon?

— Recommencez!

Il lui jeta un regard furibond, mais obtempéra. Une fois, deux fois.

— Maintenant, posez les deux moitiés du jeu sur la table, bien à plat. Appuyez avec les pouces et battez-les comme ça.

— C'est déjà fait, protesta-t-il.

— Appuyez avec les pouces! Allez!

— Comme vous voudrez, madame le sergent-major!

Samuel Horowitz s'attela à la tâche, qui ne se révéla guère aisée.

Après avoir repris le mouvement plusieurs fois de suite, il ressentit une douloureuse tension dans le bras et la main.

— A présent étalez-les!

— Mais je viens de les rassembler!

— Étalez-les tout autour de la table.

— Pour quoi faire?

— Pour les remettre en tas, lui expliqua-t-elle.

— C'est complètement idiot.

Mais la fermeté de son regard l'incita à obéir. Il étala donc les cartes sur la table et commença à les rassembler de la main droite.

— Uniquement avec la main gauche! commanda-t-elle.

— *Jawohl, mein Führer!* répliqua-t-il d'un ton sarcastique.

Quand il eut posé les cartes l'une sur l'autre et qu'il eut obtenu un tas régulier, il poussa un soupir de soulagement et jeta de nouveau un œil au *New York Times.* Mais elle poussa la pâte à modeler devant lui. Il la regarda avec hostilité.

— Qu'est-ce que c'est?

— De la théraplastie.

— Ça ressemble à la pâte à modeler que j'achetais pour les enfants de Marvin, quand ils étaient petits.

— Peut-être, mais c'est thérapeutique.

— J'ai soixante-huit ans, certes, mais je ne suis pas sénile! Personne, vous m'entendez, personne ne me fera jouer à des jeux d'enfants! cria-t-il.

Elle laissa peser sur lui un regard sévère, tandis qu'il observait ce nouvel instrument de torture avec animosité.

Après un long intervalle de silence obstiné, il leva les yeux vers elle et dit :

— Eh bien, allez-y!

— Comment?

— Frappez-moi! Je n'attends plus que ça. Ou bien allez-vous m'attaquer dans le dos avec un rasoir?

— Prenez cette pâte de la main gauche, faites-en une boule, puis aplatissez-la. Ensuite appuyez avec chaque doigt de façon à laisser une belle empreinte.

— Si j'obéis gentiment, est-ce que vous m'emmènerez au square faire de la balançoire? Ou du toboggan? ricana-t-il. Si telle est votre intention, il vous faudra de l'aide. Je ne voudrais quand même pas, chère madame Washington, que vous attrapiez un tour de reins ou une hernie.

La raideur de son attitude témoignait d'une telle intransigeance qu'elle n'insista pas. Elle repoussa la boîte de pâte à modeler et ouvrit le sac de billes multicolores, qu'elle répandit lentement sur la table tout en les empêchant de tomber.

— Des billes? railla Horowitz.

— Absolument. Ramassez-les une à une de la main gauche et remettez-les dans le sac.

— C'est à la portée de n'importe quel imbécile.

— A condition que sa main gauche fonctionne, précisa-t-elle. Allez-y!

En marmonnant des propos peu amènes sur divers détails allant de la couleur de sa peau à sa personnalité, il se mit néanmoins à la tâche. Il parvint à en ramasser deux et à les replacer dans le sac. Mais la troisième lui glissa entre les doigts et rebondit à l'autre bout de la pièce, tel un projectile.

— Deux sur trois, ce n'est pas si mal, se défendit-il pour masquer sa gêne.

— Il en reste une cinquantaine, fit Mme Washington, qui était allée ramasser la bille perdue.

Elle le toisa, tandis qu'il achevait la tâche qu'elle lui avait assignée, l'échine courbée comme après une dure journée de travail et l'œil rivé sur le *New York Times*, qui était toujours hors de sa portée.

— Je suis fatigué, déclara-t-il. J'aimerais bien me reposer et lire un peu.

— Encore deux exercices! annonça-t-elle avec l'autorité d'une institutrice tyrannique.

— Ma main n'en peut plus.

— Passons aux boutons!

— Vous croyez que c'est une réponse sensée!

Sans répondre, elle ouvrit une boîte en carton et éparpilla une poignée de boutons de toutes tailles et de toutes matières, plastique, corne, métal, des ternes, des brillants, des ronds, des carrés.

— Ramassez-les un par un de la main gauche et remettez-les dans la boîte!

— Ce n'est pas mon domaine, déclara-t-il. Le papier et la ficelle, ça me connaît, les boutons pas!

— Allez-y! ordonna-t-elle avec un regard sévère.

— Obliger un homme de mon âge à jouer avec des boutons comme un enfant de cinq ans! gémit-il.

— Monsieur Horowitz, reprit-elle patiemment, bien que bouillant intérieurement, en un sens, vous êtes un peu comme un enfant. Vous devez développer vos muscles pour refaire des gestes que vous considériez comme acquis. Alors ramassez-moi ces boutons!

Son regard venimeux se posa sur elle, puis sur les boutons, mais il tendit une main hésitante. Puis il essaya de ramener à lui la plus grande quantité de boutons possible. Ses doigts ne lui obéissaient pas parfaitement, mais il parvint quand même à former une pince avec son pouce et son index pour attraper le gros bouton de corne, le plus glissant, qu'il jeta aussitôt dans la boîte.

— Ce n'est pas si terrible que ça! s'écria-t-il pour minimiser la difficulté de la manœuvre, mais il ne s'était encore attaqué qu'aux plus gros spécimens.

Il voulut ensuite en saisir un plus petit, mais le mouvement se révéla vite trop difficile. Honteux de son impuissance et de sa maladresse, il regarda droit devant lui pour ne pas lever les yeux vers Mme Washington. Son désarroi la toucha. Elle ne le laissa donc pas méditer trop longtemps sur son échec.

— A présent passons au *Times*!

— Pouvez-vous me donner mes lunettes? demanda-t-il, grandement soulagé. Je crois que je les ai laissées sur ma table de chevet.

— Vous n'allez pas lire, mais vous entraîner avec le *Times*.

— M'entraîner? s'exclama Horowitz avec impatience. Je me suis assez entraîné pour aujourd'hui.

— Nous allons prendre une feuille de journal, poursuivit-elle sans tenir le moindre compte de ses protestations, la tenir grande ouverte comme ça, ajouta-t-elle en joignant le geste à la parole, puis nous la froisserons jusqu'à ce que nous ayons obtenu une boule de papier. Et nous utiliserons les *deux* mains et tous les doigts.

— Et quand pourrons-*nous* enfin lire ce fichu canard? On ne peut quand même pas lire en froissant, n'est-ce pas?

— Je n'y suis pas obligée.

— Eh bien, moi, je refuse tout net! déclara-t-il, reprenant son attitude intransigeante.

Mais elle ne céda pas d'un pouce.

— Vous êtes une femme impossible, madame Washington, murmura-t-il alors. Je commence à comprendre ce qui a tué votre mari. Il n'est pas mort, il s'est tiré tout bonnement.

Le visage de Mme Washington, aimable et chaleureux quand il était détendu, se voila alors d'une expression aussi sombre que celle de son patient. Mais Horowitz ne put dissimuler sa curiosité. Deux gros titres l'intriguaient et il avait envie d'en savoir plus. Le désir fut plus fort que l'entêtement. Il ferma les yeux, puis entrouvrit l'œil droit.

— Peut-être pourrions-nous normaliser nos relations, suggéra-t-il d'un air sournois.

— Comment?

— Pour commencer, à quoi nous servirait un journal froissé?

— Allez-y! ordonna-t-elle.

— Alors expliquez-moi à quoi vous pouvez mesurer l'efficacité d'un tel exercice? Hein?

— Il vous oblige à utiliser vos mains ensemble, et c'est pour cela que c'est un excellent mouvement thérapeutique.

— Pourquoi diable discutons-nous? fit Horowitz avec toute l'amabilité dont il était capable. En fait, nous sommes parfaitement d'accord. Mais... (Il s'interrompit pour donner plus de poids à son argument.) Chère madame Washington, quand on vous a appris tout cela à l'hôpital, vous a-t-on dit que le mouvement en question perd de son pouvoir thérapeutique si l'on lit d'abord le journal? demanda-t-il avec la mine d'un spécialiste du Talmud.

— On ne m'a rien dit de tel, reconnut-elle.

— Par conséquent, déclara-t-il comme si l'on venait de surmonter l'un des principaux obstacles à une issue favorable de la négociation, nous devons supposer que l'on peut lire le journal sans lui faire perdre de son efficacité ultérieure?

— Je suppose, fit-elle non sans réserve.

— Croyez-moi sur parole. J'ai travaillé plus de quarante

116

ans dans le papier et la ficelle et je pense que nous sommes mûrs pour un compromis. Laissez-moi lire le *New York Times*, puis des deux mains je vous ferai une belle boule de chaque feuille. Qu'en pensez-vous?

Elle se laissa fléchir.

— J'aurai besoin de mes lunettes.

— Bien sûr, monsieur Horowitz. Un peu de marche ne vous ferait pas de mal. Voyez si vous pouvez aller les chercher dans la chambre et revenir ici.

— Était-ce trop demander que de me rendre ce petit service? grogna-t-il.

— Et un petit aller-retour, est-ce trop exiger de vous?

Il comprit qu'elle ne céderait pas. Si brèves qu'aient été leurs relations, il avait au moins appris une chose : il avait beau parler beaucoup plus qu'elle, il finissait toujours par se soumettre à sa volonté. Comment pouvait-on être aussi têtu? protesta-t-il intérieurement. Mais cette première journée lui avait suffi pour constater qu'elle était têtue comme un âne.

Comme il n'avait plus le choix, il saisit sa canne et s'extirpa du fauteuil. Pas à pas, il se traîna en maugréant ostensiblement, jetant de temps à autre un coup d'œil derrière lui pour voir l'effet produit.

— Ma famille n'a jamais possédé le moindre esclave, marmonna-t-il. Quand vous étiez en esclavage, nous vivions en Pologne et nous avions nos propres *tsourès* [1]. Les Cosaques! Ivres, ils arrivaient en ville, à cheval, et tuaient, incendiaient et violaient! Est-ce que je vous en tiens rigueur? Alors ne vous vengez pas sur moi, ne me considérez pas comme un sale Blanc et soyez un peu plus gentille. Samuel Horowitz, qui n'a jamais possédé un seul logement à Harlem, n'est pas un exploiteur du pauvre peuple, mais un gentleman, juif, raffiné, qui n'a jamais fait de mal à une mouche. Après tout, ce n'est quand même pas moi qui ai attaqué ces deux gorilles!

A ce moment-là il quitta la salle de séjour et, quand il revint, il grommelait encore.

— En plus, saviez-vous que les Juifs avaient été réduits en esclavage bien avant vous? Nous vous avons devancés de mil-

1. Difficultés, souffrances.

liers d'années. Avez-vous déjà entendu parler de l'Égypte, madame Washington? C'est nous qui avons construit les pyramides, le saviez-vous?

— Je sais. *Let my people go* [1].

— Vous ne croyez pas si bien dire, poursuivit-il. Le premier grand mouvement de libération dans l'histoire. Après l'Égypte, nous avons été les esclaves de Babylone. Après Babylone, Rome. Hannah, paix à son âme, Hannah et moi, nous y sommes allés une année. Et là, sur une arche du Colisée, on lit en lettres latines que cet immense stade a été bâti par des Juifs ramenés à Rome comme esclaves. Vous voyez bien, madame Washington, que nous avons beaucoup de choses en commun. Nous devrions être alliés, pas ennemis. Ce serait tellement mieux si vous ne vous comportiez pas en tyran. Et puis, si j'avais envie que l'on régente chaque minute de mon existence, je ne resterais pas ici, je filerais à San Diego chez cette bonne Mona. Dieu m'en préserve!

Il avait regagné le fauteuil près de la fenêtre, chaussé ses lunettes et s'était plongé dans le *Times* avec une telle concentration qu'il était inutile de lui adresser la parole. Mme Washington décida de préparer le dîner.

Même de la cuisine lui parvenaient les éclats d'indignation que lui arrachait l'article ou l'éditorial qu'il était en train de lire. Il semblait livrer une guerre incessante au quotidien, qu'il injuriait copieusement. « Salaud! », « Ils sont tous dingues dans ce journal! », « Ce Tom Wicker est fou! », « Si le *Times* dirigeait ce pays, nous ferions faillite en une semaine! », entendait-on régulièrement.

Puis suivit un long silence, un silence de mort. La curiosité de Mme Washington en fut éveillée. Quand elle se glissa dans la pièce, elle le trouva affalé dans son fauteuil. Son premier mouvement fut de se précipiter vers lui, mais elle constata qu'il respirait régulièrement, qu'il ronflait même discrètement. Il s'était endormi et, après cette journée épuisante, c'était bien normal, se dit-elle. Elle s'éclipsa donc sans bruit et retourna à la cuisine.

Quand elle revint, il était réveillé et froissait consciencieuse-

1. Negro spiritual relatant les épreuves du peuple juif.

118

ment les grandes feuilles du *Times*. Ce n'était pas une tâche aisée, mais du moins faisait-il un effort. Mais lorsqu'il vit la satisfaction peinte sur son visage, il ne put s'empêcher de lui dénier toute victoire.

— S'il l'on froissait ce journal au lieu de le lire, ce pays ne s'en porterait que mieux! J'ai gardé la page où figurent l'éditorial et le billet d'humeur pour la fin. Et avec quel plaisir je vais la mettre en boule!

Après qu'il eut dîné légèrement de côtes d'agneau qui exigèrent une énorme coordination des mains, d'une pomme de terre au four et d'une salade, elle lui servit un décaféiné, accompagné de quartiers de pêche fraîche sur une tranche de gâteau.

— Madame Washington? appela-t-il au cours du repas.

— Oui? répondit-elle de la cuisine.

— Pourriez-vous venir ici?

— Vous avez besoin de quelque chose?

— Oui.

— De quoi?

Elle passa la tête dans l'embrasure de la porte.

— Voulez-vous vous asseoir?

— Où?

— Là!

Perplexe, elle s'assit en face de lui.

— Eh bien? fit-elle, comme il ne disait rien.

— Eh bien, quoi?

— Que désirez-vous?

— Restez là simplement, dit-il doucement. Du vivant d'Hannah, nous dînions tous les soirs ici, lui avoua-t-il enfin. Moi à cette place, elle à la vôtre, et c'était bien ainsi. Après sa mort, je ne pouvais plus manger seul dans cette pièce. J'emportais mon repas dans ma chambre et je grignotais devant la télévision.

« On dit que la télévision sert de baby-sitter aux enfants. C'est aussi vrai des adultes. On oublie sa solitude devant le spectacle du monde extérieur. Devant tous ces gens. On se dit qu'on n'est pas seul, mais c'est faux. Je connais Walter Cronkite [1], mais il ne me connaît pas. Si je mourais devant lui, il n'en saurait rien et ne s'en soucierait pas plus que d'une queue de cerise. On tend une main que personne ne saisit. La solitude est une chose terrible.

— Je sais, dit-elle, compatissante.

— Non, vous ne savez pas. Vous, vous avez une fille et des petits-enfants dont vous vous occupez.

— Et vous un fils, une fille et quatre petits-enfants, lui rappela-t-elle.

— Ils n'ont pas besoin de moi. A cette table, Hannah et moi, nous formions une famille, même si nous n'étions que deux. Elle avait besoin de moi et moi d'elle. Nous n'en parlions jamais, mais nous le savions.

Comme il avait l'impression de s'être mis à nu, d'avoir trop dévoilé ses sentiments intimes, il se consacra à son dessert avec application.

— Madame Washington, puis-je vous demander un service?

— Bien entendu.

— Voulez-vous dîner avec moi le soir? J'aimerais bien avoir quelqu'un en face de moi.

Elle ne lui répondit pas aussitôt. Croyant qu'elle rejetait sa proposition, il se hâta de plaider sa cause.

— Il ne faut pas beaucoup plus de temps pour faire cuire quatre côtes d'agneau, ni pour préparer deux pommes de terre.

Elle demeurait toujours silencieuse.

— Quant à la vaisselle, de toute façon, vous la mettez dans la machine. Alors quatre assiettes au lieu de deux et deux tasses au lieu d'une... Qu'en dites-vous, madame Washington?

— Monsieur Horowitz, comprenez-moi...

— Dès que l'on vous demande de comprendre, c'est que l'on va vous dire non, fit-il en hochant tristement la tête. Je vous ai sans doute offensée. C'est ma faute, pas la vôtre. Vous m'avez trop pris au sérieux. Croyez-vous vraiment, madame Washington, que je vous en veuille pour ça? (Il désigna sa

1. Célèbre journaliste.

joue.) Je ne vous en tiens absolument pas rigueur. Tout ce que j'ai raconté, cela ne vous visait pas personnellement. Mais je ne pouvais pas le dire à ces espèces de Cosaques noirs. Alors... Alors ne pensez surtout pas que je vous reproche quoi que ce soit. Et reconsidérez votre position.

— J'aimerais bien, mais c'est impossible.

— Pourquoi? Vous avez peur du qu'en-dira-t-on? De me manquer de respect? Je n'ai que faire du respect, madame Washington. J'ai besoin de quelqu'un, sinon autant prendre mes repas devant la télévision avant de mourir.

— Ni l'un ni l'autre, lui expliqua-t-elle avec une grande douceur. Ce sont les enfants.

— Vous pensez que cela déplairait à mes enfants que vous preniez la place de leur mère?

— A la maison, nous avons nos habitudes. Ma fille commence à préparer le dîner et c'est moi qui termine quand je rentre. Je dîne avec mes petits-enfants, tous les soirs. Comme ça, ils ont l'impression d'être en famille, bien que leur père ne soit plus là et que leur mère travaille. Ils savent qu'il y a leur grand-mère, qu'on dit le bénédicité avant de se mettre à table et qu'on regarde un peu la télévision avant d'aller se coucher. Si l'on bouleversait tout cela, ce ne serait pas juste pour eux.

— C'est vrai, admit-il sans parvenir à dissimuler sa déception.

— Cela dit, il n'y a aucune raison pour que je ne m'asseye pas en face de vous pendant votre dîner, lui proposa-t-elle.

— C'est une excellente idée. Et peut-être accepterez-vous une tasse de café? Cela vous conviendrait-il?

— Tout à fait.

— Alors... Allez donc en chercher une. Et si vous préférez le vrai café, commandez-en dès demain!

— Non, le décaféiné me va parfaitement.

— Bien, bien!

Elle se rendit dans la cuisine et revint avec une tasse fumante. Quand elle fut assise en face de lui, il la regarda au-dessus de sa propre tasse et lui sourit.

C'était la première fois que Mme Washington le voyait sourire.

DEUXIÈME PARTIE

10

L'orthopédiste accorda au cas d'Horowitz le sérieux avec lequel un chirurgien s'apprête à pratiquer une opération à cœur ouvert. Il examina l'ordonnance du Dr Tannenbaum, regarda attentivement Horowitz, puis les souliers de celui-ci.

— Vous portez seulement ce type de chaussures?

— Ce sont des chaussures fabriquées en Angleterre que j'achète chez Saks, dans la Cinquième Avenue, depuis trente-cinq ans. Bien entretenues, mises sur des embauchoirs, elles peuvent durer une existence entière. Qu'est-ce que vous leur reprochez?

— Elles ne conviennent pas...

Horowitz se tourna vers Mme Washington.

— Vous avez entendu cette absurdité?

— Laissez-moi vous expliquer... commença l'orthopédiste.

— Des souliers comme ceux-là sont confortables dès le premier instant. Pas besoin de les faire. Ils ne provoquent ni durillons, ni ampoules, ni...

— Je vous en prie, monsieur Horowitz, laissez-moi parler!

— D'accord, consentit Horowitz avec l'intolérance la plus manifeste.

— Pour fixer une attelle, les demi-bottes représentent les chaussures vraiment adéquates. L'ouverture est plus large que celle d'une chaussure ordinaire et elles sont plus faciles à mettre et à enlever, surtout avec une fermeture Velcro remplaçant les lacets.

— Je sais nouer mes lacets. Demandez-lui, fit-il en désignant Mme Washington.

— Il le sait... quand il n'oublie pas de le faire.

Du regard, elle avertit l'orthopédiste de procéder avec prudence. Il comprit.

— Ma foi, rien ne vous interdit les lacets. Franchement, c'est même un plaisir d'avoir affaire à quelqu'un qui peut en porter. Le cas est si rare!

— Ces bottines ne me plaisent pas. Elles sont laides. Épatées. Disgracieuses. Je préfère les chaussures de fabrication anglaise, comme les miennes; elles ont de la classe.

— Cependant, insista l'orthopédiste, les demi-bottes conviendraient beaucoup mieux.

Mme Washington décida qu'il était temps d'intervenir :

— Dites-moi, monsieur, une fois l'attelle posée dans une chaussure, est-il possible, le moment venu de s'en passer, de...

L'homme allait expliquer que la plupart des patients étaient obligés de garder en permanence leur attelle, mais elle s'empressa de poursuivre :

— Quel effet cela a-t-il sur la chaussure?

— Vous voulez dire, la chaussure reprend-elle ensuite son aspect initial?

— Exactement.

— Non. Elle ne peut plus être utilisée pour un usage classique.

Elle réfléchit un instant avant de déclarer :

— Eh bien, ce serait dommage de gâcher ainsi une belle paire de souliers anglais.

— Sans aucun doute, renchérit Horowitz.

Mme Washington invita l'orthopédiste à donner son avis en lui disant :

— Une paire de demi-bottes permettrait donc de préserver ces élégantes chaussures anglaises?

— Évidemment.

Horowitz reconsidéra la question.

— Après tout, je ne tiens pas à sacrifier mes souliers de chez Saks. Je vais commander une paire de ces demi-bottes. Pointure 41.

— Parfait, se hâta de conclure l'orthopédiste. Dès que je les aurai reçues, je fixerai l'attelle du pied gauche, selon les directives du Dr Tannenbaum.

— Dites-moi, s'enquit Horowitz, saisi par une idée soudaine, cette... attelle, elle se voit?

— La jambe de votre pantalon la couvrira presque entièrement.

— Mais elle se voit, insista Horowitz.

— A peine. Sur le côté. Au-dessous du bas du pantalon. Le problème est bien pire pour les femmes.

— De quelle couleur est-il, ce damné truc?

— Blanc.

— Une loi médicale vous interdit-elle d'en foncer le bas? A l'endroit où il apparaît au-dessous du pantalon?

— Mon Dieu, non... C'est faisable, il me semble.

— Bien! Alors, faites-le. (Puis il admit à contrecœur :) Je n'aime pas attirer les regards.

Dès son arrivée, le lendemain matin, Mme Washington sut que M. Horowitz avait passé une mauvaise nuit. Elle l'avait laissé, la veille au soir, bien installé dans son lit, et il était évident qu'il s'était levé au cours de la nuit. Le fait en lui-même ne l'aurait pas inquiétée car il pouvait être la preuve d'un renouveau d'indépendance, mais, sur la moquette, des traces laissées par la canne quadripode montraient qu'il avait dû perdre l'équilibre et s'était retrouvé par terre.

A pas de loup, elle s'approcha de la porte de la chambre à coucher et prêta l'oreille. Elle n'entendit pas la radio qu'il mettait habituellement dès son réveil en attendant son arrivée. Elle entrouvrit légèrement la porte et vit qu'il respirait régulièrement. Rassurée, elle se dit qu'elle le laisserait dormir jusqu'à ce qu'elle ait terminé l'essentiel de ses tâches ménagères.

En entrant dans la cuisine, elle aperçut sur le sol une tasse brisée au milieu d'une petite mare noirâtre. Elle ramassa les morceaux et s'agenouilla pour laver soigneusement la tache sur le linoléum. Finalement, pour éviter que l'endroit nettoyé ne ressorte en clair sur l'ensemble, elle procéda à un nettoyage complet du sol.

Le temps passait, et elle décida d'aller déranger Horowitz. Il se réveilla de mauvaise humeur. Elle en déduisit qu'il se sentait coupable.

Après ses premières ablutions, il apparut pour prendre son petit déjeuner. Elle avait réduit de moitié le « rembourrage » de la fourchette. Tout d'abord il éprouva quelque difficulté à la tenir bien en main, mais il s'appliqua en silence sans avoir trop souvent recours à sa main droite.

Il ne lui avait pas dit bonjour et il mangeait en regardant dans le vide.

Elle l'observa en essayant de dissimuler sa curiosité. Visiblement, quelque chose l'avait gravement perturbé et il refusait d'en parler.

— Bonjour, monsieur Horowitz!

— Que peut me réserver de bon la journée? fit-il d'un ton hostile avant de répondre du bout des lèvres : Bonjour.

— Voilà qui est mieux! Désirez-vous votre décaféiné maintenant?

Il leva les yeux avec une certaine gêne.

— Vous avez vu le... les dégâts dans la cuisine?

— Oui.

— Excusez-moi.

— Aucune importance.

La communication lui paraissant établie, elle demanda :

— Vous avez passé une mauvaise nuit?

Il demeura silencieux et elle n'insista pas. Il lui expliquerait ce qui s'était passé le moment venu — ou peut-être jamais. C'était l'un des patients les plus têtus qu'elle ait rencontrés.

Plus tard, lors de ses exercices, il fit preuve d'une mauvaise volonté évidente, et elle dut se montrer insistante. Il ne cessa de marmonner des épithètes désagréables, qui allaient de Hitler à Idi Amin Dada.

Elle lui déclara tout en l'aidant :

— Si votre bras et votre main se montraient aussi pugnaces que votre caractère, vous seriez déjà guéri!

Ils finirent par venir à bout de la première séance sans jamais cesser de se lancer des piques. Il était temps à présent qu'il prenne sa douche et s'habille. Mais il n'avait toujours rien dit qui puisse expliquer son humeur. Mme Washington s'inquiéta, car elle se dit que, vu son impatience du moment et compte tenu de sa précédente chute, s'il tombait en se douchant, cela aurait de graves conséquences. De nombreux cardiaques ne réchappaient de ces chutes qu'avec de sérieuses lésions cérébrales et des os brisés. Dans son cas, elle savait que cela pouvait s'avérer fatal. Il y survivrait, mais son esprit subirait une défaite terrible.

Aussi alla-t-elle jeter un coup d'œil par la porte entrouverte. Horowitz se montrait prudent. Il maniait le savon avec délicatesse, mais quand il poussa la porte du bac à douche et allongea le bras vers la grande serviette-éponge, il n'arriva pas à l'atteindre. Elle s'avança pour la lui tendre. Il la prit, remarquant un instant après :

— Vous me surveilliez? Vous trouvez cela correct? Une femme de votre âge, espionnant un homme nu?

— Monsieur Horowitz, cela vous surprendra peut-être, mais j'en ai vu d'autres!

— Pas d'effronterie! riposta-t-il en continuant à se sécher, dissimulant le plus possible certaines parties de son corps.

— N'ayez crainte, je ne vous violerai pas.

— Et pourquoi pas? Vous autres Noirs, vous êtes des spécialistes en la matière. (Il regretta aussitôt sa réflexion.) Pardonnez-moi. Ça m'a échappé!

Elle ne releva pas et lui tendit son peignoir de bain qu'il eut quelque mal à enfiler, n'arrivant pas à passer son bras gauche dans la manche.

— Vous ne pourriez pas m'aider, non? grommela-t-il.

— L'effort vous est salutaire, assura-t-elle avec une froideur toute professionnelle. Habillez-vous, à présent. Nous allons dans le parc.

— Je ne tiens pas à aller dans le parc aujourd'hui.

— La journée est belle, mais il va faire chaud. Plus tôt nous sortirons, mieux cela vaudra. Habillez-vous. Et soignez votre tenue.

— Un pantalon rouge évasé et un chapeau à large bord vous conviendraient? observa-t-il aigrement, faisant allusion à l'uniforme favori des jeunes Noirs du quartier.

Elle rétorqua fermement :

— Contentez-vous de choisir une chemise et un pantalon qui ne me feront pas honte.

Il batailla avec sa chemise et parvint à mettre les boutons par pur entêtement. Il réussit même à remonter presque complètement sa fermeture Éclair, ce qui lui évita d'avoir à faire appel à ses services. Quand elle procéda à une rapide inspection, elle s'aperçut que la fermeture n'était pas tout à fait remontée ; elle voulut y remédier.

— Ça ira bien, dit-il en reculant.

Elle acheva ce qu'elle avait commencé sans se laisser fléchir.

— Voilà. Vous ne craignez plus rien. Personne ne peut vous violer. Maintenant, marchez !

— Pas de fauteuil roulant aujourd'hui ? demanda-t-il, plein d'espoir.

— Servez-vous de votre canne jusqu'à la porte. Il vous faut de l'exercice. Une fois là-bas, vous prendrez le fauteuil.

— Vous allez de nouveau me traîner à travers le hall dans ce maudit fauteuil ? Vous cherchez à m'humilier. Cet Angelo dans l'ascenseur, et surtout Juan le portier, ils n'attendent que ça ! J'ignore pourquoi. Chaque année, à Noël, je leur fais un beau cadeau. En fait, Hannah disait souvent que... (Il s'interrompit brutalement à ce souvenir.) Entendu, je marcherai jusqu'à la porte. Je m'assiérai dans ce satané fauteuil. Mais si l'un d'eux me sourit, je lui montrerai de quel bois je me chauffe !

Mais quand Angelo ouvrit la porte de l'ascenseur, sourit et dit : « Ah, bonjour, monsieur Horowitz. Vous avez bien meilleure mine aujourd'hui », au lieu de passer aux représailles comme il l'avait promis, Horowitz se contenta de dire :

— Merci.

Et quand Juan l'aida à gravir les trois marches en décrétant joyeusement : « Un de ces jours, monsieur Horwitz, vous grimperez ces marches tout seul », il y alla d'un sourire qui l'embarrassa aussitôt, car il décela un pétillement dans les yeux noirs de Mme Washington.

130

Ils étaient assis au soleil depuis près d'une heure et ils n'avaient pas échangé une parole. Seule, la rumeur de la ville, plus intense en cette période estivale, rompait le silence, mêlée de temps à autre aux cris d'enfants — joyeux ou angoissés — qui s'élevaient du terrain de jeux proche. Ces bruits de la vie étaient réconfortants, et pourtant un peu déprimants.

Horowitz parla le premier.

— Quand elle était petite, je l'amenais bien souvent sur ce terrain de jeux.

— Mona?

— Même alors, elle voulait tout régenter. Un jour, elle s'est emparée du jouet d'une autre gosse et n'a rien voulu entendre pour le rendre. J'ai eu beau promettre de lui en acheter un semblable, elle tenait à celui-là et n'a pas accepté de le lâcher. Et c'est à l'autre petite fille que j'ai offert le jouet neuf. Croyez-vous, madame Washington, que les enfants naissent avec les caractéristiques qu'ils montreront plus tard?

— Oui. Conrad a toujours été comme ça. Dès son premier jour, il s'agrippait à un doigt comme si sa vie en dépendait et il est encore ainsi aujourd'hui. Ce qu'il tient, il le tient bien. Il ne dépensera jamais un sou s'il peut l'économiser. Mais il ira loin, mon Conrad.

— Conrad?

— Mon petit-fils. Je vous en parle comme si vous le connaissiez!

— Conrad... Un joli prénom, remarqua Horowitz. Et un gentil petit garçon, sûrement.

— Oui! oui! Il travaille bien. Il est toujours le premier de sa classe.

— Nous avons appris une chose, nous autres Juifs : l'instruction est la seule porte de sortie de la pauvreté. Deux de mes petits-enfants sont à Harvard.

— Les enfants de Mona?

— Exactement. Et, si vous voulez mon avis, ils ont choisi Boston pour s'éloigner le plus possible de leur mère! Ce sont de bons enfants, quand même.

Il resta silencieux un long moment avant de dire :

— Un jour, vous les verrez. Ils viendront me voir. Bien sûr, cet été, ils suivent des cours particuliers et c'est difficile pour eux de s'absenter... Vous devez être très fière de Conrad, madame Washington; le premier de sa classe! Et la fillette?

— Louise?

— Louise... Quel nom ravissant! Madame Washington, permettez-moi de vous donner un petit conseil. Ne montrez pas trop à Louise à quel point vous êtes fière de Conrad. Il ne faudrait pas qu'elle ait l'impression de venir en second. Est-elle jolie?

— Oui. Et très intelligente. Ses notes en classe sont aussi bonnes que celles de Conrad.

— C'est parfait ainsi, approuva Horowitz. (Puis il ajouta :) Vous savez, j'ai beau les voir rarement, je me sens parfois très proche de Bruce et de Candy. Et je sais combien les enfants peuvent être sensibles aux comparaisons entre eux. Je suis heureux pour vous que Conrad et Louise soient brillants tous les deux. A vrai dire, ce ne serait pas une mauvaise idée si un jour prochain...

Une sorte de pudeur l'empêcha de terminer sa phrase et le silence retomba entre eux, meublé seulement par les bruits venant de la circulation et du terrain de jeux.

Bientôt ce fut l'heure de rentrer déjeuner, et Mme Washington prit place derrière le fauteuil roulant. A l'abri de son regard scrutateur, Horowitz se sentit plus libre pour parler; il commença :

— Madame Washington...

Elle s'apprêtait à bouger de derrière le fauteuil quand il l'arrêta.

— Restez où vous êtes, je vous en prie, et écoutez-moi un instant.

Elle attendit.

— Vous n'avez rien dit à propos du café renversé sur le linoléum. Vous êtes une femme pleine de tact. Je tiens à m'excuser.

— Cela n'avait pas grande importance, fit-elle, cherchant à minimiser l'incident.

— Je vous ai causé un surcroît de travail.

— Mais non. Le sol de la cuisine avait besoin d'être lavé, de toute façon.

— Vous l'aviez nettoyé la veille.

— Et alors? Il ne rétrécira pas!

— En tout cas, je vous suis reconnaissant de ne pas en avoir parlé.

— Merci.

— Vous avez sûrement deviné que je suis tombé cette nuit dans le salon.

— Oui.

— Et c'est pour ça que vous m'espionniez ce matin pendant que je prenais ma douche? (Il ne lui laissa pas le temps de répondre et ajouta aussitôt :) Enfin, que vous me surveilliez?

— Oui.

— Et c'est pour cela que j'ai été aussi désagréable. Je ne voulais pas qu'on sache que j'étais tombé. Vous ne le direz pas à Marvin, n'est-ce pas? Ni à Mona?

— Non, si vous me promettez d'être prudent à l'avenir.

— Je n'ai pas pu dormir la nuit dernière.

— J'ai mal dormi, moi aussi.

— Pourquoi? demanda-t-il avec une sollicitude sincère.

— Il y a des nuits comme ça. Les pensées tournent dans ma tête, m'empêchent de dormir. Qu'adviendra-t-il de Conrad et de Louise s'il m'arrive quelque chose?

— Ils ont leur mère.

— Oui, mais elle travaille la nuit. Et ils restent seuls alors. Qui s'occuperait de leur dîner, de surveiller leurs devoirs, de la façon dont ils passent leurs soirées? Qui les câlinerait? Les mettrait au lit? Ça m'empêche de dormir parfois. Et vous?

— Ah! (D'un geste de sa main valide, il balaya le sujet.) Allons manger.

Il lui fit signe de l'aider à traverser avant que le feu ne repasse au rouge.

Le repas consistait en une côte de veau grillée accompagnée de carottes, aussi dut-il se servir de sa main gauche pour maintenir la viande pendant qu'il la coupait de l'autre. Mme Washington s'était assise en face de lui, ainsi qu'il en avait exprimé le désir. Elle sirotait son décaféiné et l'observait en silence, consciente qu'il maniait avec davantage de dextérité que le matin la fourchette au capitonnage amoindri. Mais il était toujours troublé pour une raison inconnue. Peut-être parviendrait-elle à lui tirer les vers du nez lors de la prochaine séance. Les psychiatres pour enfants ne procédaient pas autrement : ils leur occupaient les mains pour délier leur langue et leur esprit.

A la fin du repas, Horowitz fit la remarque suivante :
— Ne le prenez pas mal, mais mon Hannah avait l'habitude de me servir les côtes de veau panées. Celle que vous avez préparée était bonne, remarquez bien, quoique un peu sèche. Si l'on désire un *meichel*, il faut tremper la côte de veau dans un œuf battu, puis la passer dans la chapelure et la faire frire ensuite dans de la graisse de volaille.

Brusquement il se souvint.
— Oh! laissez-moi vous expliquer ce que signifie un *meichel*.
— Un mets particulièrement savoureux, dit-elle. M. Rosengarten aimait beaucoup les côtes de veau préparées de cette façon.

Il fit la moue.
— Je vois... (Puis il murmura soudain, sans raison apparente :) Hannah... Hannah...

Il ne prononça plus un mot tant que dura la première série d'exercices — bras, pied, jambe, hanche. Lorsqu'ils en arrivèrent à l'épreuve d'adresse concernant sa main gauche, il se mit à maugréer.
— Des billes et des boutons! C'est bon pour les gosses du parc, pas pour un homme de mon âge.

Il réussit pourtant à retenir entre ses doigts la plupart des billes. Trois seulement lui échappèrent pour aller se loger sous le divan. Mme Washington dut se mettre à quatre pattes pour les récupérer, ce qui augmenta sa gêne. En guise d'amende honorable, il proposa :
— Voulez-vous faire une partie de belote? Vous aimez y jouer, je crois?
— Oui, mais je préférerais essayer un autre jeu.

134

– Le rami? dit-il avec empressement.

– Non. Attendez.

Elle quitta la pièce et revint avec un paquet qu'elle avait apporté avec elle le matin même. Avant qu'elle ait commencé à le déballer, il avait décidé qu'il ne s'y intéresserait pas et il demanda d'un air soupçonneux :

– Qu'est-ce que c'est?

– Un jeu.

Elle continuait à défaire soigneusement le paquet.

– Quel genre de jeu?

Elle lui présenta un carton plat gaiement illustré.

– Des échecs chinois! s'exclama-t-il. Je ne joue à aucun jeu chinois. Pas même au ping-pong. Que Nixon et Kissinger fraternisent avec les Chinois, pas moi!

– C'est un jeu inventé par des Américains, fabriqué par des Américains. Il n'a rien de chinois.

– Alors pourquoi l'a-t-on appelé ainsi? riposta-t-il d'un air de défi.

Elle posa l'échiquier sur la table de bridge et entreprit de placer les billes blanches dans leurs cavités.

Elle pressa Horowitz d'en faire autant avec les noires.

– Allez! Rangez les billes de votre jeu. Faites un essai, au moins.

– Pourquoi ne m'avez-vous pas donné les blanches?

– Ça va! je vous les donne.

Il chercha à faire pivoter le tableau vers lui, mais elle écarta sa main en appliquant la sienne, noire et vigoureuse, sur l'échiquier.

– Si vous voulez les blanches, il faut les placer vous-même dans leurs cases, avec votre main gauche.

Elle les fit rouler vers lui et l'obligea à mettre en place chaque bille blanche. Il s'y employa laborieusement.

– Vous parlez d'un jeu! marmonna-t-il. Vous avez l'avantage. Pendant que je me concentre sur les billes blanches que je dois prendre avec ma main gauche, vous avez eu le temps d'anticiper trois coups! Bientôt, vous allez vouloir intéresser la partie.

Il finit d'installer ses billes.

— Bon, comment ça se joue?

Elle lui fit une démonstration et ils commencèrent une partie. Il ne cessait de proférer des commentaires désagréables.

— C'est pas du rami, oh non!

— Jouez! lui ordonna-t-elle.

— Et si je refuse de continuer, fit-il soudain, irez-vous jusqu'à me battre? Cela vous ressemblerait bien de frapper un homme sans défense. C'est ce qui est arrivé à Joe Abelson. Il était soigné par un infirmier noir et après sa mort on a découvert des meurtrissures sur son corps. Ne vous retenez pas, je m'attends à la même chose!

Sans relever l'insulte, elle se concentra sur le jeu — et sur le fait qu'en dépit de ses protestations Horowitz s'intéressait suffisamment à la partie pour utiliser davantage sa main gauche.

Au bout d'un moment, il avoua :

— A vrai dire, il ne s'agissait que d'un bruit qui courait au sujet d'Abelson. Rien ne prouvait vraiment qu'il y ait eu des meurtrissures.

— Et l'infirmier? demanda Mme Washington d'un air sceptique.

— Il n'était pas exactement noir, reconnut Horowitz.

— Que signifie « pas exactement noir »?

— Eh bien... blanc, je suppose. (Pour changer rapidement de sujet, il dit avec assurance :) Je suis persuadé que si vous vouliez vous en donner la peine, vous apprendriez fort bien à jouer au rami.

— C'est possible, mais les échecs chinois vous seront plus profitables.

— Madame Washington, si je vous promets de battre les cartes chaque fois, d'utiliser ma main gauche le plus possible, accepteriez-vous que je vous apprenne le rami?

Elle se laissa fléchir.

— D'accord...

Tout content, il lui indiqua le grand bahut de noyer.

— Dans le tiroir du haut, vous trouverez les deux jeux dont nous nous servions avec Hannah. Ils sont rangés là depuis sa... (Il ne prononça pas le mot.) Je n'ai pas voulu y toucher.

Mme Washington trouva les deux jeux dans leurs étuis et

elle les lui tendit. Il les prit comme s'il s'agissait d'objets sacrés et en caressa le dos avec les doigts malhabiles de sa main gauche.

– Je suis heureux qu'elle ne m'ait pas vu dans cet état. Elle en aurait trop souffert.

Horowitz était bon professeur et Mme Washington bonne élève. Leur première partie ne se déroulait pas si mal quand, tout d'un coup, alors qu'il s'apprêtait à tirer une carte du talon, il marqua un temps.

– Je voudrais vous dire quelque chose, fit-il en hésitant, la main encore sur la carte.

Elle l'encouragea d'un sourire.

– Je voudrais vous dire que je suis désolé pour ce matin.

– Vous vous êtes levé déprimé. Ça se reproduira, monsieur Horowitz. De temps en temps, vous vous sentirez découragé. Vous ressentirez péniblement vos limites. Vous aurez l'impression de ne pas progresser. Alors vous vous défoulerez sur moi et direz des choses que vous ne pensez pas. Je comprends ça très bien.

– C'est très gentil de votre part, madame Washington, mais le fait est que vous ne me comprenez pas. Vous ne pouvez pas comprendre, plus exactement. Pourquoi ai-je tant de mal à m'exprimer ?

Il retira sa main, reposa péniblement ses cartes et la regarda droit dans les yeux.

– Hier soir, dit-il, après m'être endormi, je me suis réveillé brutalement. Quelque chose me perturbait. Quoi, je l'ignorais. Mais impossible de me rendormir. J'ai réfléchi du mieux que j'ai pu. Qu'est-ce que j'avais bien pu oublier de faire ? Ça n'avait rien à voir avec Marvin ou Mona, ou mes petits-enfants. Bernadine, je m'en suis déjà occupé. Alors de quoi s'agissait-il ?

« Les premières lueurs de l'aube commençaient à filtrer à travers les volets quand j'ai compris ce qui m'agitait. *Yahrzeit !* Vous savez ce que ce mot veut dire, madame ?

Elle tenait à ce qu'il continuât à se libérer de la source de son tourment, et elle hocha négativement la tête.

– Comment ? Les Rosengarten n'observaient pas les anniversaires de ce genre? (Son ton était désapprobateur.) *Yahrzeit* peut fort bien être interprété au sens littéral, expliqua-t-il. Elle l'écoutait attentivement, l'encourageant à continuer. — *Yahr* signifie année. Et *zeit*, temps, époque. Quelle époque de l'année? demanderez-vous. Eh bien, celle d'un anniversaire particulièrement douloureux... qui correspond au jour de la mort d'un être bien-aimé. Un père, une mère, un époux ou... une épouse. Et ce jour n'est pas celui du calendrier habituel, mais celui du calendrier juif. Mon Hannah — puisse-t-elle reposer en paix! — est morte le 10 juin 1974. Date qui représente sur le calendrier juif le vingtième jour du mois de Sivan. Cette année, ce jour est tombé le 6 juin.

« Pourquoi donc étais-je si troublé cette nuit? Parce que l'anniversaire de la mort d'Hannah a eu lieu pendant que j'étais à l'hôpital et je l'ai complètement oublié! Vous entendez, je n'ai pas honoré la mémoire d'Hannah! Marvin n'est sûrement pas allé à la synagogue ce jour-là, pour former un quorum. Il n'y va qu'exceptionnellement, et comme membre du conseil d'administration. Quant à Mona, les femmes n'assistent pas au service d'anniversaire. Et le 6 juin est passé sans que je m'en rende compte, sans même qu'une lampe ou une bougie ait été allumée la veille en souvenir d'Hannah!

Il s'enfonça un moment dans ses pensées, puis il reprit:
— Comme je me le reproche! Dans le sac de provisions que je portais quand les voyous m'ont attaqué, il y avait deux chandelles d'anniversaire, dans leurs supports de verre. Je me souviens même du bruit qu'ils ont fait en se brisant par terre. Pour que j'aie oublié une chose pareille, à l'hôpital, il a fallu que je sois abruti par les médicaments. Quelle qu'en soit la raison, c'est comme si Hannah Horowitz n'avait jamais vécu. Personne n'aura prononcé la prière rituelle devant Dieu, je n'aurai pas dit: « Seigneur, souviens-toi de cette femme angélique. Je te supplie en cette date anniversaire de lui donner la paix éternelle. Que la patience qu'elle a toujours montrée à mon égard soit portée à son crédit! »

Horowitz regarda Mme Washington et lui déclara, en toute innocence:
— Pour être franc, je dois avouer que je suis parfois très difficile à vivre.

— Pas possible? fit-elle, essayant de jouer la surprise.

— Mais si, insista-t-il. Et c'est ce qui m'a réveillé en pleine nuit. La pensée de ne pas avoir célébré l'anniversaire de la mort d'Hannah. Bien sûr, connaissant Hannah, je sais qu'elle m'a pardonné. Mais Dieu? Voilà ce qui me tourmente depuis des heures, ce qui m'a rendu si désagréable aujourd'hui. J'espère que vous me comprenez et que vous me pardonnez.

— Je vous comprends et je vous pardonne, lui assura Mme Washington.

— Merci, dit-il en s'efforçant de ramasser son jeu avec sa main gauche, mais, cette fois, la difficulté lui parut trop grande et il repoussa les cartes. Je ne me sens pas le courage de continuer à jouer. Je voudrais regagner ma chambre et m'étendre un peu. J'ai besoin d'être seul un moment.

— Une autre série d'exercices vous attend. Ne l'oubliez pas.

Il se leva, l'air songeur, puis répéta d'un ton suppliant :

— J'ai vraiment besoin d'être seul un moment.

Le fait d'avoir oublié l'anniversaire de la mort d'Hannah le troublait profondément et elle devina qu'il était au bord des larmes.

— Un petit moment, alors, lui accorda-t-elle.

Un peu plus tard, quand elle frappa à sa porte, il ne répondit pas. Pensant qu'il s'était endormi, elle entrouvrit doucement la porte et jeta un coup d'œil à l'intérieur. La pièce était sombre. Il avait fermé les volets avant de s'étendre. Ses yeux étaient clos, mais il ne dormait pas. Il murmura :

— Oui, madame Washington, je sais. C'est l'heure des exercices.

Elle entra, et elle s'apprêtait à ouvrir les volets pour laisser la lumière de l'été inonder la chambre, lorsqu'il l'arrêta.

— Je n'ai pas besoin du grand jour pour faire mes exercices. D'ailleurs, mes yeux en souffrent.

Quand, au cours du travail, elle se pencha sur lui elle s'aperçut que les yeux d'Horowitz étaient rouges. Il avait pleuré.

— Monsieur Horowitz, à propos du *yahrzeit*...

— Oui, fit-il, essayant de soulever le plus haut possible sa jambe gauche.

— Est-ce qu'une date précise est indispensable?

— Évidemment! Ce n'est pas comme le Congrès passant une loi décrétant que l'anniversaire de Washington aura lieu cette année le 28 février. Ou que le prochain 4 Juillet tombera le 5 août! Personne ne plaisante avec le *yahrzeit*! Ni le Congrès, ni un planteur d'arachides, quel qu'il soit!

— Je me disais...

— Vous vous disiez quoi?

— Que Yom Kippour...

Il l'interrompit avec impatience :

— Yom Kippour n'aura lieu qu'en septembre et nous sommes à la mi-juillet!

— Lorsque je travaillais pour les Rosengarten, ils tenaient à ce que ce jour soit un jour saint pour moi aussi et ils me donnaient congé. Quand j'arrivais chez eux le lendemain, il y avait trois bougies consumées dans des petits verres et je faisais fondre les restes de cire afin que nous puissions utiliser les verres pour boire.

— Naturellement, mais pourquoi me racontez-vous cela?

— C'est de ce genre de bougies que vous parliez à propos de l'anniversaire de la mort de Mme Horowitz?

— Oui.

— Eh bien...

— Venez-en au fait, dit-il avec une pointe de nervosité.

— Les Rosengarten allumaient ces chandelles parfois dès le 12 septembre, parfois seulement le 10 octobre, et j'ai pensé que si de tels écarts de dates sont possibles, cela prouve que Dieu ne leur attache pas une importance capitale. Surtout s'il s'agit de quelqu'un ayant une bonne excuse à présenter.

« Après tout, si vous Lui disiez : Seigneur, j'étais à l'hôpital, je n'avais pas de bougies et je n'ai pu aller à la synagogue, je suis certaine qu'Il comprendrait.

« Demain serait un aussi bon jour qu'un autre pour Le prier selon les règles. Ne croyez-vous pas?

— Madame Washington, sachez qu'il n'y a pas d'excuse pour manquer à son devoir.

— Oh! je n'en suis pas si sûre!

— Moi, je le suis!

— Je me souviens d'un Yom Kippour où Mme Rosengarten était au lit avec la grippe. Son mari m'avait demandé de venir juste pour m'occuper d'elle. Et il m'avait dit que bien qu'elle ait l'habitude de jeûner ce jour-là, comme elle était malade, il m'était permis de lui donner un peu de bouillon de poule.

— Ma foi, concéda Horowitz, il est des circonstances qui ont force de loi. Si quelqu'un est malade...

— Comme dans votre cas, souligna-t-elle.

— Écoutez, ne jouez pas au talmudiste avec moi, dit-il d'un ton acerbe, et dans son agacement il réussit à lever et à baisser sa jambe gauche avec plus de vigueur.

Vers la fin des exercices, il déclara pourtant, non sans quelque mauvaise grâce :

— Il est possible qu'on ait besoin d'un homme de plus à la synagogue, demain matin, pour former le nombre requis. Alors qu'il y a plus d'un million de Juifs dans cette ville, il est souvent bien difficile de trouver dix hommes pour le *minyan* [1], surtout en été où tant de gens sont absents. Oui, je crois que j'irai offrir mon aide là-bas demain matin.

— A quelle heure demain matin? s'enquit Mme Washington.

— De bonne heure. Sept heures trente. Cela permet à ceux qui célèbrent le service de se rendre à temps à leur travail après avoir rempli leur devoir, expliqua-t-il.

— Je serai là, assura-t-elle.

— Inutile. Je me débrouillerai seul.

Elle répéta :

— Je serai là.

Le lendemain matin, à sept heures vingt-cinq, Mme Washington poussait le fauteuil de Samuel Horowitz entre les doubles portes de la synagogue Anshe Chesed. Le sacristain,

1. Les dix Juifs mâles indispensables pour tout service religieux.

un petit homme corpulent, à la barbiche blanche, et portant une *yarmulka* [1] de soie noire, les accueillit à l'entrée.

— Ah! Monsieur Horowitz! Vous nous avez manqué. Que vous est-il arrivé?

Il avait les yeux fixés sur le fauteuil roulant et Horowitz se sentit fort mal à l'aise.

— J'ai... J'ai eu une petite attaque.

— Une attaque? Mais vous avez eu cependant de la chance. Vous souvenez-vous de M. Cooper? Crise cardiaque. Mortelle. Et de Mishkin, l'avoué? Mort, lui aussi. Cancer. Tous les jours, c'est quelqu'un d'autre. Au fond, vous êtes un veinard.

— Merci, fit aigrement Horowitz.

Mme Washington amena le fauteuil jusqu'à l'entrée du sanctuaire où neuf ou dix hommes occupaient les deux premières rangées de bancs devant l'arche. Elle s'apprêtait à passer à l'intérieur quand Horowitz l'arrêta du geste. Il s'extirpa du fauteuil et, prenant appui sur le dossier de chaque banc, il entreprit péniblement de traverser la nef pour aller rejoindre les autres. Il choisit un châle et un livre de prières, et prit place parmi eux.

Durant le service, malgré le grand effort qu'il dut fournir, il se leva et s'assit aux moments appropriés. Mme Washington eut comme l'idée que le sacristain ralentissait à dessein le rythme du rituel pour faciliter les choses à Horowitz. A la fin, lorsqu'il fut temps de réciter la prière du souvenir, il se mit debout avec difficulté, mais sa voix couvrait celle de ses compagnons.

Les autres hommes se retirèrent bientôt et Horowitz resta seul sur son banc. Il vit avec soulagement — car le service avait été fort éprouvant pour lui — que Mme Washington poussait le fauteuil à l'intérieur de la nef et venait vers lui.

Sur le chemin du retour, il tint à lui assurer :

— J'espère ne pas vous avoir blessée à la synagogue, avant le service. Ce n'est pas parce que vous n'êtes pas juive que je ne voulais pas de vous à côté de moi. C'est parce que je ne

1. Calotte.

voulais pas qu'Hannah me voie dans cet état, ayant besoin de votre aide.

Ils étaient rentrés à bon port. Elle lui avait servi son petit déjeuner, auquel, plus que d'habitude, il avait fait honneur. Après cette visite à la synagogue, il se sentait manifestement allégé d'un grand poids. Tout en débarrassant la table, Mme Washington demanda :

— Désirez-vous l'allumer, à présent?

— Allumer quoi?

— La chandelle du *yahrzeit*.

— D'où voulez-vous que j'en sorte une? Ce jour-là, elles ont toutes fini en mille morceaux dans le caniveau avec mes commissions.

— Nous en avons une, pourtant.

— Comment cela?

Il se leva en s'aidant de sa canne métallique et se dirigea vers la cuisine. Là, sur l'évier d'acier inoxydable, étaient posées deux bougies neuves, plantées chacune dans un petit verre rempli de cire.

S'appuyant sur l'évier, car il avait besoin de ses deux mains pour craquer l'allumette, il alluma la petite mèche dans l'un des verres et contempla un moment la flamme qui répandait une lueur égale, sauf lorsque sa respiration la faisait vaciller, puis il plaça le verre dans l'évier.

— Il ne faudrait pas qu'elle provoque un incendie, expliqua-t-il en s'apprêtant à quitter la pièce.

A la porte, il se trouva face à face avec Mme Washington.

— Comment se fait-il que ces bougies se soient trouvées dans la maison? lui demanda-t-il.

— En rentrant chez moi, je suis juste passée devant un supermarché.

— Vous vous êtes juste arrêtée pour les acheter?

Elle inclina la tête.

— Dites-moi, madame Washington, les supermarchés de Harlem vendent-ils généralement ce genre de bougies?

— Quelquefois.

— Dans combien de magasins avez-vous dû vous rendre avant d'en trouver?

— Un ou deux. Trois peut-être.

— Ou quatre ou cinq? Six, même?

— Je ne m'en souviens pas.

Il lui tapota affectueusement la joue et s'éloigna, appuyé sur sa canne. Au bout de quelques pas, il se retourna.

— L'année prochaine, je voudrais bien être capable de me rendre là-bas tout seul. Et de ne pas être forcé de me cramponner aux bancs pour avancer. L'année prochaine...

Mme Washington sentit que les mots étaient vides, le désir vain, car il n'avait pas envie de vivre jusque-là.

11

Dans le service de physiothérapie de l'hôpital, Samuel
Horowitz était en train de passer ses tests hebdomadaires.
Mme Washington attendait dans un coin de la salle, obser-
vant la rééducatrice à l'œuvre.

Horowitz paraissait constamment à bout de souffle, non
parce que les mouvements l'épuisaient, mais parce qu'il ne
cessait de soupirer pour exprimer sa réprobation et son
désintérêt pour l'ensemble des mouvements. Mais la jeune
thérapeute, sans se laisser impressionner, poursuivait sa
tâche.

Les souliers d'Horowitz étaient posés au pied du lit sur
lequel se déroulaient les exercices. De la chaussure gauche, tel
un signal de détresse, émergeait l'odieuse attelle.

Non moins odieuses étaient la chemise blanche et la cravate que Mme Washington lui avait fait porter. Il les trouvait
bien trop fantaisistes pour se rendre à l'hôpital. Mais elle avait
insisté :

— Quand on sort quelque part où des gens peuvent vous
voir, on s'habille décemment. Mon Horace n'allait jamais en
quête de travail ou à l'église, ni même au bureau de place-
ment, habillé comme un plouc.

— Je ne suis pas un plouc! avait-il protesté.

— Regardez-vous un peu. Comment appelez-vous ça?

— Des habits ordinaires. Il faudra attendre mon enterre-
ment et que je n'aie plus mon mot à dire pour me mettre une
chemise et une cravate.

— Tel que je vous connais, vous aurez votre mot à dire, rétorqua-t-elle. A présent, mettez cette chemise et cette cravate, sinon c'est moi qui vais le faire.

Il l'avait alors fusillée du regard. Mais en lisant dans son regard sa détermination, il avait fléchi. Elle était capable de mettre sa menace à exécution.

— Embêter un malade, marmonna-t-il en ôtant son vieux polo. Harry Truman portait des polos comme celui-là.

— Quand vous serez président, vous pourrez le porter, dit-elle.

Aussi se retrouvait-il sur son trente et un dans les mains d'un tyran répondant au nom d'ergothérapeute, lequel se comportait avec lui comme s'il était un animal savant. Étirez-vous! Baissez-vous! Marchez! Saisissez! Résistez! Levez! Abaissez! Il s'appliquait de son mieux dans les limites imposées par son cerveau, son corps et son attitude.

Quand la jeune femme en eut terminé avec la série d'exercices figurant sur sa liste, elle déclara :

— OK! papa. Voyons maintenant si vous êtes capable de vous rechausser tout seul.

— Primo, je ne suis pas votre papa et, secundo, depuis soixante-huit ans à peu près, je mets mes chaussures sans aide.

Il passa son soulier droit et lentement, avec un grand effort de sa main gauche, il entreprit de nouer les lacets.

— Là, fit-il avec un air de défi en se présentant à l'inspection de la thérapeute.

— Vous avez oublié de nouer les lacets de l'autre côté.

Il jeta un coup d'œil sur ses pieds. C'était exact. Malgré les recommandations répétées de Mme Washington, il oubliait constamment certaines choses, comme de nouer les lacets de l'une des chaussures ou de boutonner sa chemise ou d'enfiler l'une des deux manches de son veston.

— A présent, voyons un peu comment vous marchez, papa. Allez-y! Longez ces barres parallèles, puis revenez vers moi.

— Je vous ai déjà dit de ne pas m'appeler papa! protesta-t-il.

Il obéit néanmoins et fit quelques pas sous l'œil critique de la rééducatrice. Aucun progrès depuis la semaine précédente. Il traînait trop la jambe. Si cela continuait ainsi un mois ou deux de plus, tout espoir d'amélioration serait perdu. Il faudrait qu'elle en rende compte au médecin traitant. En attendant, elle allait l'envoyer en ergothérapie.

La pièce était trop petite pour permettre à Mme Washington d'entrer. Elle attendit devant la porte en tendant l'oreille. Elle voulait se rendre compte de la façon dont marchait la séance.

— Bien, monsieur Horowitz, maintenant, montrez-moi comment vous ramassez les cartes.

— Je sais le faire. Demandez-moi autre chose.

— Montrez-moi quand même comment vous vous y prenez.

— D'accord.

Mme Washington entendait le bruit fait par chaque carte quand elle glissait sur la table avant d'être ramassée. Cela prenait du temps. Il s'en tire mieux à la maison, se disait-elle un peu tristement, et elle dut lutter contre son envie de surgir dans la pièce pour donner son avis.

— A présent, battez les cartes, monsieur Horowitz. Des trois façons différentes.

Après une nouvelle série d'exercices manuels, l'ergothérapeute déclara :

— Ce sera tout pour aujourd'hui, monsieur Horowitz. Veuillez attendre un moment dehors, je vous prie.

Mme Washington et lui attendirent près d'une demi-heure. La porte du bureau du chef de service s'ouvrit enfin et une grande femme à l'allure guerrière, couronnée de nattes blondes, apparut et leur fit signe.

Ils s'avancèrent ensemble, mais elle précisa :

— La dame seulement, je vous prie.

La porte se referma sur Mme Washington.

Le chef de service — Mlle Hilda Wolff, physiologiste, comme l'annonçait l'écriteau plastifié posé sur son bureau — se pencha sur deux rapports qu'elle tenait à la main. Elle leva les yeux sur Mme Washington en observant :

— Vous savez, les progrès sont inexistants. L'ennui avec

vous autres, infirmières non spécialisées, c'est que ou bien vous dorlotez le malade ou bien vous lui administrez des calmants de manière qu'il vous fiche la paix. Franchement, si j'avais ma liberté d'action, jamais je n'autoriserais une simple infirmière à se charger d'un malade de ce genre.

— Je ne le dorlote pas! protesta Mme Washington, et si vous croyez qu'il prend des calmants, parlez un moment avec lui. Il est amer, hargneux, agressif, mais certainement pas sous sédatifs!

— Deux mois après cette petite attaque, ses progrès devraient être plus sensibles. Il faut le pousser davantage.

— Il s'en tire mieux chez lui qu'ici. Il déteste venir à l'hôpital, se sentir ainsi diminué.

— Eh bien, il faudra qu'il s'y fasse. Je vais être forcée de rendre compte à son médecin traitant. Vous avez saisi? demanda-t-elle au cas où Mme Washington n'aurait pas compris l'avertissement.

— Oui, oui, j'ai compris.

— Ce qu'il lui faut, c'est de la discipline, et de la motivation. Il ne semble absolument pas motivé pour faire des progrès.

— J'ai bien peur que ce soit vrai, admit Mme Washington.

— Votre travail consiste précisément en cela. Vous devez le surveiller en permanence.

— J'essaierai, mais je ne crois pas que ça serve à grandchose. Il était très attaché à sa femme et depuis sa disparition il n'a plus goût à rien. Il a décidé soit de redevenir l'homme qu'il était avant son agression soit de baisser les bras et de la rejoindre.

— Pensez-vous qu'une aide psychiatrique puisse lui être d'un quelconque secours? demanda le chef de service.

— C'est possible, dit Mme Washington sans trop de conviction.

— Bien, j'en parlerai avec son médecin, dit Mlle Wolff d'un ton cassant en lui faisant signe qu'elle pouvait partir.

Dans le taxi du retour, ils gardèrent tous les deux le silence. Mais une fois dans l'appartement, Horowitz demanda :

— Alors, qu'a dit Brunehilde?

— Brunehilde? fit Mme Washington sans comprendre. Elle avait été brusquement arrachée à ses pensées. Lui faudrait-il quitter cet emploi qui correspondait si bien à ce qu'elle avait cherché pour l'été?

— La géante blonde, expliqua Horowitz. Avec les cheveux blonds. C'est naturel comme coiffure, à votre avis, ou elle y travaille tous les matins? En prenant une douche glacée.

— Votre comportement ne lui plaît pas. Elle le trouve négatif. Vous ne faites pas de progrès.

— Je vous bats trois fois sur quatre aux échecs chinois, qu'est-ce qu'il vous faut!

— Je parle de vos exercices en général. Vous devriez être capable de marcher plus longtemps. Et de vous passer bientôt de l'attelle.

Mme Washington espérait que cette pensée le stimulerait.

— *Boubbè mayssè!* dit-il sur un ton amer. Vous savez ce que ça veut dire? Des salades! Après son attaque, mon ami Kantrowitz n'a plus quitté son fauteuil roulant. Il a vécu ainsi, il est mort ainsi. Ce genre de chose ne s'améliore pas. On vous impose tous ces exercices pour vous faire croire le contraire.

— Vous pourrez marcher sans votre canne un jour, si vous y mettez du vôtre. Ou avec juste une canne toute simple. Ou même sans canne.

— Un jour! Toute l'humanité n'est qu'un âne qui court après cette carotte! Un jour! On vit dans cette seule attente. Toutes ces choses qu'on se refuse de faire sous prétexte qu'il faut attendre ce fameux jour! Mais il ne vient jamais. La vie s'écoule. Hannah meurt. Me voilà ainsi. Il n'y a pas de « jour » miraculeux. Il n'y a que l'instant présent. Et franchement, le présent ne me plaît pas. Quoi! On ne peut même plus aller se promener comme un homme qui se respecte. Il faut s'asseoir dans ce fauteuil roulant. Et se faire porter pour trois petites marches! Et vous voudriez que ça me plaise.

« Vous savez, madame Washington, je n'attends plus rien de l'avenir. Et le présent m'insupporte, c'est comme ça, je n'y peux rien.

— Monsieur Horowitz... commença-t-elle en le voyant dissimuler ses larmes.

— Ne dites rien, je vous en prie!

Sa voix se brisa. Il ne pouvait plus cacher ses sanglots étouffés. Mais il se ressaisit et redevint le vieux râleur qu'il était :

— Vous savez, quand on vieillit, les yeux pleurent tout seuls. Surtout quand il y a du soleil. Trop de clarté. Je devrais porter des lunettes teintées. Oui, passé soixante-cinq ans, vous verrez comment c'est. Les yeux pleurent. Bon, et alors, c'est quoi aujourd'hui? Yom Kippour? On ne déjeune pas?

Il finissait juste de déjeuner lorsque le téléphone sonna. Mme Washington entra dans la salle à manger.

— C'est elle.

— Mona, évidemment? Dites-lui que je suis en train de faire de la course à pied dans le parc.

— Vous feriez bien d'aller lui parler. Elle semble bouleversée.

Il se résigna.

— D'accord!

Et il manœuvra son fauteuil vers la cuisine pour y prendre l'appareil.

— Mona?

— Papa, qu'est-ce que je viens d'apprendre?

— J'attends que tu me le dises.

— Marvin m'a téléphoné il y a un instant. Il a eu au bout du fil le Dr Tannenbaum que la physiothérapeute de l'hôpital venait d'appeler. Il paraît que tes progrès ne sont pas du tout ce qu'ils devraient être.

— Alors?

— Alors, à moins que tu ne fasses preuve de plus de coopération dans tes exercices, nous serons forcés de prendre certaines mesures. La situation est grave, papa.

— Tu ne m'apprends rien, fit-il tristement.

— Pour résumer les choses, papa, nous avons décidé que s'il n'y a pas un changement rapide dans ton comportement général, nous serons obligés de faire appel à un psychiatre.

— Qui, *nous*?

150

— Marvin et moi. Et Albert, qui a déclaré que si c'est une question d'argent, il se chargera des frais.

— C'est vraiment aimable à lui, Mona. Mais n'oublie pas le vieux dicton juif, plein de sagesse bien qu'il ne sorte pas exactement du Talmud : « Quiconque se rend chez un psychiatre devrait se faire examiner le cerveau. »

— Papa! s'exclama-t-elle, exaspérée.

— Allons, allons, dit-il d'un ton apaisant.

— Un mot encore, papa...

Avec Mona on n'en avait jamais fini!

La jeune femme avait baissé la voix.

— Elle est là?

— Qui, elle?

— Ton infirmière. La *shvartzè*.

— Tu veux lui parler? Elle écoute sur une autre ligne.

— Non. Je veux te parler d'elle. Seule à seul.

— Eh bien, vas-y. Je plaisantais.

— La thérapeute assure que les infirmières ont tendance à dorloter leurs malades. Elles n'exigent pas assez d'eux. Il faudra peut-être t'en séparer.

— Pourtant, c'est un vrai tyran, affirma Horowitz. Elle serait parfaitement capable de diriger un camp de concentration. C'est la personne la plus vicieuse que j'aie jamais rencontrée.

Mme Washington lui lança un regard furieux et il lui expliqua en douce :

— Je prends votre défense, croyez-moi. (Puis il reporta son attention sur Mona :) Si tu penses qu'elle est trop faible à mon égard, rien n'est plus éloigné de la vérité. Elle me mène à la baguette. Je me demande même si elle ne va pas me battre dès que j'aurai raccroché.

— Papa! Il n'y a pas là matière à plaisanter!

— En vérité, ma chérie, c'est une très brave femme, extrêmement consciencieuse et qui fait vraiment de son mieux.

— Je l'espère, parce que si tu ne réalises pas bientôt les progrès voulus, je vais venir à New York prendre les choses en main! Fais un effort, je t'en prie, papa!

— D'accord! ma chérie, compte sur moi.

— Je veux que le prochain rapport de la thérapeute soit favorable. Travaille bien tes exercices toute la semaine! Entendu, papa?

— Entendu, Mona chérie, fit-il avec assurance et, après cela, il se sentit libre de raccrocher.

La main encore sur le combiné, il se dit qu'il avait fallu bien peu de temps pour que cette remueuse de vent de thérapeute appelle son médecin, que celui-ci appelle Marvin, que ce dernier appelle Mona et que Mona l'appelle. Les merveilles de la technologie avaient permis à tous ces messages le concernant, lui, Samuel Horowitz, de couvrir en un temps record plus de cinq mille kilomètres dans un sens, puis dans l'autre. Il se sentait comme un criminel traqué, et il dut résister à l'envie d'arracher l'appareil du mur.

Il lui fallait bien reconnaître pourtant que Mona avait raison... Ses progrès étaient presque nuls. Et il n'y pouvait rien.

Il manœuvra son fauteuil vers le salon et Mme Washington suivit, annonçant :

— C'est l'heure de vos exercices.

— Bon, fit-il, résigné. Sortez les cartes.

— Pas de cartes aujourd'hui, mais les billes et les boutons. Lorsque vous aurez attaché vos lacets!

Il s'apprêtait à protester, mais elle le domina du regard, et il se pencha pour nouer, non sans peine, les fameux lacets.

— A présent, passons aux boutons, dit Mme Washington en vidant la boîte sur la table.

Il détourna la tête, regardant ostensiblement dans le parc.

— Monsieur Horowitz, je sais exactement ce que votre fille vous a dit. Je connais l'opinion des kinésithérapeutes sur les simples infirmières! Eh bien, je vais leur prouver qu'ils peuvent avoir tort. Je n'ai pas l'intention de perdre ma situation auprès de vous. Elle me convient parfaitement à cause de mes petits-enfants, vous le savez!

Elle ne le quitta pas du regard jusqu'à ce qu'il se soit mis à ramasser les boutons avec les doigts malhabiles de sa main gauche.

— Mona! marmonna-t-il, ce faisant. Je savais bien qu'elle me causerait des ennuis. Elle a toujours été comme ça. (Il reporta sa colère sur Mme Washington :) Et vous, vous n'êtes pas mal non plus. La seule façon que j'aurai de me débarrasser de vous, c'est d'envoyer une requête à Israël. Ils enverront un commando et me libéreront, comme ils l'ont fait pour Entebbe.

– Concentrez-vous sur les boutons! Et quand vous aurez fini, on passe aux billes! Puis au *New York Times*, page par page.

– Vous êtes pire que ce que j'ai dit à Mona.

Mais il continua de ramasser les boutons jusqu'à ce qu'il n'y en ait plus un seul sur le plateau.

12

Horowitz mélangeait les cartes, s'efforçant de mettre le plus possible sa main gauche à l'épreuve.

Puis il s'apprêta à donner, mais l'expression de Mme Washington l'arrêta.

— Je sais, je sais, fit-il avec mauvaise grâce.

Il lui fallait répéter l'opération neuf fois encore. Ensuite — non sans peine — il distribua les jeux, tenant le paquet dans sa main droite et répartissant soigneusement les cartes à l'aide de sa main gauche handicapée.

La sonnerie du téléphone retentit.

— Si c'est Mona, je ne suis pas là! s'écria-t-il aussitôt.

— Qu'est-ce que je lui dis? Que vous êtes sorti pour faire du patin à roulettes? Elle sait bien que si je suis là, vous y êtes!

— Trouvez une excuse quelconque.

— Je vais lui dire que vous êtes en train de méditer et que je n'ai pas le droit de vous déranger.

— Parfait!

Elle alla répondre et il tendit l'oreille.

— Allô! dit Mme Washington avec précaution, s'attendant bel et bien à entendre Mona Fields.

Puis sa voix devint davantage circonspecte.

— Oui. Harriet Washington elle-même. Que puis-je faire pour vous? Oh! je vois! Bien sûr, je me rappelle les proportions. Non, non, là vous vous trompez.

Horowitz brûlait de curiosité.

— Non, madame Goodman, il ne faut pas vous servir d'un Cuisinart. Le hachis doit être préparé à la main.

— Un Cuisinart, marmonna Horowitz, qu'est-ce que ça peut bien être?

— En tout cas, ce sont exactement les ingrédients nécessaires : brochet, merlan ou aiglefin, une carpe, naturellement. Des œufs. Oui. Oignons, sel, poivre. Oui, et quelques fines rondelles de carottes. Le secret réside dans la préparation à la main. Sinon, autant acheter le produit en boîte.

Elle garda un moment le silence, puis assura :

— Ce n'est rien, madame Goodman. J'ai été ravie ce vous rendre service et je reste à votre disposition.

Elle revint vers la table de jeu et commença à assembler ses cartes sans rien dire. Horowitz la regardait.

— Vous êtes une femme sans cœur. Vous vous servez de mon téléphone, vous utilisez pour parler le temps qui m'est consacré et vous ne m'expliquez même pas de quoi il s'agit!

— C'était un appel de Mme Goodman.

— Étant donné que vous vous êtes adressée à elle par son nom, je suis assez intelligent pour l'avoir compris. Mais le reste, aiglefin, carpe, brochet... C'est une recette de *guéfiltè fish?*

— Oui. Mme Goodman habite le Connecticut et un groupe de femmes, là-bas, n'arrivaient pas à se mettre d'accord sur la meilleure façon de le préparer. Elle s'est souvenue avoir mangé de la carpe farcie, autrefois, chez les Rosengarten, et elle a appelé Stella Ross, née Rosengarten, pour lui demander la recette de sa mère. Stella lui a dit que sa mère ne préparait jamais le poisson. C'était moi qui m'en chargeais. Alors Mme Goodman a téléphoné chez moi et ma fille lui a appris que j'étais ici.

— Vous faisiez la carpe farcie pour les Rosengarten?

Il y avait une note de déférence dans la voix d'Horowitz.

— En réalité, c'est très simple. L'important est de hacher les ingrédients à la main.

— Je sais, pontifia-t-il. Ne jamais se servir d'un Cuisinart.

Après avoir étudié son jeu un moment, il s'enquit :

— Et qu'est-ce que c'est qu'un Cuisinart?

– Un robot ménager qui coupe, hache, mélange, entre autres choses. L'ennui, c'est qu'il le fait trop finement. Le poisson devient une sorte de crème.

– Ça marche à l'électricité, cet appareil?

– Naturellement.

– Plus il y aura d'appareils de ce genre, plus les économies d'énergie deviendront un leurre! grommela Horowitz. Vous réussissiez vraiment bien le poisson farci?

– Tout le monde paraissait l'apprécier. Certains invités ne voulaient pas partir sans emporter ma recette.

– Hannah aussi le réussissait remarquablement, fit-il d'un ton qu'il essayait de rendre modeste. Parfois j'ai bien envie de manger un bon poisson préparé à la maison.

Elle ne releva pas et il étudia un instant son jeu avant de poursuivre :

– J'ai lu dans une de ces brochures qu'ils vous remettent quand vous sortez de l'hôpital que le poisson est très riche en protéines, très pauvre en cholestérol. Il est hautement recommandé à ceux qui ont eu une crise cardiaque, ou une attaque...

La partie de cartes terminée, il dut accomplir une nouvelle série d'exercices, puis ce fut l'heure de la promenade préprandiale dans Central Park.

L'humidité était intense et la chaleur oppressante. Mme Washington ne lui permit pas de rester longtemps au soleil et elle lui fit manœuvrer son fauteuil pour gagner un endroit ombragé où la température était plus supportable.

Ils demeurèrent silencieux, écoutant la rumeur de la circulation, les cris et les rires des enfants, et le chant épisodique d'un oiseau présomptueux qui, par instants, couvrait tous les autres bruits.

– Hannah adorait ce parc, dit-il soudain. C'est pour cela que nous avons vécu si longtemps dans le quartier. Bien entendu, au cours des dernières années, je ne la laissais jamais venir ici toute seule. C'était trop dangereux. Mais le seul fait d'admirer le paysage par la fenêtre était bien agréable en soi.

« En hiver, tout était triste, les arbres squelettiques. Sauf quand il neigeait. C'était alors féerique. On pouvait passer toute la soirée à regarder scintiller le parc. Puis, avec le printemps, tout redevenait vert. Au loin, à l'est, près du Metropolitan Museum, il y avait des arbres magnifiques avec des fleurs roses. Quand le vent faisait tomber les pétales, on se serait cru sous une pluie rose. Après c'était l'été, et tellement de verdure qu'on ne voyait plus ni les gens, ni les sentiers, ni les voitures. Mais l'automne, ah, l'automne, la saison préférée d'Hannah. Tous ces dorés, ces rouges. Les feuilles sous vos pas. Quel dommage de les piétiner, elles étaient si belles. « Nous goûtions tout cela ensemble, Hannah et moi.

Il se tut un moment avant de demander :

— Votre mari et vous, vous avez dû connaître des joies de ce genre ?

— Oui, dit-elle doucement. A Pâques et à Noël — s'il avait pu travailler et recevoir un bon salaire. Il rachetait alors des habits aux enfants et nous remontions Lenox Avenue d'un pas fier pour nous rendre à l'église, mais nous savions que, bientôt, ce serait de nouveau le chômage. Pendant la guerre seulement, les gens pouvaient espérer gagner leur vie d'une façon régulière... N'est-ce pas triste à dire ?

Elle regardait au loin et Horowitz put détailler à loisir son visage aux traits volontaires mais que les soucis de la vie avaient marqué. Des fils d'argent couraient dans les cheveux d'ébène et, derrière les lunettes, les yeux noirs à l'expression habituellement combative étaient embués.

— Vos petits-enfants auront la vie plus facile, madame Washington, ne le croyez-vous pas ? dit-il dans l'espoir de lui rendre courage.

— Peut-être, si leur éducation se passe bien...

— Sûrement, avec l'exemple d'une grand-mère telle que vous, qui surveille leur travail.

Elle hocha la tête.

— Les enfants sont exposés à tant de choses, aujourd'hui. La violence, la drogue. Des fillettes deviennent enceintes à douze ans. Et ces garçons qui se droguent, volent... Comment ne seraient-ils pas tentés avec tout l'argent manipulé autour d'eux ?

— C'est un problème, reconnut Horowitz sans pouvoir offrir de solution.

— Il commence à faire trop chaud ici, dit-elle pour changer de sujet. Je vais vous ramener dans l'appartement, la climatisation vous fera du bien.

Il fit pivoter son fauteuil et manœuvra les roues dans la direction de la rue.

Le téléphone sonnait quand elle tourna la clé dans la serrure.

— Midi à New York, neuf heures à San Diego, annonça Horowitz d'un ton résigné. Ne décrochez pas. C'est Mona.

— C'est peut-être votre fils. Ou l'un de vos amis.

— Tous mes amis sont morts ou vivent à Miami. Ce qui revient au même. Laissez sonner.

— Phil Liebowitz a rappelé de nouveau hier, mais vous n'avez pas voulu lui parler.

— Tout ce qui l'intéresse, c'est de me voir cloué dans ce satané fauteuil et de contempler la cicatrice de ma joue. Je le connais bien, allez!

— Sa femme a appelé aussi. Elle voulait savoir s'il vous est permis de dîner dehors.

— De façon qu'elle puisse également me voir ainsi?

La sonnerie du téléphone insistait et Mme Washington alla répondre, obligeant Horowitz à manœuvrer lui-même son fauteuil pour franchir le seuil du vestibule. Quand elle revint, elle paraissait embarrassée.

— Mona?

— Oui...

— Je vous avais bien dit de ne pas vous presser, grommela-t-il tout en dirigeant adroitement son fauteuil vers la cuisine où se trouvait l'appareil.

— Allô, Mona?

— Pa'! Tu ne m'as pas téléphoné! fit-elle d'un ton de reproche.

— Pourquoi téléphoner si je n'ai rien de spécial à dire?

— Je veux savoir comment tu vas, si tu progresses. Il faut m'appeler tous les jours.

— En vingt-quatre heures, les progrès ne sont pas tellement sensibles!

— Le seul fait d'entendre ta voix est un réconfort pour moi.

— Tout va bien. Ma voix n'a pas le charme de celle de Frank Sinatra, mais c'est elle — puisque tu tiens à l'entendre.

— Pa'! Ne sois pas désagréable!

— Dis-moi, Mona, te sers-tu d'un Cuisinart?

— Naturellement. Pourquoi?

— Pour rien, mais j'espère que tu ne l'utilises pas pour la préparation du poisson farci!

— Non, bien entendu.

— Parfait.

— Nous avons un traiteur dans le quartier qui réussit divinement le poisson farci. Nous faisons appel à lui pour nos réceptions, pour les réunions pascales au temple ou, tout simplement, pour le buffet du country club, le dimanche.

— Tant mieux. Ta mère aussi réussissait admirablement le poisson farci. Il était délicieux, succulent... Divin? C'est curieux, nous n'avons jamais utilisé ce mot.

— Pa', tu recommences à être désagréable...

— Mona, tu veux me faire plaisir?

— Bien sûr. De quoi s'agit-il?

— Appelle-moi papa, d'accord?

— Entendu, *papa*. Ça te va, comme ça?

— Ce n'est pas la même chose quand c'est dit depuis San Diego.

Là-dessus, il raccrocha.

— Quand j'étais petit, pour manger le meilleur poisson farci, il fallait aller chez sa grand-mère. De nos jours, on doit se rendre au country club. Quel monde!

— Il est temps de faire vos exercices, lui rappela Mme Washington pour lui changer les idées.

— Oui, bien sûr. Les exercices. A quoi bon?

Mais il se dirigea néanmoins vers sa chambre.

Après en être passé par la routine — étirement, traction, etc. — il recommença à se plaindre :

— Elle ne m'attirera jamais à San Diego. Pas moi. Je ne serai jamais à la charge de quiconque. Même chez ma propre fille. Aussi grande que soit sa maison. Et elle l'est. Vous n'avez jamais vu une maison comme ça. On croirait un Holiday Inn. Mais elle a beau être spacieuse, elle ne m'irait pas. Je m'y sentirais comme un prisonnier. Je préfère rester ici. Tout seul !

Mme Washington se garda bien d'intervenir, mais elle n'en pensa pas moins que, si un jour il devenait prisonnier, la faute n'en reviendrait pas à Mona, mais à sa propre absence de volonté, à la résignation désespérée qu'il entretenait sciemment.

Il avait fini de dîner. Poulet rôti, haricots verts, crème renversée. Cette femme s'en tirait vraiment bien, il fallait le reconnaître. Tandis que Mme Washington mettait de l'ordre dans la cuisine, il s'installa devant la télévision. La météo n'était pas optimiste. La vague de chaleur continuait et, pour éviter les coupures éventuelles, on recommandait aux usagers de maintenir au plus bas leur système de climatisation. Samuel Horowitz avait déjà réglé le sien au minimum et il se félicita de sa sagesse.

Mme Washington vint le saluer avant de partir, refusant son offre de se reposer un moment.

— Il vaut mieux que je rentre le plus tôt possible. Par une nuit pareille, les enfants vont étouffer dans notre petit appartement et ils auront envie de sortir. Il est préférable qu'ils ne restent pas trop longtemps seuls.

— Je me souviens... Quand nous étions enfants à Brooklyn, par des nuits comme celle-ci, maman nous installait des couvertures dehors et nous dormions sur les marches de l'escalier de secours.

« Parfois, au milieu de la nuit, un orage éclatait, nous étions trempés jusqu'aux os et il fallait rentrer nous sécher comme après un bain. On écoutait la pluie battre les vitres et nous savions qu'au matin la ville serait toute propre, en quelque sorte, et qu'il soufflerait une bonne brise.

« Je sais de quoi vous parlez, croyez-moi.

Il se réveilla en sursaut en pleine nuit, comme s'il venait de recevoir un coup de coude, et il se rendit compte que l'arrêt brusque du système de climatisation en était cause. Il cherha le bouton de sa lampe de chevet, appuya dessus sans succès et recommença vainement l'opération à plusieurs reprises.

La terreur s'empara aussitôt de lui. Il se retrouva en nage en un instant. Devait-il rester ainsi, sans bouger, aux aguets, ou bien se lever et aller voir ce qui se passait? Un cambrioleur s'était-il introduit chez lui et avait-il neutralisé toutes les lampes pour le rendre plus vulnérable? Il tendit l'oreille en vain. Dans ce quartier, il n'était pas rare que des voleurs s'introduisent chez les gens dans le noir complet et emportent tous les objets de valeur sans faire de bruit ni laisser la moindre trace de leur passage.

Même après que ses yeux se furent accoutumés aux ténèbres, il ne vit toujours rien. C'est alors qu'il s'aperçut qu'il n'y avait aucune lumière visible dehors. Il se hissa non sans mal hors du lit et, tel un homme devenu brutalement aveugle, s'approcha à pas prudents de la fenêtre. Il écarta les lames du store.

Pas une seule lueur. La ville était plongée dans les ténèbres. Comme si elle était morte. Au début, il fut intrigué, puis la peur s'estompa.

Il se souvenait qu'au cours du journal télévisé un risque de coupures de courant avait été annoncé. Où donc était le transistor que Marvin lui avait apporté à l'hôpital? Dans le salon probablement.

Appuyé sur sa canne métallique, il entreprit des recherches à l'aveuglette et finalement découvrit le poste sur une petite table. Il le mit aussitôt en marche. Ses soupçons se confirmèrent. On annonçait une panne gigantesque sur toute la ville.

Il en éprouva un soulagement. Il se rappelait la dernière panne générale, dix ou douze ans auparavant. A cette époque, il travaillait souvent jusqu'à une heure avancée, et il lui avait fallu rentrer chez lui à pied. Mais c'était un soir de pleine lune, qui prêtait au décor comme une atmosphère de vacances, et les gens avaient pris la chose avec bonne humeur, s'entraidant volontiers en plaisantant de leur mésaventure.

Hannah s'était fait beaucoup de souci en l'attendant. Il avait effacé ses angoisses d'un baiser et avait même réussi à la faire rire en lui racontant quelques-unes des blagues entendues en cours de route. Comme par magie, elle avait sorti des tiroirs et des placards quantité de chandelles, celles des vendredis soir et celles qui décoraient la table des petits soupers intimes qu'elle aimait à donner. Et ils avaient pu circuler dans l'appartement sans problèmes.

Mais, depuis trois ans, il n'y avait plus eu de petits soupers intimes à la maison, ni de bougies de veille de sabbat...

Brusquement il se souvint. Il y avait bel et bien une bougie à la maison — la seconde bougie d'anniversaire apportée par Mme Washington.

Avec une extrême prudence, en mesurant ses pas, il se dirigea vers la cuisine. Dans un élément de rangement au-dessus de l'évier, à côté d'une boîte d'allumettes, il trouva la bougie de *yahrzeit*, plantée dans un petit verre. Il frotta une allumette, l'approcha de la mèche et remercia Hannah en silence.

« Cette fois encore, grâce à toi, Hannah, il y a une bougie dans la maison. »

Il entoura le petit verre de sa main gauche et, serrant fortement la poignée de sa canne de la droite, il regagna le salon.

A la radio, les nouvelles s'aggravaient. La voix de l'annonceur se teintait peu à peu d'un pénible étonnement, à mesure qu'il lisait les derniers communiqués qui lui parvenaient.

Une émeute avait éclaté à Harlem. Jeunes et vieux, hommes et femmes, abandonnaient en masse leurs foyers pour défoncer les vitrines, les rideaux métalliques des devantures des magasins, en voiture parfois, et raflaient tout ce qui leur tombait sous la main : téléviseurs, climatiseurs, chaînes stéréo, bijoux, alcools.

— Mais la police, où est donc la police ? marmonnait sans cesse Samuel Horowitz.

A la lumière des reportages ultérieurs, il devint évident que la police avait reçu l'ordre de ne pas intervenir, de crainte de déclencher une émeute raciale.

Le pillage continua à sévir toute la nuit. Il y eut même quelques incendies.

Assis dans la bergère proche de la fenêtre, les yeux grands ouverts dans le noir, Horowitz demeura à l'écoute de la ville qu'il aimait tant et se refusait à quitter. Il entendait des cars de police et des voitures de pompiers, toutes sirènes hurlantes, passer en trombe sous ses fenêtres. La ville était comme prise de folie. Heureusement, Hannah n'était plus là pour assister à ces scènes.

Il finit par sombrer dans le sommeil. Quand il se réveilla, il faisait jour et la rumeur de la circulation semblait redevenue normale. Il s'extirpa du fauteuil pour s'approcher de la baie et mieux voir ce qu'il en était.

A travers l'épais feuillage des arbres du parc on devinait le flot habituel des voitures se dirigeant vers Manhattan. On eût dit que les incidents de la veille n'avaient été qu'un mauvais rêve.

Le téléphone se mit à sonner. De façon très insistante. Il traversa le salon en direction de la chambre à coucher. Il avait chaud et transpirait; l'air était humide et lourd. Manifestement, l'électricité n'avait pas été rétablie. Quand il parvint devant le téléphone, celui-ci cessa de sonner instantanément. Il décrocha tout de même mais n'entendit que le bruit de la tonalité. Il raccrocha et attendit. Il ne se passa rien.

Il s'allongea sur le lit en attendant l'arrivée de Mme Washington. Le téléphone sonna de nouveau. Cette fois-ci, il réagit suffisamment vite pour décrocher avant la fin de la deuxième sonnerie.

— Oui, allô?

— Papa? Tu vas bien?

C'était Marvin qui appelait de Washington.

— Très bien, oui, pourquoi?

— J'ai appris les nouvelles à la radio ce matin et je me suis fait du souci. Et quand j'ai vu que tu ne répondais pas, j'ai vraiment angoissé.

— Ça m'a pris du temps pour arriver jusqu'au téléphone, expliqua Horowitz.

— Et Mme Washington, pourquoi est-ce qu'elle n'a pas décroché?

— Parce qu'elle n'est pas encore là.

— Pas encore? Mais papa, il est déjà neuf heures et quart.

— Déjà?

Il comprit alors que son réveil ne donnait pas l'heure exacte à cause de la coupure de courant. Neuf heures et quart et Mme Washington qui n'était pas là...

— Elle a peut-être eu du mal à gagner le centre. Tout ne va sûrement pas tout seul, ce matin, à New York. Enfin, le principal est que tu ailles bien. Appelle-moi si tu as besoin de quoi que ce soit. Je serai au bureau toute la journée.

— Entendu, promit Samuel Horowitz, je t'appelle si j'ai besoin de quoi que ce soit.

Et il raccrocha. Il était inquiet. Serait-il arrivé quelque chose à Mme Washington? Quelque chose de terrible? Les pillages ne concernaient peut-être pas uniquement les magasins. Qui sait si sa porte n'avait pas été forcée? Elle avait un travail régulier, sa fille aussi, et quelque salaud noir, en quête d'objets de valeur, avait pu faire irruption chez elle. Dans ce cas, Mme Washington, telle qu'il la connaissait, avait certainement résisté — bien qu'elle l'eût blâmé pour avoir lui-même résisté. En ce moment, elle gisait peut-être chez elle, le crâne fendu. Si jamais elle s'en tirait, il se promettait bien de faire amende honorable, d'accomplir plus volontiers tous ces exercices qui l'exaspéraient tant. Même la manipulation de ces satanés boutons et billes!

Le téléphone sonna de nouveau. Il répondit aussitôt.

— Allô! Oui?

— Monsieur Horowitz?

Dieu soit loué, c'était sa voix.

— Tout va bien? demanda-t-il.

— Oui, oui, assura-t-elle, mais il y avait quelque chose d'étrange dans son ton. Je suis navrée d'être en retard. Je serai là dans une petite heure.

— L'important, c'est que vous alliez bien, dit-il.

— Je suis désolée. J'arrive dès que possible.

— Ne vous en faites pas pour moi. Je vais très bien.

Il raccrocha.

13

Quand un enfant a du retard, ou ne rentre pas, après s'être absenté sans laisser de mot ou d'explication, les parents, dans leur inquiétude, imaginent toutes sortes de punitions en prévision de son retour. Mais à peine l'enfant est-il réapparu que toute idée de châtiment s'évanouit et que les parents, soulagés le prennent dans leurs bras et le couvrent de baisers.

Dans le cas d'Horowitz, ce fut proprement l'inverse. Aussi inquiet qu'il ait pu être au sujet de Mme Washington avant d'avoir de ses nouvelles, il se montra désagréable et revêche à son arrivée. C'est d'un ton sarcastique qu'il l'accueillit d'emblée :

— Ah! Vous voilà enfin! Bonjour!

— Bonjour, monsieur Horowitz, répondit-elle d'une voix morne. Vous avez pris votre petit déjeuner?

— Évidemment. Jus de papaye. Œufs Florentine. Caviar. Et de délicieux croissants, envoyés de France par avion, exprès pour moi.

Elle le gratifia d'un regard impatient et se retira dans la cuisine pour y mettre de l'ordre.

Un peu plus tard, durant la première série d'exercices — auxquels il se soumit sans trop de résistance —, il ne put se retenir d'observer :

— Un beau spectacle, la nuit dernière! Vous pouvez être fiers de vous, vous autres Noirs!

Mme Washington s'abstint de répliquer, se bornant à

compter le nombre de fois où son patient devait lever et baisser le pied gauche pour le fortifier, afin d'arriver un jour à marcher sans traîner trop visiblement la jambe.

Il enchaîna :

— Des sauvages, de vrais sauvages. Un pauvre type travaille sa vie durant pour monter une petite affaire qui représente tout ce qu'il possède au monde et, en une nuit, on lui saccage tout!

Elle se garda encore de lui répondre et se contenta de vérifier sur la liste qu'on lui avait remise à l'hôpital si elle n'avait pas oublié un des exercices prescrits.

— L'ennui avec vous autres, insista-t-il, c'est que vous n'élevez pas convenablement vos enfants. Vous leur apprenez à haïr les Blancs, à croire que tout ce que nous possédons, nous vous l'avons volé. Vous n'aviez rien au départ! Comment aurions-nous pu vous voler quelque chose?

Sans relever, elle lui suggéra simplement de prendre une bonne douche après cette nuit torride.

— Va pour la douche, acquiesça-t-il d'un air sombre. Et ensuite, courrons-nous le risque d'aller nous asseoir dans le parc?

— Pas aujourd'hui, fit-elle tranquillement.

— Et pourquoi pas? Les sauvages de Harlem comptent venir dans les parages pour terminer leur belle besogne?

— Nous ne pourrons pas sortir parce que les ascenseurs ne marchent pas. Le courant n'est pas encore rétabli.

— Vous êtes bien montée, pourtant! (Brusquement la vérité lui apparut.) Ne me dites pas que...

— Que quoi?

— Que vous avez gravi les dix étages à pied?

Sans répondre, elle lui tourna le dos et quitta la pièce.

Une heure s'était presque écoulée. Ils n'avaient pas échangé une seule parole. Horowitz était dans sa chambre et regardait le parc par la fenêtre. Le terrain de jeux était désert. Les mères et leurs enfants qui y jouaient d'habitude étaient de toute évidence bloqués chez eux par les ascenseurs en panne — tout comme lui.

166

Soudain un bruit familier se fit entendre. Le climatiseur ronronnait. Horowitz alluma sa lampe de chevet. Avec succès. Le courant venait d'être rétabli.

— Madame Washington, dit-il, le courant est revenu! Elle ne lui répondit pas tout de suite. Finalement, elle apparut sur le seuil de sa chambre et annonça :

— Si vous le désirez, nous pouvons aller faire un tour au parc avant le déjeuner.

— Avec plaisir, dit-il.

Dans l'ascenseur, en égard à la présence de Mme Washington, Angelo s'abstint d'évoquer les sinistres événements de la nuit. Mais Juan, lui y alla de son petit commentaire :

— Quelle tristesse. J'ai eu peur de venir travailler ce matin. Peur que ça se propage jusqu'ici. N'importe qui pourrait briser les portes vitrées et entrer dans l'immeuble. Il n'y aurait personne pour les en empêcher. Quelle tristesse.

M. Horowitz et Mme Washington restèrent silencieux.

Il en fut ainsi tout le temps qu'ils restèrent assis dans le parc. Ils ne s'attardèrent pas, mais le temps leur parut long. De temps à autre ils entendaient au loin des sirènes de voitures de police, de camions de pompiers. On aurait dit que la guerre faisait rage au nord du parc.

La journée touchait à sa fin quand Horowitz pensa à allumer la télévision. Les programmes avaient été bouleversés afin de permettre la couverture des événements. Un reportage tourné la veille montrait des scènes de pillage. Des maraudeurs, pour la plupart de race noire, faisaient irruption dans les magasins et se saisissaient de tout ce qu'ils pouvaient emporter. Quand l'objet était trop lourd ou trop encombrant, ils s'y mettaient à deux ou trois pour s'approprier meubles, literie, appareils électriques de toutes sortes qu'ils faisaient passer par les devantures éventrées, au milieu des débris de verre.

— Regardez-moi ça! Madame Washington! Venez voir! De véritables fauves!

Comme elle ne venait pas, il réitéra ses appels :

167

— Il faut le voir pour le croire! Non mais venez voir un peu!

Finalement elle apparut sur le seuil et jeta un œil à l'écran. Elle regarda les événements de la nuit précédente en écoutant les commentaires d'Horowitz.

— Et dans ma ville! La plus grande ville du monde! On a peine à y croire. Enfin, ils en arrêtent quelques-uns, au moins. Mais ensuite? Un juge bien stupide et bien charitable va les remettre en liberté. Vous verrez. Ils ont ouvert les portes du zoo et les fauves se répandent dans la ville! Les fauves!

Mme Washington tourna les talons et quitta aussitôt la pièce.

— Il n'y a plus de justice! s'écria Horowitz. Un Noir peut commettre un meurtre sans que personne ne l'arrête! Des fauves!

Il attendit un moment, comme s'il avait lancé un défi et comptait sur elle pour le relever. Mais le temps passa et rien ne vint. Il n'entendit même pas le bruit familier de l'aspirateur qu'elle passait d'ordinaire pour se préserver des commentaires désagréables qu'il lui assenait. Le silence s'éternisant de façon inquiétante, il décida de prendre l'initiative de la confrontation. A l'aide de sa canne, il se traîna lentement jusqu'au salon. Elle n'y était pas. Elle n'était pas non plus dans la salle à manger.

Un instant, il craignit qu'elle ne l'ait abandonné. Il s'était peut-être montré trop dur. Mais parfois, se dit-il, la vérité était pénible et ce n'était pas sa faute à lui. La porte de la cuisine était fermée, mais des sanglots lui parvenaient de l'autre côté. Il posa son oreille contre le panneau. Cela ne faisait aucun doute, elle pleurait. Il avait dû se montrer trop sévère. Il était temps de présenter ses excuses. Mais ça n'avait jamais été son fort. Il connaissait l'art de faire le gros dos, d'éviter les sujets brûlants, mais demeurait tout à fait novice en matière d'excuses. Même Hannah le lui reprochait souvent.

Cependant, la situation était grave et il lui fallait improviser. Montrer qu'il regrettait ses propos. Il poussa le battant et jeta un œil dans la cuisine. Mme Washington était assise devant la table, un mouchoir humide à la main avec lequel elle se tamponnait les yeux en sanglotant.

— Madame Washington... hasarda-t-il.

Elle ne répondit rien.

— Madame Washington, répéta-t-il d'un ton plus assuré. Je regrette ce que j'ai dit. Même si c'est la vérité, j'aurais mieux fait de me taire.

Ses excuses maladroites n'eurent aucun effet sur elle. Elle continua de pleurer en se frottant les yeux avec son mouchoir en lambeaux.

— Mon Dieu, oh mon Dieu, murmurait-elle.

— Je vous ai dit que j'étais navré, répéta-t-il comme si ces mots pouvaient apaiser son angoisse. Madame Washington, que voulez-vous que je dise de plus?

Ce ne fut que lorsqu'il alluma la lumière qu'elle réagit à sa présence.

— Non! Éteignez. Je préfère rester dans le noir.

Il obéit aussitôt et la cuisine fut de nouveau plongée dans la pénombre de cette fin de journée.

— Madame Washington, je vous en prie, si ça peut vous soulager de me crier après, faites-le. Je comprendrai.

Il ne savait plus comment présenter ses excuses. Il resta là à attendre, comme un gamin récalcitrant qui a poussé à bout sa mère au point de la faire pleurer et qui espère que la punition qu'il recevra lavera sa faute.

Elle se mit à renifler, signe que ses sanglots prenaient fin. Elle respira par à-coups puis déclara enfin :

— Vous n'y êtes pour rien.

— Qu'y a-t-il alors?

Elle hocha la tête. Le sujet semblait trop douloureux pour qu'elle l'abordât.

— Dites-moi de quoi il s'agit. Je m'abstiendrai de tout commentaire. Enfin, de tout commentaire désagréable.

Elle continua de renifler et de se sécher les yeux.

— Bon, vous avez eu un peu de retard. Et alors? Qui vous en fait le reproche? Ça se comprend par un jour pareil. Et grimper dix étages à pied, ça prend du temps.

— Les escaliers n'y sont pour rien.

— Quelle différence? Ai-je jamais parlé de retenir sur votre salaire? Même si vous aviez eu cinq heures de retard, je vous aurais payée. Je n'ai jamais rogné sur la paie de mes employés à cause d'une tempête, d'une grève de métro ou de tout autre incident ayant causé un retard. Ça m'était plus facile pour moi d'en supporter les conséquences. Alors ne pleurez pas. Et ne vous en faites pas non plus.

Mme Washington se remit à pleurer.

— Soyez raisonnable, voyons! Cessez de pleurer!

— Je suis désolée.

— Je ne vous demande pas d'être désolée, mais de vous arrêter de pleurer, insista-t-il.

— Il y a quelque chose que je voudrais vous dire, mais je ne sais pas comment m'y prendre, murmura-t-elle sans le regarder.

— Est-ce si terrible? Après tout, nous ne sommes plus des étrangers l'un pour l'autre. Vous m'avez vu dans les situations les plus intimes.

— Si j'étais en retard ce matin... commença-t-elle d'une voix étranglée.

— Eh bien? l'encouragea-t-il.

— C'est que j'ai dû me rendre au tribunal.

— Au tribunal?

— Oui. La nuit dernière, au moment de la panne, une immense vague humaine a déferlé dans la rue. Les gens riaient, chantaient en brisant les vitrines et en s'emparant de tout ce qui leur tombait sous la main.

— Alors?

— Conrad...

Elle ne put continuer.

— Votre petit-fils?

Elle inclina la tête.

— Qu'est-ce qu'il a fait?

— Il regardait, il écoutait, et tout à coup il s'est écrié : « Je vais nous en chercher un! » Il s'est précipité hors de l'appartement. J'ai couru derrière lui et je l'ai rattrapé. Il m'a repoussée... il m'a frappée. Puis il a filé. Je l'ai poursuivi, mais il faisait noir et je l'ai perdu dans la foule. J'ai réussi à retrouver mon chemin pour regagner la maison. Lui, il n'est pas rentré de la nuit...

— On l'avait arrêté?

Elle hocha la tête.

— Avec des centaines d'autres, des milliers d'autres. Il s'est fait prendre au moment où il s'apprêtait à voler un climatiseur. C'est de ma faute.

— Comment cela pourrait-il être de votre faute? Vous aviez essayé de l'empêcher de sortir.

— Je me plaignais sans cesse de la chaleur, en disant qu'il fallait absolument que nous ayons un appareil de climatisation. (Elle se remit à pleurer.) Un garçon si studieux, le fils d'un agent de police! Et si croyant! Des années de bonne éducation anéanties en une nuit!

— Madame Washington, quand tout le monde perd la tête, vous n'espérez pas qu'un gosse garde la sienne? Vous avez réussi à le faire sortir de prison?

— Oui, grâce à un policier qui connaissait son père, mais il nous faudra retourner là-bas pour une audience.

— Je vais appeler Marvin immédiatement. Quelqu'un de son cabinet de New York se chargera de l'affaire — et sans frais, promit-il.

— Merci.

Il s'avança en boitillant vers le téléphone de la cuisine et composa un numéro qu'il connaissait bien.

— Prévenez M. Hammond, dit-il à la secrétaire, que son père, M. Horowitz, désire lui parler.

Marvin vint au bout du fil assez inquiet, car il s'était entretenu avec son père quelques heures plus tôt à peine.

— Papa! Quelque chose ne va pas? Mme Washington n'est pas venue?

— Mme Washington est là, et je vais bien. Maintenant, Marvin, écoute-moi bien. Je te téléphone pour la raison suivante : un garçon nommé Conrad... (Coiffant le micro de sa main, il se tourna vers Mme Washington.) Conrad... Quel est son nom de famille?

— Bruton. Conrad Bruton.

— Conrad Bruton a été arrêté la nuit dernière.

— Pour quelle raison?

— La police prétend qu'il s'apprêtait à voler un climatiseur.

– A voler un climatiseur? s'exclama Marvin. Qu'est-ce que tu peux avoir à faire avec quelqu'un qui vole des climatiseurs?

– Primo, il ne s'agit pas de climatiseurs au pluriel, mais d'un seul. Secundo, rien ne prouve qu'il allait vraiment l'emporter et, tertio, il s'agit du petit-fils d'une très bonne amie à moi. Je veux non seulement qu'il soit défendu, mais qu'il sorte indemne de cette malencontreuse histoire. Il ne faut pas qu'elle le suive dans la vie. Alors, fais quelque chose!

– Papa, nous ne nous occupons pas d'affaires criminelles, ici.

– Et les histoires de prévarication de tes gros clients dont il a été question dans le *Times*?

– Mais c'est tout différent! s'insurgea Marvin.

– Eh bien, considère aussi le cas de ce jeune garçon comme différent, insista Samuel Horowitz.

– Papa! Tu ne comprends pas que...

– Marvin, ou tu te charges de cette affaire ou je m'arrange autrement.

– Bon, concéda Marvin, je vais voir ce qu'on peut faire...

– N'essaie pas de voir, agis! Et n'hésite pas à envoyer la note d'honoraires à ton propre père qui t'a payé tes études de droit à Harvard. Je n'y verrai pas d'inconvénient!

Il raccrocha et se tourna vers Mme Washington.

– Voilà qui est fait. Ne vous tourmentez plus.

– De tout cœur, merci, monsieur Horowitz!

– C'était le moins qu'on puisse faire pour une amie.

Elle fourra dans la poche de son tablier son petit mouchoir trempé.

– A présent, il nous faut songer à nos exercices.

– Même aujourd'hui, après une nuit aussi troublée? Vous avez une curieuse façon de me prouver votre reconnaissance!

Durant la séance de rééducation, Samuel Horowitz se montra à dessein plus rétif encore qu'à l'accoutumée, obligeant ainsi son infirmière à se dépenser davantage, ce qui l'empêcherait de s'apitoyer sur elle-même.

Bientôt, elle était redevenue la Mme Washington à laquelle il était habitué – solide, obstinée, et il se sentit mieux, beaucoup mieux.

14

Quelques jours plus tard, lors de leur promenade quotidienne dans le parc, au lieu de s'asseoir sur un banc près du
terrain de jeux, comme d'habitude, Mme Washington proposa à son patient de l'emmener jusqu'au petit lac, près du
théâtre où l'on jouait Shakespeare.

— Vous y êtes déjà allée? s'enquit Samuel Horowitz.

— Non.

— Cela doit être intéressant de voir jouer une pièce à la
belle étoile. Hannah et moi, nous avions souvent l'intention
d'assister à un de ces spectacles en plein air, mais l'idée de
faire la queue pendant des heures pour obtenir des billets
nous rebutait...

Ils gardèrent un moment le silence, puis il lui posa brusquement la question :

— Cela vous dirait d'aller entendre Shakespeare?

— Le soir? Impossible.

— A cause des enfants, bien sûr, fit-il en soupirant. Quand
est-ce que Conrad passe en jugement?

— Demain.

— Il vous a dit si le jeune avocat envoyé par Marvin lui
plaisait?

— Il lui plaît bien, mais on prétend que les juges ont reçu
l'ordre de se montrer sévères avec les pillards, dit-elle d'un air
sombre.

— Ne vous en faites pas. Un bon avocat sait toujours
retourner un juge, quand le cas est valable. (Puis il ajouta :)

Et si un soir quelqu'un acceptait de garder les enfants, m'accompagneriez-vous au théâtre en plein air ?

— Peut-être.

— Essayez de vous arranger. Quand je la reverrai, j'aimerais pouvoir dire à Hannah, qui avait tant voulu y aller, comment c'était.

— Vous ne la reverrez pas de sitôt.

— Qu'en savez-vous ?

— Entêté comme vous l'êtes, lorsque l'ange de la Mort viendra vous chercher, vous refuserez sûrement de le suivre.

— Ce n'est pas gentil de me dire cela, madame Washington. Quand mon heure viendra, je partirai sans protester. Je suis plus raisonnable que vous ne pensez.

Il manœuvrait son fauteuil sur le chemin pavé qui longeait le théâtre, lorsqu'il dit soudain :

— Madame Washington, je vous en prie, entrez leur demander si les handicapés ne bénéficient pas d'un régime spécial. Peut-être ne serions-nous pas forcés de faire la queue comme les autres. Et demandez-leur aussi s'ils disposent d'un plan incliné pour les fauteuils roulants.

Elle se dirigea vers le bureau de location où trônait une jeune fille blonde et potelée.

— Bonjour, s'enquit Harriet Washington, des dispositions spéciales sont-elles prévues pour les handicapés, même temporaires ?

— Certainement. Pour quel soir désirez-vous des billets ?

— Nous ne savons pas encore, mais je voulais me renseigner.

— Prévenez-nous simplement quelques heures à l'avance, lorsque votre mari aura choisi le jour.

La jeune personne jeta un coup d'œil derrière Mme Washington et aperçut, assis dans son fauteuil roulant, M. Samuel Horowitz. Elle ne put réprimer un petit sursaut de désapprobation.

— Un patient, ma chère, expliqua Mme Washington.

— Oui, euh, eh bien, amenez-le le soir de votre choix et nous le ferons entrer sans problème. Je vous signale aussi qu'un plan incliné est prévu pour les fauteuils roulants.

174

Ils venaient juste de rentrer quand le téléphone sonna. Mme Washington se hâta vers l'appareil pour répondre, et Horowitz manœuvra son fauteuil vers la cuisine, juste à temps pour entendre la fin de la conversation.

— Oui, mon chéri. Maintenant dépêche-toi de rentrer à la maison. Tu as bien compris? Je te rappellerai là-bas dans une demi-heure. Et si tu n'y es pas, nous nous expliquerons plus tard, ajouta-t-elle sévèrement.

Elle raccrocha et se retourna vers Horowitz dont le fauteuil bloquait l'entrée de la cuisine.

— Eh bien? demanda-t-il.

— Le juge a laissé partir Conrad avec un simple avertissement, grâce à son excellent livret scolaire et aux témoignages favorables de deux de ses professeurs cités par l'avocat.

— Parfait. Je vais téléphoner à Marvin pour le mettre au courant et le féliciter.

Un peu plus tard, pendant la séance de rééducation, il lui dit soudain :

— Vous savez à quoi je pense, madame Washington?

— Ménagez votre souffle pour vos exercices, lui intima-t-elle.

— Écoutez, j'ai une idée sensationnelle.

Elle se résigna.

— Alors?

— Conrad et Louise, ils sont déjà allés voir une pièce de Shakespeare?

— Non.

— Dans ce cas, pourquoi ne pas les emmener à ce théâtre? Nous dînerions tous ensemble avant. Qu'en pensez-vous? C'est possible?

Elle ne répondit pas tout de suite.

— Conrad est libre. Il faut fêter ça.

— Je vais y réfléchir, promit-elle.

— Madame Washington, nous devenons trop vieux pour nous permettre d'attendre. Quand Hannah voulait m'emmener dans un nouvel endroit, je lui disais toujours : « Je vais y réfléchir. » Mais le fait est que nous n'avons jamais fait ces sorties, comme par exemple d'aller à ce théâtre. Alors pas de tergiversation. Je veux une réponse définitive. Tout de suite!

– C'est oui, acquiesça-t-elle, car il n'avait jamais montré auparavant autant de détermination et d'optimisme.

– Très bien.

Il se réjouissait d'avance.

– Et le lendemain, j'appellerai Mona, annonça-t-il, et je glisserai négligemment dans la conversation : « Hier soir, je suis allé voir jouer une pièce de Shakespeare. » Voilà qui devrait lui ôter tout désir de venir ici et d'essayer d'organiser ma vie!

Il se mit à rire et Mme Washington en fit autant.

Le jour où ils devaient aller au théâtre, Samuel Horowitz, entre deux séries d'exercices, appuyé sur sa canne, s'affaira dans la maison sans raison apparente. Il retourna tous les tiroirs de sa commode et quand Mme Washington lui proposa son aide, il refusa en bougonnant qu'il fallait qu'il apprenne à se débrouiller seul.

Au milieu de l'après-midi, il parut avoir trouvé ce qu'il cherchait et, après une petite sieste, il prit sa douche, puis inspecta sa garde-robe pour choisir les vêtements qu'il mettrait le soir. Il se décida pour un pantalon bleu marine léger et une chemise de couleur vive.

– Nous les avions achetés avant de partir pour la Floride, l'année qui a précédé la mort d'Hannah. Elle aimait beaucoup cette chemise, expliqua-t-il.

Il posa la chemise en travers du pantalon pour s'assurer que les couleurs s'harmonisaient.

– Est-ce que je prends une veste? demanda-t-il.

– Il peut faire frais après le coucher du soleil.

Il procéda à une nouvelle inspection de sa penderie et arrêta son choix sur une veste sport à carreaux bleu et blanc.

– Pas mal. Qu'en pensez-vous?

– Pas mal, convint Mme Washington.

– Eh bien, voilà qui est réglé. A présent, dites-moi, madame Washington, avez-vous jamais entendu parler du Bon Vivant?

— Du Bon Vivant? répéta-t-elle sans comprendre.

— C'est un petit restaurant français de Columbus Avenue. Juan, le portier, assure que d'autres locataires l'ont trouvé excellent. D'ailleurs, on ne peut que bien manger dans un restaurant français, vous ne croyez pas?

Bien qu'il fût prisonnier de son fauteuil roulant, Samuel Horowitz mit un point d'honneur à se comporter en hôte parfait. Il fit apporter du lait pour Conrad et Louise qui en buvaient habituellement et, menu en main, proposa un plat après l'autre, incitant ses invités à exprimer leur choix. Jamais Mme Washington ne l'avait vu si enthousiaste, si animé.

Lorsqu'elle eut commandé son menu et celui des enfants, il s'occupa du sien : des quenelles, comme plat de résistance. Quoique moins savoureux, cela ressemblait un peu au poisson farci, et c'était toujours ce qu'il choisissait quand il se trouvait à l'étranger avec Hannah.

Tout en faisant mine de manger avec appétit, il observait les enfants. Conrad était grand pour son âge, mince, et il avait les yeux intelligents de sa grand-mère. Poli et respectueux, il se tenait fort bien à table, et quand il parlait, on le comprenait aisément — alors que beaucoup de jeunes Noirs, se disait Horowitz, avalent la plupart des mots, sauf lorsqu'ils vous déclarent : « La bourse ou la vie! »

Louise, de quatre ans la cadette de Conrad, était une très jolie petite fille de huit ans, en dépit de ses lunettes. Manifestement, elle avait été fort bien élevée, et elle maniait ses couverts avec plus d'aisance qu'Horowitz. Toutefois, il reconnaissait qu'un autre avantage des quenelles est qu'on peut les manger à l'aide d'une fourchette seulement — ce qui lui avait permis de ne pas mettre sa main gauche trop à l'épreuve. Au moment du dessert, Horowitz recommanda au garçon :

— Vous nous apporterez un grand plateau de vos meilleures pâtisseries.

Mme Washington s'apprêtait à protester, mais il lui coupa la parole du geste.

Le serveur leur présenta un chariot généreusement garni, où voisinaient de magnifiques éclairs, des choux à la crème et d'énormes tranches de gâteau au chocolat décorées de cerises confites.

Conrad était en proie aux affres de l'indécision, et Horowitz le pressa de se servir :

– Prends-en deux. Avec un autre verre de lait.

Mme Washington se contenta de murmurer d'un ton d'avertissement :

– Conrad !

Et le jeune garçon choisit le gâteau le plus simple.

Louise s'était décidée sans hésitation. Avec une sorte de joie orgueilleuse, Horowitz regardait les deux enfants déguster leurs pâtisseries. Il chercha le regard de Mme Washington et d'un hochement de tête chaleureux, il exprima son approbation pour la façon dont elle élevait ses petits-enfants.

La pièce de Shakespeare racontait l'histoire d'un roi et se terminait tragiquement après moult jeux d'épée. Les bruits de la circulation si proche avaient été miraculeusement étouffés par tout ce qui se passait sur la scène. Même l'orage, tonnant au loin, n'avait pas troublé le spectacle.

Le public se dispersa rapidement et Samuel Horowitz put alors se véhiculer sans encombre vers la sortie – avec l'aide spontanée et volontairement désinvolte du jeune Conrad qui voulait ménager la fierté du vieil homme.

Quand ils arrivèrent devant son immeuble, le gardien de nuit, qui n'avait pas revu Samuel Horowitz depuis son retour de l'hôpital, fut choqué de le voir dans son fauteuil roulant. Il n'en montra rien et, selon sa vieille habitude, salua en touchant des doigts la visière de sa casquette.

– Bonsoir, monsieur Horowitz. Je sais que vous allez mieux de jour en jour.

Une fois dans l'appartement, Mme Washington déclara :

– Je vais vous préparer pour la nuit, monsieur Horowitz. Il est déjà bien tard pour les enfants, et à cette heure-ci les métros sont moins fréquents.

– Vous rentrerez en taxi. A mes frais. Le portier s'arrangera pour vous en trouver un. Restez un moment tous les trois, j'ai quelque chose à vous dire. Entrez dans le salon.

Il manœuvra son fauteuil jusqu'à la table et il étendit la main vers une boîte de verre de Venise. Il l'ouvrit et se tourna vers les deux enfants.

— Conrad... Louise... commença-t-il, je veux que vous vous souveniez de cette soirée. Non parce que vous aurez fait un bon repas. Votre grand-mère, croyez-moi, cuisine mieux que ça. Non parce que nous aurons vu une pièce de Shakespeare dans un décor exceptionnel, avec d'excellents acteurs. Vous aurez l'occasion d'en revoir au cours de votre existence. Et non pas parce que vous aurez égayé la solitude d'un vieil homme — ce qui était fort gentil de votre part.

« Je veux que vous vous en souveniez parce que ce monde est en pleine évolution. Il change constamment, même en ce moment précis tandis que nous parlons. Vous pouvez faire des choses que ni votre grand-père ni votre père ne pouvaient faire. Tout comme moi, j'ai eu des chances que mon grand-père et mon père n'ont pas eues.

Il donna une légère bourrade sur le bras de Conrad.

— Seulement, mon garçon, on ne saute pas sur la première occasion offerte pour s'élancer dehors en s'écriant : « Je vais prendre ce qui me revient », tout en s'emparant de ce qui appartient à un autre... Ne crois pas, Conrad, que je n'ai pas connu l'impatience. J'ai vu ma mère épuisée par les tâches ménagères et l'aide qu'elle apportait à mon père pour faire marcher notre petite épicerie. Tous deux travaillaient dur, du matin au soir. Et j'ai eu souvent envie de me livrer à un acte désespéré pour leur montrer à quel point j'en voulais au monde de les avoir ainsi maltraités. Mais ce n'est pas la bonne attitude. Attaquez-vous au monde et il vous écrasera. Montrez-vous plus rusé que lui et il vous récompensera. Prenez votre temps pour le vaincre, mes enfants.

Il ouvrit le coffret de verre et en sortit une pièce d'or toute patinée qu'il caressa du pouce. Il la mit avec soin dans la main du jeune garçon et lança un regard ironique à Mme Washington.

— Avez-vous remarqué, ma chère, que je me suis servi de ma main gauche? (Il se tourna vers Conrad :) Cette pièce de cinq dollars m'a été donnée par mon père pour mes treize ans.

Si tu regardes attentivement, tu pourras lire la date : 1901. Et mon père m'a dit : « Si tu travailles dur, tu en gagneras beaucoup d'autres. » Je t'en dis autant aujourd'hui.

Il referma la main de l'enfant sur la pièce.

— Garde-la toujours, comme un symbole, jusqu'au moment où tu pourras la donner à ton propre fils.

« Quant à toi, Louise, tu vas recevoir également un cadeau.

Il fouilla de nouveau dans le coffret et en tira une petite broche d'or incrustée de menues perles.

— C'est le premier présent que j'ai pu offrir à ma mère. Il coûtait plus de douze dollars. Une belle somme à l'époque pour le gamin à tout faire que j'étais dans une petite firme où l'on ne me ménageait pas, mais je venais juste d'être augmenté. C'était la veille de Noël, et mon patron, un bonhomme pas commode pourtant, m'avait annoncé : « Je te renvoie comme garçon de courses et je t'engage comme courtier, tu réussiras, tu verras, et pour te prouver que je crois en toi, je te fais passer à vingt dollars par semaine, sans compter les commissions que tu pourras te faire. » Puis il me souhaita de joyeuses fêtes et me serra la main, ce qu'il n'avait jamais fait encore. Alors, en rentrant à la maison, j'ai acheté la broche.

Il éleva le bijou vers la lumière.

— Elle est en or, avec de vraies perles, et il faut regarder de très près pour voir qu'il en manque quelques-unes maintenant.

Il mit la broche dans la main de la fillette.

— C'est pour toi, Louise. Porte-la souvent et n'oublie pas cette soirée. (Il ajouta avec quelque tristesse :) J'aurais préféré que mes petits-enfants soient moins gâtés pour pouvoir apprécier davantage les petites choses, mais celles-ci n'auraient rien représenté pour eux...

Mme Washington eut beau insister pour l'aider à se coucher, il ne voulut rien entendre. Il lui glissa dans la main un billet de dix dollars et accompagna le trio dans l'entrée.

— Faites-vous appeler un taxi par le portier, surtout!

Seul dans l'appartement, il ferma la porte et poussa les

deux verrous de sûreté. Puis il fit pivoter son fauteuil vers sa chambre.

Une fois au lit, dans l'obscurité, il écouta les dernières informations de la soirée et bientôt il s'endormit, l'esprit en paix.

15

Samuel Horowitz terminait la lecture du *New York Times* dans le salon tandis que Mme Washington finissait de passer l'aspirateur dans l'entrée.

— Vraiment, s'écria-t-il soudain, il est impossible de réfléchir avec un pareil vacarme. Encore moins de lire!

Elle apparut devant la porte et regarda d'un air de défi le journal posé à côté d'Horowitz.

— Vous n'allez pas laisser votre journal ainsi plié?

— Je tiens à le conserver pour le joindre à mon testament, afin qu'on sache à quel moment ce pays a commencé à se désagréger!

— Qu'est-ce qui vous chiffonne cette fois-ci? demanda-t-elle avec résignation.

— Les Russes renforcent l'armée, la marine, et préparent de nouveaux missiles. Et le *Times* préconise la détente! Connaissez-vous le sens du mot « détente », madame Washington? On peut le traduire par reddition! Nous qui avons été le premier pays du monde, nous allons accepter la détente avec les Russes pour leur permettre de nous anéantir. Et le *Times* est d'accord. Il est vrai qu'il s'est si souvent trompé qu'on ne peut rien en attendre!

Elle ne répondit pas, mais sépara les pages du journal et les lui tendit.

— Allez, roulez-moi ça en boules bien serrées. Je vous procurerai un autre exemplaire.

— Par où commencerai-je? Par la chronique financière?

Comme si notre économie n'était pas assez mal en point! Par celle des sports? La seule où l'on puisse espérer trouver un grain de bon sens. Par la rubrique « Loisirs », où un gras petit Anglais explique à tous les Américains ce qu'il convient de voir et de ne pas voir? Par la rubrique gastronomique? Le *Times*, le grand *Times* se spécialise à présent dans les recettes de cuisine. Savez-vous quelle est celle d'aujourd'hui? La salade de fruits rafraîchis! Ma mère n'avait pas besoin de lire le *New York Times* pour savoir comment procéder. Elle tenait la recette de sa mère, qui la tenait elle-même de sa propre mère.

– Froissez les pages, répéta Mme Washington, tenace.

– Pourquoi ne pas faire un petit rami?

– Vous me devez déjà vingt dollars et soixante-quinze cents, lui rappela-t-elle.

– Jouons quitte ou double.

– Froissez les pages et transformez-les en boules, ins sta-t-elle. Puis nous passerons aux billes et aux boutons. Si nous avons le temps plus tard, nous ferons un rami.

– Plus tard... Il est plus tard que vous ne pensez. La débâcle se prépare. Tiens, je vais commencer par l'éditorial.

– Commencez pas où vous voudrez, mais commencez! l'adjura Mme Washington.

Il brandit une page du journal.

– Aujourd'hui, l'auteur est un Noir, un professeur d'université, qui incite aux actions décisives. La liberté de la presse, quelle fumisterie! Nous vivons à l'ère du mensonge, madame Washington, et personne ne s'en soucie.

« Quand nous avons débarqué dans ce pays, nous autres Juifs, personne ne nous a poussés aux actions décisives. Nous ne parlions même pas la langue.

« Je n'oublierai jamais mon premier jour d'école. Je ne connaissais pas un mot d'anglais, et ma mère non plus, mais il me fallait absolument aller en classe. J'avais sept ans. Rien n'est plus important que l'instruction, tous les enfants juifs le savent. Je me retrouvai dans la classe d'une certaine McLahanan. Une Irlandaise, comme beaucoup de maîtresses d'école, à l'époque, car la plupart des firmes commerciales, compagnies d'assurances, etc., ne voulaient pas engager de catholiques. Mlle McLahanan était la personne la plus grande que j'aie jamais vue, une véritable géante. Elle ne souriait en aucune circonstance. Et ses élèves non plus. Ce jour-là, elle demanda qui voulait répondre à une question. Quelques mains se levèrent et, sans comprendre, je levai la mienne aussi. Ce fut moi qu'elle choisit! Je ne savais même pas ce qu'elle avait demandé. Comment aurais-je pu connaître la réponse? Elle me regarda fixement, attendit un instant, puis me gratifia de réflexions qui ne devaient pas être flatteuses à en juger par son expression et la façon dont les autres écoliers se moquèrent de moi.

« Alors, madame Washington, je me mis à pleurer.

– Comme je vous comprends, dit-elle avec compassion.

– A la fin de la classe, Mlle McLahanan me fit signe d'approcher... comme ça.

D'un geste de la main droite, il illustra sa phrase.

– Employez donc votre main gauche, lui conseilla Mme Washington.

– Mais elle s'était servie de la droite, rétorqua Horowitz.

– Peu importe. Refaites ce geste avec votre main gauche.

– Si vous y tenez... (Et il obéit.) Mlle McLahanan essaya alors de m'expliquer ce qu'il en était, très lentement, toujours en anglais. Et plus elle parlait, plus je pleurais. Elle s'aperçut à ce moment-là que je ne comprenais pas un traître mot de ce qu'elle disait. Elle me prit alors par la main et m'emmena dans un petit bureau où était assise une mince dame brune au profil d'oiseau. Les deux femmes s'entretinrent quelques minutes, puis Mlle McLahanan se retira, me laissant seul avec l'inconnue, une Mme Levenstein, je l'appris par la suite. Elle m'attira contre elle et d'une voix douce, bienveillante, articula : « *Fashstest yiddish, mein kind?* » Et je me mis à pleurer, de soulagement cette fois.

« Elle m'annonça que tous les jours après la classe, elle me réexpliquerait en yiddish tout ce qu'auraient appris les autres enfants dans la matinée. Avant la fin du trimestre, je parlais l'anglais aussi bien que mes petits camarades! conclut-il fièrement. Et sans l'aide d'une loi quelconque.

D'un coup d'œil expressif vers les feuilles du *Times* Mme Washington le ramena vers la tâche en cours et il se mit à froisser vigoureusement les pages du journal, lançant ensuite de son bras droit les boules de papier à travers la pièce.

— Si vous les jetiez aussi loin du bras gauche, je ne verrais pas d'inconvénient à aller les ramasser, observa Mme Washington.

— C'est que j'ai toujours été droitier. Enfin, pour vous faire plaisir, je vais m'y mettre de la main gauche.

Mais les premières boules de papier qu'il lança échappèrent trop vite à ses doigts malhabiles. Elles tombèrent à un mètre de lui à peine dans la direction opposée à celle qu'il avait cherchée.

Sa déception était visible et Mme Washington lui recommanda gentiment :

— Réfléchissez avant d'agir. Cela aide beaucoup de réfléchir quand on a des troubles du côté gauche.

De mauvaise grâce, il choisit une autre feuille du *Times* dont il fit soigneusement une boule qu'il garda un instant dans sa main avant de la lancer. Elle n'atterrit pas aussi loin que les autres, lorsqu'il s'était servi de sa main droite, mais la direction était bien celle qu'il avait choisie et cela l'encouragea à continuer.

Le voyant ainsi absorbé, Mme Washington entreprit d'épousseter les meubles du salon et, pour exposer son point de vue sans irriter son irascible patient en s'adressant directement à lui, elle fit comme si elle se parlait à elle-même.

— Il y a des gens qui oublient que durant des centaines d'années, dans ce pays, la loi interdisait d'apprendre à lire ou à écrire aux Noirs et quiconque enfreignait cette loi risquait la prison! Rien d'étonnant à ce que nous soyons tellement en retard et que le gouvernement s'occupe de nous. Faudrait-il que nous disions aux jeunes : « Comme vos arrière-grands-pères étaient esclaves, il vous faut démarrer derrière tout le monde et, surtout, ne plus aller de l'avant. »

« C'est ça que vous voulez que je dise à Conrad? Et à Louise?

— Ce sont des enfants très gentils, très intelligents, reconnut Horowitz. Je parle des autres.

– Quels autres? demanda Mme Washington en posant son chiffon sur la table et en lui faisant face.

– Ceux qui ne sont pas aussi gentils et aussi intelligents. Il y a vingt-cinq ans, ils ne savaient pas lire et maintenant voilà qu'ils veulent tous enseigner! Et il faudrait qu'on les paie par-dessus le marché!

– Quand quelque chose ne va pas, c'est au gouvernement d'y remédier. Et c'est aux gens de payer.

– Vous voulez dire que le premier Noir venu peut m'aborder et me dire : « Monsieur Horowitz, il y a deux cents ans mon arrière-grand-père était esclave, aussi vous devez me payer mes études »? Je n'ai jamais eu d'esclave à mon service. Ma famille n'était même pas dans ce pays il y a deux cents ans. En quoi suis-je responsable?

Il se mit à froisser rageusement les pages de son journal. Mme Washington retourna à son ménage.

La sonnerie du téléphone retentit peu après.

– Si c'est Mona, je ne veux pas lui parler! dit-il aussitôt.

– Vous dites ça à chaque fois et vous lui parlez quand même, lui rappela Mme Washington.

– Eh bien aujourd'hui, c'est non. Parlez-lui, vous. Vous avez les mêmes opinions à peu près sur tout.

Le téléphone continua de sonner.

– Ne répondez pas. Elle pensera qu'on est au parc.

Mais Mme Washington se dirigea vers le téléphone.

– Elle croit qu'à cause de ce numéro vert je vais l'appeler tous les jours. Et quand je ne le fais pas, c'est elle qui appelle. On n'a plus d'intimité!

Mme Washington avait déjà décroché, et il s'attendait qu'elle s'écrie : « C'est votre fille! »; il s'apprêtait à se lever, appuyé sur sa canne, et à se diriger en clopinant vers la cuisine, mais un calme bizarre semblait avoir envahi l'appartement.

Un moment plus tard, elle réapparut, le regard fixe, et comme titubante.

– Monsieur Horowitz! Oh! Monsieur Horowitz! balbutia-t-elle avant de perdre connaissance et de s'écrouler sur le sol.

En s'aidant de sa canne, et tout en maudissant la raideur de son bras gauche, il tenta de la relever. Vainement.

– Madame Washington, madame Washington, supplia-t-il, je vous en prie, parlez-moi!

Finalement, elle revint à elle et demeura un instant déconcertée, ne sachant plus ce qui avait motivé son évanouissement, mais elle s'en souvint brusquement, et elle se mit à pleurer en expliquant :

– C'est Conrad... Il a reçu un coup de couteau dans la rue... Une bagarre...

– Un coup de couteau! Seigneur! Est-ce... Est-ce qu'il est vivant?

– Oui, mais ils n'ont pas encore réussi à stopper l'hémorragie...

La voix de Mme Washington s'étranglait.

– Où est-il?

– A l'hôpital de Harlem.

– Allez-y tout de suite. Prenez un taxi. Tenez (il tira une poignée de billets de sa poche), dites à Juan de vous en appeler un.

– Mais vous?

– Ne vous tourmentez pas pour moi, madame Washington. Je me débrouillerai très bien. Filez! insista-t-il. Mais téléphonez-moi dès que vous saurez ce qu'il en est.

Elle était partie. Il se débrouillerait tout seul et trouverait bien quelque chose à manger dans le réfrigérateur. Et ça ne lui ferait pas de mal de préparer lui-même son repas. Méthodiquement, bien sûr, selon le conseil de Mme Washington. En premier lieu, décider ce qu'il voulait manger, puis s'atteler à la tâche en se servant des deux mains. En fait, il avait là une chance de lui prouver qu'il n'était ni impulsif ni désordonné.

Au fur et à mesure que l'inquiétude montait en lui quant à ce qui pouvait attendre Mme Washington à l'hôpital, il en venait à accuser le gamin. Sa mère travaille dur pour l'élever, sa grand-mère veille sur lui en l'absence du père. Et voilà qu'il va se battre dans la rue! Qu'il se prend un coup de couteau! Mortel, si ça se trouve. C'est bien vrai, tout ce qu'on dit sur les Nègres. En son for intérieur, Horowitz ne disait jamais les Négros, mais il ne disait pas non plus les Noirs. Et tous avaient des rasoirs. Ou des crans d'arrêt. Comme cette ordure qui l'avait agressé et défiguré.

Seigneur Dieu, pensa-t-il, peut-être que Conrad était en train de voler quelqu'un quand la bagarre a éclaté! Après tout ce que lui avait dit Horowitz, sur la façon de vivre honnête-ment, était-il possible que ce maudit gamin se soit embringué dans une telle histoire? Si c'était le cas, alors il valait peut-être mieux qu'il succombe à ses blessures plutôt que de grandir pour braquer et descendre les autres! Sa colère contre Conrad ne cessait de croître.

Il alla passer un coup de fil à l'hôpital de Harlem. Mais à la réception on ne voulut rien lui dire.

Cela faisait presque une heure qu'il attendait. Toujours pas de Mme Washington. Bien sûr, songea-t-il pour se rassurer, dans un moment pareil, il serait la dernière personne que Mme Washington penserait à appeler. Et si en arrivant à l'hôpital elle avait appris la mort de son petit-fils, elle ne serait certainement pas en état de l'appeler.

Ce satané gosse, causer tant de peine à une femme aussi charmante que sa grand-mère! Les enfants devraient être une source de bonheur, mais la plupart du temps, ils ne causent que tristesse et regret. Il décida d'être moins sévère à l'égard de Mona à partir d'aujourd'hui. Malgré tous ses défauts, il n'avait pas à rougir d'elle.

Il était maintenant plus de treize heures. Pas de nouvelles de Mme Washington. Elle l'avait habitué à déjeuner régu-lièrement à midi et demi, et il décida de se préparer lui-même un petit repas. Il trouva des œufs dans le réfrigérateur et en sortit deux. Il n'en avait pas pris à son petit déjeuner; il ne courrait donc pas le risque d'augmenter indûment son taux de cholestérol. Comment les préparer? Frits, brouillés, à la coque? Cette dernière façon serait peut-être la plus facile, à cause de sa main handicapée.

Un des œufs lui échappa quand il le sortit de la casserole et il alla maculer le linoléum d'une tache gluante, jaune et blanche. Il entreprit de nettoyer les dégâts et dut s'y reprendre une demi-douzaine de fois, au risque de perdre l'équilibre. Et tout ce temps il ne cessa de se reprocher sa maladresse et d'en vouloir à ce Conrad qui l'avait mis dans un tel embarras.

16

Il n'avait pu obtenir aucun renseignement en téléphonant à l'hôpital de Harlem, et il résolut d'aller là-bas en personne.

Étant donné les circonstances – savait-on comment les choses tourneraient. – il choisit un costume sombre, une chemise blanche et une cravate foncée, puis, non sans mal, il entreprit de se changer. En hommage à Mme Washington, il marqua un temps pour réfléchir, comme elle le lui recommandait souvent, et s'assurer que son bras gauche avait bien pris place dans la manche. Il boutonna chemise et veston avec le plus grand soin, s'appliquant à se servir des deux mains.

Une fois prêt, il examina son image dans la longue glace fixée à la porte du placard. Il n'était guère différent du Samuel Horowitz d'il y avait quelques mois. La cicatrice de son visage s'estompait et finirait, ainsi que le médecin l'avait prédit, par disparaître dans le pli naturel de sa joue.

Il se demanda combien d'argent il allait emporter. Cette fois, si on l'attaquait, il capitulerait sans se défendre. Deux billets de dix dollars feraient l'affaire. Il les fourra dans un portefeuille vide et camoufla dans une poche intérieure de sa veste deux billets de cinq dollars destinés à régler l'aller et le retour en taxi.

Ainsi armé, et s'aidant de sa canne métallique, Samuel Horowitz se lança dans la plus longue expédition qu'il ait tentée en solitaire depuis son attaque.

Ce fut avec une certaine fierté qu'il pénétra dans l'ascenseur sur ses deux pieds et vit l'étonnement se marquer dans les yeux d'Angelo.

— Plus de fauteuil roulant, monsieur Horowitz? On fait de sérieux progrès!

— Eh oui, ça va un peu mieux chaque jour, répondit-il d'un air détaché malgré l'inquiétude qui le tenaillait intérieurement.

La traversée du hall s'avéra plus difficile qu'il ne l'avait escompté. Jusqu'à présent, en s'exerçant à marcher avec sa canne dans l'appartement, il n'avait pas fait beaucoup plus d'une douzaine de mètres d'affilée, et le hall, dans sa longueur, doublait presque cette distance... Horowitz dut s'appuyer un moment au mur pour reprendre son souffle, mais quand Juan, le portier, s'approcha pour l'aider, il l'écarta du geste.

— Merci, Juan. Je tiens à me débrouiller seul.

Finalement il se retrouva dans la rue. Il faisait beau et chaud. Juan héla un taxi pour lui et vint lui ouvrir la portière, puis l'aida à s'installer, posant ensuite la canne à côté de lui.

— Où allez-vous, monsieur? demanda le chauffeur.

— A l'hôpital de Harlem.

— A l'hôpital de Harlem? répéta l'homme d'un ton dubitatif. Vous en êtes bien sûr?

— Tout à fait sûr, répliqua sèchement Samuel Horowitz.

— D'accord, monsieur, acquiesça le chauffeur sans enthousiasme.

La voiture n'était pas climatisée, mais elle filait vite et l'air chaud et poisseux vint coller au visage de Samuel Horowitz. Une poussière lui entra dans l'œil. Il réussit à s'en débarrasser en clignant les paupières à plusieurs reprises.

Il se mit à prendre en haine le taxi, cette expédition qu'il s'était cru forcé d'entreprendre et ce petit Conrad qu'il avait tant espéré apprivoiser. En dépit de son expression déférente, le jeune voyou avait dû bien rire du discours du vieux Juif sur l'importance du travail! S'il était gravement blessé, il n'avait que ce qu'il méritait.

Le chauffeur s'arrêta en face de l'hôpital. Le compteur

marquait deux dollars quatre-vingt-cinq cents. Horowitz décida qu'un pourboire de quinze cents suffirait amplement pour ce conducteur revêche et il arrondit la somme à trois dollars. Après avoir payé, il entreprit péniblement de s'extraire de la voiture, mais il n'arrivait pas à repousser assez loin la portière qui, sans cesse, se rabattait sur lui. Le chauffeur alors quitta son volant d'un bond pour venir l'aider à sortir du taxi et lui tendre sa canne. Et Samuel Horowitz s'en voulut de n'avoir pas été plus généreux.

Devant la porte de l'hôpital se tenaient de petits groupes de Noirs et il sentit aussitôt l'inquiétude le gagner. Un Noir seul, c'est déjà souvent une menace, mais une bande de Noirs, c'est pire! Toutefois, solidement appuyé sur sa canne, il se dirigea résolument vers l'entrée. Personne ne le molesta, on ne lui prêta même pas attention, si ce n'est un vieux Noir couronné de cheveux blancs, debout près de la porte et qui la maintint ouverte pour lui. Il le remercia et le vieillard lui sourit gentiment. Horowitz le jaugea d'un regard rapide. Il devait avoir au moins soixante-quinze ans, quoique avec les gens de couleur on ne peut jamais savoir. En tout cas, il paraissait en excellente santé. Horowitz l'envia un instant, mais ses pensées se reportèrent bientôt, avec une hargne croissante, sur ce chenapan de Conrad.

La jeune femme noire qui se tenait à la réception, remarquant sa canne orthopédique, lui dit obligeamment :

— La consultation externe se trouve de l'autre côté du bâtiment.

— Et qui vous a demandé ça? répliqua Samuel Horowitz. Je viens voir quelqu'un d'hospitalisé, un garnement qui a été blessé dans une bataille de rue alors qu'il essayait de voler un pauvre innocent.

— Il a été amené ici il y a longtemps?

— Quelques heures à peine.

— Je vais me renseigner aux Urgences.

La réceptionniste composa un numéro à trois chiffres.

— La salle des urgences? Avez-vous admis au cours des dernières heures un jeune blessé du nom de...

Elle se tourna vers Horowitz.

— Comment s'appelle-t-il, au fait?

— Conrad.

— Un jeune blessé qui s'appelle Conrad.

Elle attendit un instant.

— Pas de Conrad, vous êtes sûr?

De nouveau, elle se tourna vers le visiteur.

— Conrad, c'est bien son nom de famille?

— Mais non, voyons! fit-il avec impatience. C'est son prénom. Il se nomme Conrad Bruton.

— Bien, bien, fit-elle d'un ton apaisant. Quel âge a-t-il?

— Douze ans environ. Race noire, évidemment.

La réceptionniste transmit le renseignement.

— Oui, je vois... enchaîna-t-elle. Et où est-il à présent? Je vois, répéta-t-elle. Merci.

Elle raccrocha et dit à Horowitz en lui désignant l'ascenseur le plus proche :

— Il est en chirurgie, dans le département des soins intensifs. Deuxième étage.

— Son état? s'enquit Horowitz. Qu'en pensent-ils?

— Le diagnostic est réservé. Il faut garder le jeune garçon sous surveillance constante.

— Sous surveillance... Ça ne m'étonne pas, un voyou pareil! grommela-t-il en se dirigeant vers l'ascenseur.

Il prononçait intérieurement un réquisitoire contre le malheureux gamin lorsque la porte de l'ascenseur s'ouvrit, libérant un flot de gens : visiteurs, infirmières, internes. Il recula brusquement et aurait perdu l'équilibre si la poigne solide d'un Noir en blouse blanche ne l'avait retenu.

— Merci, dit Horowitz à son corps défendant.

— Soyez plus prudent à l'avenir, Pépé, conseilla le jeune médecin. Vous n'avez pas l'air de vous débrouiller trop bien avec cette espèce de canne.

— Je me débrouille très bien, repartit Horowitz un peu vexé.

Il entra dans l'ascenseur et resta planté à l'avant, obligeant ainsi les autres usagers à le contourner pour pénétrer dans la cabine. Une fois sur le palier, il regarda autour de lui et, à l'entrée d'un couloir, vit un écriteau annonçant : « Silence! Service de réanimation. »

Derrière une porte vitrée, il avisa une demi-douzaine de boxes dans une petite salle. Trois étaient vides, deux occupés par des malades prisonniers de perfusions, mais qui paraissaient néanmoins parfaitement conscients et animés. Devant le sixième box, des rideaux étaient tirés, mais Samuel Horowitz entrevit en bas deux pieds chaussés de solides souliers blancs qu'il identifia aussitôt comme ceux de Mme Washington. Sans attendre davantage, il poussa la porte de la salle, puis s'avança et de sa main gauche — la droite était cramponnée à sa canne — il écarta les rideaux du box.

Conrad gisait sur le petit lit, les yeux clos, un tube d'oxygène dans le nez et le torse entouré d'un épais bandage.

Assise à son chevet, sa grand-mère pleurait sans bruit.

Pleurez, madame Washington, pleurez, se disait intérieurement Horowitz. Tous vos efforts, tous vos espoirs, tous vos rêves prennent fin ici.

Il s'approcha d'elle en clamant d'une voix de stentor :

— Alors?

Saisie, elle se leva d'un bond.

— Monsieur Horowitz! Que faites-vous ici?

— C'est à lui qu'il faut demander ça.

Conrad entrouvrit les paupières et leva les yeux, n'arrivant pas à croire que c'était M. Horowitz debout devant lui, l'air furieux. Mais sa faiblesse eut raison de lui et ses paupières se refermèrent.

— Tu as raison, ferme les yeux. Comment oserais-tu me regarder en face après ce que tu as fait?

— Monsieur Horowitz, je vous en prie, implora Mme Washington, calmez-vous!

— L'heure est venue d'élever la voix. Et de lui dire son fait. Jeune homme, est-ce que tu m'entends?

Le gamin hocha la tête, et ce simple mouvement parut lui coûter un terrible effort.

— Alors écoute-moi bien. Si j'étais rétabli, je te sortirais de ce lit et je te donnerais la correction de ta vie! Quel genre de bête es-tu? Tu veux détruire ton existence? Ne te gêne pas! Mais faire ça à ta grand-mère, une femme si bonne, si belle, si travailleuse. Parfois je me demande comment elle peut supporter quelqu'un comme moi. Mais il n'y a qu'une seule explication : c'est pour ton bien. Pour celui de ta sœur.

— Monsieur Horowitz, non! s'écria Mme Washington.

— Il a besoin qu'un homme s'occupe de lui, à présent. Pas qu'une mère ou une grand-mère le gâte et le pourrisse.

Une voix monta de l'autre bout de la pièce :

— Quelqu'un peut-il faire partir ce fou?

— Je vais t'apprendre les bonnes manières, moi! lança Horowitz à l'intention de l'inconnu. (Puis, se tournant à nouveau vers Conrad :) C'est comme ça que tu remercies ta mère et ta grand-mère, elles qui se donnent tant de mal? Des combats de rue? A l'arme blanche? Tu leur fais honte! Tu fais honte à la mémoire de ton père!

« Eh bien! laisse-moi te dire une chose, cette fois-ci il n'y aura pas de gentil avocat pour te défendre! Tu es seul à présent! Ils devraient t'enfermer avec tous les autres, tiens! Ta place est là-bas, dans une cage! Espèce de vicieux... de... il n'y a pas de mot pour décrire ce que tu as fait à cette femme. J'espère que tu auras ce que tu mérites!

— Faites taire ce dément! fit la voix.

— Silence, là-bas! lança Horowitz. (Il se tourna vers Mme Washington et reprit :) Mais vous, je sais ce que vous allez faire! Vous allez vous rendre auprès du juge. Vous allez pleurer. Vous le supplierez, vous lui direz : « Donnez encore une chance à mon petit. » Il l'a eue, sa chance. Et regardez ce qu'il en a fait! Je suis étonné qu'ils ne lui aient pas mis les menottes!

— Monsieur Horowitz, non... Monsieur Horowitz...

Mme Washington se mit à sangloter.

— Vous ne... comprenez pas..., disait-elle.

— Je ne comprends pas? Comment appelez-vous cette chose que j'ai sur le visage? Une tache de naissance? Vingt-deux points de suture! A cause de quelqu'un comme lui!

La porte de la salle s'ouvrit brusquement. Une infirmière entra et demanda d'une voix agacée :

— Qui s'est assis sur la sonnette?

— C'est moi! fit la voix. Il y a un fou ici! Faites-le sortir!

— Vous allez le regretter, dit Horowitz en se préparant au combat.

— C'est lui! cria la voix.

L'infirmière s'approcha d'un pas vif d'Horowitz et l'interrogea :

— Qui êtes-vous? Que faites-vous ici?

— Je m'appelle Samuel Horowitz! Et je suis venu assister cette femme! La protéger. D'elle-même! De sa propre faiblesse!

— J'ignore de quoi vous parlez, dit l'infirmière noire, mais vous devez vous en aller. Et tout de suite!

— Je ne partirai pas sans cette femme! déclara Horowitz d'un ton de défi.

— Monsieur Horowitz, de grâce, dit Mme Washington.

Il vit qu'elle était sur le point de fondre de nouveau en larmes.

— Ne vous laissez pas détruire par ce... par ce *mamzèr*. Il n'en vaut pas la peine! Je vous attends en bas.

— Je ne partirai pas, dit-elle avec aplomb.

— Eh bien, je... j'essayais seulement de vous aider.

Il se dirigea vers la porte. Mme Washington le rappela :

— Monsieur Horowitz, avant de partir, il y a une chose que vous devriez voir. Attendez un instant.

Elle se tourna vers le jeune blessé.

— Conrad, fit-elle doucement, peux-tu entendre mes paroles?

Sans ouvrir les yeux, il inclina la tête.

— Montre-lui, se contenta-t-elle de dire.

Il entrouvrit son petit poing et, entre les doigts encore crispés, Horowitz vit luire la pièce d'or ancienne qu'il lui avait donnée quelques jours auparavant. Il interrogea Mme Washington du regard.

— Il en était si fier qu'il la gardait constamment sur lui. Deux loubards ont essayé de la lui prendre. Il s'est défendu âprement, et c'est ainsi qu'il a reçu ce coup de couteau.

— Il... s'est... Il s'est défendu... Oui, je sais par expérience comment ça se passe.

— Il a refusé absolument de la leur donner. Elle représentait trop pour lui, dit-elle avec émotion en refermant les petits doigts sur la pièce.

– Je... je suis navré, bégaya Horowitz.

– Maintenant, il faut vous retirer, insista l'infirmière.

– D'accord, d'accord, je vais filer, mais accordez-moi une minute encore, voulez-vous?

Elle acquiesça d'un mouvement de tête impatient et il se pencha vers Conrad :

– Pardonne-moi, mon petit. Pardonne à un vieil imbécile grincheux – qui n'a pas l'habitude de s'excuser, crois-moi! Et n'oublie pas ce que je t'ai dit l'autre soir. C'est la vérité. Aujourd'hui, j'ai parlé sans réfléchir, poussé par de vieux préjugés absurdes. Guéris vite, mon enfant.

Il se tourna vers Mme Washington.

– Vous reverrai-je quand même?

– Bien sûr. Ma fille a demandé sa nuit pour rester auprès de Louise, terriblement perturbée après cette triste aventure, et ce soir je reste ici, mais demain je serai fidèle au poste, monsieur Horowitz.

– Merci! Merci! A demain.

Il souleva le rideau et sortit. L'infirmière le suivit dans l'intention de le soutenir pour le guider vers la porte. Il l'arrêta.

– Inutile. Je veux me débrouiller seul.

Il tenait à faire une sortie en beauté, mais son pas était incertain, la porte très lourde, et il lui fallut accepter l'aide proposée.

– Merci, dit-il avec humilité.

TROISIÈME PARTIE

17

Comment aurais-je pu deviner ce qui s'était passé, se répétait Samuel Horowitz dans le taxi qui descendait l'avenue baignée d'un brûlant soleil. Un Noir se fait poignarder, alors ça veut dire qu'il s'est battu. Et de quel genre de bagarre peut-il s'agir? Soit il a essayé de voler quelque chose, soit c'est une histoire de drogue. Comment aurait-il pu se douter qu'il défendait seulement ce qui lui appartenait?

Mme Washington lui garderait sûrement rancune d'avoir donné à l'enfant la pièce d'or, cause de la triste aventure. Après tout, elle n'aurait pas tort. Elle avait bâti son univers autour de ce gamin et de sa sœur. Sa générosité de cœur à leur égard était exemplaire. Il devrait y avoir plus de Noirs comme elle. Une génération doit être prête à favoriser la suivante en renonçant à ses propres désirs.

Mais non, ruminait-il, on attend tous les sacrifices du gouvernement — c'est-à-dire des contribuables, tel Samuel Horowitz, par exemple.

Il lui arrivait, certains jours où il se sentait particulièrement amer, en pensant à tout ce qu'il avait payé comme impôts au cours des quarante-neuf dernières années, d'espérer qu'il mourrait complètement fauché. Ainsi, sa succession ne rapporterait pas un sou à l'État...

Mais un seul regard sur sa canne orthopédique lui prouvait que les questions d'argent n'étaient pas primordiales. Tout l'or du monde ne valait pas de bonnes jambes!

Dieu merci, Hannah n'était plus là pour voir ce qu'il endurait! Elle se reposait en tout sur lui, le croyait indestructible, alors que plusieurs femmes de ses amies avaient perdu leurs maris à la suite d'une quelconque maladie fatale. Même à la fin, au Mt. Sinai Hospital, elle était morte paisiblement en tenant sa main.

S'extraire du taxi, régler la course, et entrer dans le hall de l'immeuble requirent toute son attention.

Juan s'était précipité.

— Laissez-moi vous aider, monsieur Horwitz!

Et quand celui-ci refusa, il lui emboîta le pas, prêt à intervenir quand même si besoin était.

A la porte de l'ascenseur, Angelo affichait un large sourire.

— Vous marchez tout seul maintenant, monsieur Horowitz, bravo!

Belle prouesse, en vérité, songea Horowitz tandis que la cabine démarrait. Une des tristesses de l'âge, c'est bien de s'entendre féliciter pour ce que vous faisiez aisément à un an!

Enfin rentré chez lui, il poussa un soupir de soulagement.

Il s'allongea tout habillé sur le lit. Il se fatiguait si facilement aujourd'hui, lui qui, autrefois, avait arpenté d'un pas vif les rues de New York, de Miami, de Londres et de Paris. Désormais, une cinquantaine de mètres et trois malheureuses marches suffisaient à l'épuiser.

Il s'endormit en se disant que, s'il ne se réveillait pas, ce ne serait pas très grave.

Mais il se réveilla. La sonnerie persistante du téléphone le ramena brutalement à la réalité. Il tendit la main gauche, ne voulant pas avoir à changer de côté, mais l'appareil glissa de la table et tomba. Il le retint par le cordon et entendit alors la voix angoissée de Mona :

— Papa! Tu vas bien? Papa, réponds-moi!

— Ça vient, ça vient, dit-il, fâché d'avoir été surpris en pleine maladresse.

— Papa! Qu'est-ce qui s'est passé?

— Il s'est passé que tu m'as réveillé et qu'en voulant décrocher j'ai fait tomber l'appareil. Voilà ce qui s'est passé.

— Je parle de cet après-midi, papa. Je n'ai pas cessé de t'appeler et ça ne répondait pas. Tu étais où?

Il était plus facile de cacher un secret à la CIA qu'à Mona, et il se décida à lui raconter ce qui était arrivé à Conrad.

— Ainsi, s'exclama-t-elle, affolée, Mme Washington n'est pas là pour s'occuper de toi!

— Elle est là où elle doit être. Auprès de son petit-fils. Mais elle sera de retour dès demain. Et sa courte absence m'aura donné l'occasion ce me débrouiller un peu tout seul.

— Qui va préparer ton dîner?

— Je vais passer un coup de fil au traiteur et me faire livrer de la poule au pot avec un peu de bouillon et quelques pâtes.

— Bon, convint Mona. Recommande-leur bien de dégraisser le bouillon. Et enlève la peau du poulet, c'est là où il y a le plus de cholestérol.

— Sois tranquille ma chérie. Bouillon sans graisse et poulet sans peau.

— Et surtout pas de pickles! Je sais combien tu les aimes, mais c'est beaucoup trop salé et épicé pour toi en ce moment.

— Des pickles! Je n'y songeais même pas, assura-t-il.

— Je te rappellerai demain. Si Mme Washington ne revient pas, il nous faudra chercher une solution.

Il jeta un coup d'œil à sa montre. C'était l'heure des informations et il aurait bien voulu que Mona se décide à raccrocher. Elle le fit enfin et il téléphona aussitôt au traiteur.

— Fine et Shapiro, annonça une voix d'homme au bout du fil.

— Irving? Ici Samuel Horowitz.

— Monsieur Horowitz! Cela fait plaisir de vous entendre. Il y a des semaines que nous n'avons pas eu de vos nouvelles. Que désirez-vous?

— Un beau sandwich au corned-beef. Vous savez comme je les aime? Pain de seigle en tranches fines et la viande généreusement servie — maigre au centre, assez grasse sur les bords.

— Un spécial corned-beef, répéta Irving tout en inscrivant la commande.

— Et des cornichons à la russe, de la salade de pommes de terre, du chou mariné, et une bière bien fraîche.

— De quelle marque?

— Une bière diététique, à cause de mon cholestérol, dit-il vertueusement.

— La bière n'aggrave pas le cholestérol, monsieur Horowitz.

— Parfait! Faites-moi monter tout cela le plus tôt possible.

Il reposa le combiné et reporta son attention au petit écran. Mais il avait déjà l'eau à la bouche en pensant aux bonnes choses qu'il allait déguster...

Quand on sonna à la porte, il faillit trébucher sur le tapis, dans l'empressement qu'il mit à aller ouvrir. Il donna un pourboire au liftier, s'empara du paquet attendu et gagna la cuisine.

Ah! le fumet enivrant du corned-beef kasher! Il déplia le papier d'aluminium qui maintenait la viande au chaud, la tartina généreusement de moutarde — Irving en avait envoyé un petit pot de carton —, et ouvrit les barquettes de salades. Puis il fendit en deux, dans le sens de la longueur — non sans peine — les deux gros cornichons à l'aneth et versa la bière, fraîche à point, dans un grand verre. Son festin était prêt.

Il y avait des mois, des années, même, qu'il n'avait fait un repas aussi délicieux et le côté clandestin de ce petit souper commandé par lui-même, sans tenir aucun compte des avis de Mona, ajoutait à son plaisir.

Mona, avec tout son argent, pouvait-elle s'offrir un tel corned-beef à San Diego? Et elle voudrait qu'il aille vivre là-bas? Jamais de la vie!

Après dîner, il se dit qu'il serait bien qu'il téléphonât à Mme Washington pour prendre des nouvelles de Conrad. Cette démarche lui coûtait. Il était bourrelé de remords à l'idée de sa cruelle méprise et de ce qu'avait dû éprouver le jeune garçon. Plusieurs fois il posa la main sur l'appareil sans se décider à appeler. Finalement, il composa le numéro.

Ce fut la fille de Mme Washington qui répondit.

— Monsieur Horowitz?

— Oui. Je...

— Vous désirez parler à ma mère?

— Si vous le voulez bien. J'aimerais avoir des nouvelles de Conrad.

— Il va bien mieux. Les médecins assurent qu'il sera sans doute hors de danger demain.

— Dieu soit loué! Ce qui s'est passé est de ma faute. Je n'imaginais pas en lui donnant cette pièce...

— Nous ne vous en voulons pas, le rassura la jeune femme. Maman! appela-t-elle. C'est lui!

« Lui... », c'est donc ainsi qu'elles le désignaient entre elles?

— Monsieur Horowitz?

Il eut envie de dire : « Non, c'est *lui* », mais il se retint.

— Conrad va mieux, paraît-il?

— Bien mieux.

— J'en suis content pour vous. Pour votre fille. Pour Louise. Cela a dû être terrible pour cette petite!

— Elle n'arrête pas de pleurer.

— Écoutez, j'aimerais lui envoyer un petit cadeau, une poupée, un jouet quelconque. Que sais-je... Choisissez pour moi. Vous le lui offrirez de ma part, et vous me direz ce que vous avez dépensé. Elle désire sûrement quelque chose?

— Oui. Le retour de son père, dit Mme Washington doucement.

— Pauvre petite! Achetez-lui tout de même quelque chose, je vous en prie. Et demain, inutile de venir. Vous avez trop de soucis pour devoir vous occuper en plus d'un vieux fou. Je suis désolé pour cet incident à l'hôpital. Vous auriez dû me mettre dehors. J'aurais très bien compris. En fait, je comprendrais très bien si vous ne reveniez jamais. Après tout ce que j'ai dit...

— Je comptais venir demain.

— Vous n'êtes pas obligée, je me débrouillerai. Qui va aller voir Conrad? Qui restera avec Louise? Ils ont plus besoin de vous que moi.

— Ma sœur a décidé de passer quelques jours à la maison. Elle prendra soin de Louise, et ma fille pourra se rendre auprès de Conrad dans la journée. Je serai là demain à l'heure habituelle.

— Ne croyez pas que ce soit une obligation pour vous. Votre absence n'affectera en rien le montant de votre salaire. Et je m'en suis bien tiré tout seul aujourd'hui, n'est-ce pas?

— Monsieur Horowitz, si je tiens à venir, c'est surtout pour moi. Quand tout va mal, le mieux est d'observer le plus possible sa routine quotidienne. A demain!

— Je serai heureux de vous voir, madame Washington. Encore pardon pour cet après-midi!

— Vous êtes tout pardonné, affirma-t-elle.

Il raccrocha, grandement soulagé. Une femme étonnante, cette Mme Washington. Pleine de délicatesse, malgré sa redoutable fermeté. Elle avait beaucoup de points communs avec Hannah. Mona, elle, avait bien hérité de la fermeté de sa mère, mais pas de sa sensibilité. Elle serait capable de mener une révolution, mais certes pas de prendre le temps de s'apitoyer sur les victimes.

Samuel Horowitz se tourna vers ce refuge du XXe siècle, la télévision, et alluma son poste.

Parle-moi, priait-il en silence. Montre-moi des images, change-moi les idées en me distrayant. Occupe mon temps. Efface en moi tout sentiment. Agis comme du Valium.

Il tomba sur un téléfilm déjà commencé auquel il n'arriva pas à s'intéresser. En cet instant, d'ailleurs, il avait seulement conscience d'une vague brûlure d'estomac due probablement à la moutarde et aux cornichons. Une publicité concernant la nourriture des animaux de compagnie vint interrompre le film. Dire que des millions d'enfants dans le monde mouraient de faim et que l'Amérique dépensait des dizaines et des dizaines de millions de dollars pour vanter certaines marques d'aliments pour chiens ou chats — et que des centaines de millions de gens les achetaient! Quand il était enfant, il avait réussi à décider sa mère à lui offrir un chien. Celui-ci était nourri des restes de la table ou des bouts de foie et des os donnés par le boucher. Une nourriture saine, honnête qui ne sortait pas d'un sac en plastique ou d'une boîte de conserve, et cela n'empêchait pas le chien d'être en excellente santé!

Il changea de chaîne et s'arrêta sur un match de base-ball retransmis en nocturne du Yankee Stadium. Les Yankees menaient, ce dont il se fichait éperdument. Où étaient les grands joueurs d'antan? La noblesse du sport n'existait plus. Les sportifs professionnels jouaient pour gagner de l'argent, pas pour défendre les couleurs de leur équipe. Une fois de plus il tripota la télécommande. La treizième chaîne donnait un drame historique. Il suivit quelques scènes et sombra bientôt dans le sommeil sans avoir éteint le poste.

Quand il se réveilla, l'écran était vide et le son avait fait place à un bourdonnement continu. Sa brûlure d'estomac s'était aggravée. Mais était-ce bien une brûlure d'estomac? Il lui semblait avoir lu quelque part qu'une crise cardiaque pouvait s'annoncer ainsi. Si c'était le cas, que faire? Appeler le 911, ce numéro SOS, pour réclamer de l'aide? Mais s'il ne s'agissait pas d'une crise cardiaque, il se serait ridiculisé deux fois dans la même journée...

Le plus simple, décida-t-il, était d'essayer de prendre tout d'abord de l'Alka-Seltzer ou même un peu de bicarbonate de soude. Il y en avait sûrement dans l'armoire à pharmacie de la salle de bains ou, à défaut, dans le placard de la cuisine.

Prudemment, il se roula sur le côté et s'assit au bord du lit avant de se lever. Puis il saisit sa canne, posée à portée de sa main droite, et se dirigea à pas comptés vers la salle de bains. Il fouilla vainement l'armoire à pharmacie. Ni Alka-Seltzer, ni bicarbonate. Pourtant il se rappelait clairement en avoir acheté quelques mois auparavant. Il prit le chemin de la cuisine et, en traversant le vestibule dans la pénombre, il concentra son attention sur son pied gauche, toujours à la traîne sur l'épaisse moquette, oubliant que les quatre pieds métalliques de sa canne orthopédique devaient être — à chaque pas — soigneusement plantés dans le moelleux revêtement. L'un d'eux s'y accrocha, lui faisant perdre l'équilibre. Il voulut saisir la poignée, mais sa main gauche demeura inerte.

Il partit en avant. Sa tête vint heurter brutalement la poignée de la porte d'entrée. Il perdit connaissance et glissa sur le sol.

18

A huit heures précises, Mme Washington sortit de l'ascenseur et s'étonna de trouver le *New York Times* sur le paillasson. Sans doute dormait-il encore. Il avait dû passer une mauvaise nuit, à en juger par le ton contrarié de sa voix quand il avait appelé. Le pauvre homme. Mais elle se dit aussitôt qu'il n'avait pas à traiter les Noirs comme de vulgaires voyous.

Elle ramassa le journal et glissa la clé dans la serrure, mais quand elle voulut pousser la porte, celle-ci résista, comme si un poids la bloquait de l'intérieur. Mme Washington poussa plus fort et passa la tête dans l'entrebâillement. Elle aperçut alors M. Horowitz gisant sur la moquette, inerte, apparemment sans vie. Elle faillit céder à la panique et se mettre à hurler. Elle se maîtrisa et, s'arc-boutant contre la porte, réussit à l'ouvrir plus largement et à pénétrer dans l'appartement.

Elle s'agenouilla et chercha le pouls du vieil homme, sur son poignet d'abord, puis sur sa gorge. Il battait lentement, mais régulièrement.

— Monsieur Horowitz, chuchota-t-elle. Monsieur Horowitz, que vous est-il arrivé?

Il ouvrit les yeux, la regarda comme s'il revenait de très loin, toussota, puis demanda dans un murmure :

— Où est l'Alka-Seltzer?

— L'Alka-Seltzer?

— Je m'étais levé pour aller en prendre et...

Il s'aperçut alors qu'il faisait grand jour.

— C'est le matin?

— C'est le matin, confirma Mme Washington en examinant le gros hématome qu'il avait sur le front.

— Qu'est-ce qui s'est passé?

— A vous de me le dire, monsieur Horowitz, dit sévèrement Mme Washington dont l'autorité revenait à mesure qu'elle le voyait reprendre ses forces.

— Il ne m'est rien arrivé, dit-il évasivement, pressé de changer de sujet. Mais dites-moi, comment va Conrad ce matin? Que disent les médecins?

— Il va beaucoup mieux. Il est sorti d'affaire.

— Bien!

— J'attends, dit Mme Washington.

— Vous attendez quoi?

— Que vous me disiez ce qui s'est passé hier soir.

Il s'exécuta à contrecœur en évitant de mentionner sa douleur à l'estomac. Il allait bien, lui dit-il, tout était la faute de ce maudit tapis.

Elle examina de nouveau son bleu au front.

— Hum! dit-elle.

— Pourquoi « Hum! »?

— Il faut que j'appelle le médecin. C'est mon devoir d'infirmière.

— J'ai découvert une chose, madame Washington. Une bonne chute guérit toutes les brûlures d'estomac. Inutile de faire venir le docteur.

— C'est mon devoir d'infirmière, répéta-t-elle, et elle alla téléphoner de la cuisine.

En revenant, elle lui demanda :

— Vous n'éprouvez aucune gêne particulière dans la poitrine? Ni une faiblesse soudaine dans votre main ou votre bras gauche?

— Absolument pas. Une simple brûlure d'estomac.

— De toute façon, un petit examen médical ne vous fera pas de mal.

— Ce n'est pas la visite du Dr Tannenbaum que je redoute, mais il se croira forcé de prévenir Marvin et celui-ci préviendra à son tour la Golda Meir de San Diego. Je n'en aurai pas fini avec les ennuis. Qu'on me laisse vivre en paix le temps qu'il me reste à vivre!

— Je comprends ce que vous ressentez, monsieur Horowitz, mais je me dois de rendre compte à votre médecin traitant.

En allant vider la poubelle, Mme Washington découvrit le sac d'emballage vide, marqué en bleu aux « armes » de Fine et Shapiro. Spécialités kasher. Livraison à domicile.

Elle fonça au salon où Samuel Horowitz s'exerçait, une fois de plus, à manipuler les billes exécrées.

— Qu'est-ce que cela signifie? dit-elle d'un ton impératif en brandissant le sac.

— J'ai commandé un petit quelque chose pour dîner hier soir, fit-il distraitement, comme s'il était absorbé par la manipulation de ses billes.

— Et quoi donc? Un bouillon léger et des *matzoth*[1]?

— Tout juste.

— Cela m'étonnerait. Quand Fine et Shapiro livrent du bouillon, ils le livrent en pot. Et je n'ai pas vu de pot dans la cuisine ni dans la poubelle.

— Comment se fait-il que vous sachiez tout ça? Non, ne me le dites pas! Les Rosengarten?

— Exactement.

— C'est bien ma veine, gémit-il. D'accord, ce n'était pas du bouillon, mais un sandwich.

— Un sandwich à quoi?

— Au... corned-beef.

— Et quoi d'autre?

Elle le regardait fixement.

— Une petite salade de chou.

— Et encore?

— Une salade de pommes de terre.

Elle ne le quittait toujours pas du regard. Finalement, les yeux baissés sur les billes, il avoua :

— Avec de la moutarde et des cornichons à l'aneth.

1. Du pain azyme.

— Vous avez eu alors des brûlures d'estomac dans la nuit, vous avez été obligé de vous lever et...

Elle ne se donna pas la peine de finir sa phrase. Il ne savait que trop bien ce qu'il en était.

— Vous vous demandez pourquoi j'ai agi ainsi?

— Peu importe. Mais ne recommencez pas.

— Même un criminel a le droit de se défendre.

— Bon, allez-y.

— C'est à cause de Mona.

— De Mona?

Elle ne voyait pas le rapport entre Mona et le corned-beef si bien accompagné.

— Elle m'avait téléphoné. Et elle insistait pour que je commande du bouillon de poulet dégraissé. Et un blanc de volaille. Eh bien, me suis-je dit, je vais lui apprendre à se mêler de ce qui la regarde!

A présent, Mme Washington voyait clairement ce qui s'était passé. Elle s'apprêtait à lui dire vertement sa pensée quand on sonna à la porte.

— Tannenbaum! s'écria Samuel Horowitz, identifiant aussitôt l'ennemi.

Le Dr Tannenbaum, un homme mince, de haute taille, aux longues moustaches et aux grosses lunettes, examina Horowitz avec soin. Il le fit tousser, puis respirer, profondément et légèrement. Et durant tout ce temps, le vieil homme, mal disposé, ne cessait de se demander comment un stéthoscope pouvait être aussi froid en plein été. Peut-être le médecin, entre deux déplacements, le rangeait-il dans le compartiment à glaçons du réfrigérateur?

Tannenbaum vérifia ensuite les réflexes de son patient, lui fit exécuter quelques mouvements de résistance et, finalement, examina le fond de son œil à l'aide d'une petite torche.

Mme Washington avait nettoyé à l'alcool l'hématome du front, enlevant ainsi les traces de sang coagulé, et l'on ne voyait plus guère qu'une bosse un peu rougeâtre que le Dr Tannenbaum palpa minutieusement.

Dans l'encadrement de la porte, l'infirmière attendait le verdict du médecin.

– Pour l'instant, tout semble dans l'ordre, prononça-t-il.
Horowitz se tourna vers Mme Washington et, se retenant
de lui tirer la langue, se contenta d'une grimace de défi.

– Toutefois...

– Ho! ho! ho! se lamenta Samuel Horowitz, les « toutefois » peuvent être mortels!

– Toutefois, je repasserai demain, et peut-être même
après-demain, pour m'assurer qu'il n'y a pas de suites.

– Il n'y en aura pas! s'insurgea Horowitz. Je me suis toujours très vite rétabli. Quand je rencontre quelqu'un qui a un
rhume, soit je l'attrape le jour même, soit il ne se passe rien.
Vous n'avez pas à vous en faire.

– Je passerai quand même.

– Je ne serai pas là, grommela Horowitz.

– Et où serez-vous? En train de jouer les demis de mêlée?
fit le Dr Tannenbaum, le regardant à travers les verres épais
de ses lunettes.

– Passez demain si vous y tenez, docteur, mais arrangez-
vous pour que votre stéthoscope soit moins froid! Et pouvez-
vous me rendre un service?

– Volontiers. Lequel?

– Pas un mot à Marvin.

– Vous avez fait une chute grave, monsieur Horowitz. Je
ne puis cacher cela à votre fils. Après tout, il serait peut-être
nécessaire que vous ayez une garde de nuit, expliqua le médecin.

– Dites-moi, docteur, à quel âge un homme perd-il le
droit de décider de ce qui lui convient? Il existe une loi là-
dessus? Dans la Bible? Dans la Constitution?

– Faites-moi confiance, tout simplement.

– Tout simplement? (Samuel Horowitz secoua tristement
la tête.) « Faites-moi confiance », nous a demandé Jimmy
Carter en prenant le pays en main, et regardez où nous en
sommes!

Il fut nerveux et agité tout le reste de la journée. Pourtant,
il exécuta convenablement une longue série d'exercices, et
malgré ses progrès sensibles il demeura indifférent.

Mme Washington voyait bien qu'il était préoccupé à l'idée de ce qui se passerait si le Dr Tannenbaum appelait Marvin.

Avant de partir, elle téléphona au docteur pour qu'il n'en fasse rien, mais c'était trop tard. Le fils avait déjà été prévenu. Elle n'en dit rien à Horowitz, de crainte que cela n'augmente son anxiété. Elle se contenta de disposer un verre d'eau sur sa table de chevet, ainsi qu'un comprimé de Valium, prescrit par le médecin.

Samuel Horowitz était assis dans le salon près de la fenêtre et regardait le flot des voitures. Central Park était fermé à la circulation ce jour-là et les rues devaient absorber les nombreux New-Yorkais qui rentraient du travail.

— C'est le genre de soir où les gens iraient plus vite à pied, dit-il à l'intention de Mme Washington qui venait d'apparaître sur le seuil. C'est en tout cas ce que je faisais autrefois. Même après une journée bien remplie. De nos jours, plus personne ne marche. Les gens ne savent plus que rouler ou courir. Toute la journée, de l'aube à la tombée de la nuit, ils courent, ils courent. Vous avez remarqué ça, madame Washington?

— Oui.

— Avec ces drôles d'habits et ces drôles de chaussures. Ils courent. Tout le monde. Vieux, jeunes, hommes et femmes. Ils courent. (Il marqua une pause puis ajouta :) Moi aussi j'aimerais pouvoir courir.

— Monsieur Horowitz, si vous vous relevez cette nuit, pensez d'abord à allumer la lumière.

— Ça va, j'ai compris! J'allumerai. Mais peut-être voulez-vous m'expliquer comment on allume?

— Hier soir, si vous aviez allumé, ça ne serait peut-être pas arrivé.

Il hocha la tête.

— Je vous ai laissé du Valium et un verre d'eau sur votre table de chevet. Juste au cas où vous ne trouveriez pas le sommeil.

— J'ai horreur des comprimés! Voilà ce qui ne va pas dans ce pays. On ne jure que par les médicaments! Dès que quelque chose cloche, on se rue à la pharmacie.

— Je pensais à une simple insomnie, insista-t-elle.

— Et qu'est-ce qui vous fait dire que j'en aurai une? Je m'endors en un clin d'œil. Demandez à Hannah, elle vous le dira! Je pourrais m'endormir debout si c'était nécessaire. (Une fois son énervement passé, il ajouta, d'un ton radouci :) Madame Washington, je voudrais vous remercier pour toutes vos attentions. Et je veux que vous excusiez ma mauvaise humeur d'aujourd'hui. Je sais que vous étiez obligée d'appeler le Dr Tannenbaum. Je sais aussi qu'il devra contacter Marvin. Mais je sais surtout ce qui se passera quand ma fille sera mise au courant.

— Vous vous inquiétez à tort, dit-elle. Après tout, vous allez très bien. C'est le Dr Tannenbaum qui l'a dit. A moins qu'il n'y ait des séquelles, or pour l'instant ça n'est pas le cas.

— Madame Washington, nous sommes tous deux compétents dans notre partie. La mienne consiste à connaître ma fille. Et je sais prévoir parfaitement ses réactions. Ce qui ne me dit rien qui vaille.

— Personnellement, je pense que vous exagérez.

— Que j'exagère? Impossible. C'est Mona qui est l'exagération faite femme. Bon, peu importe. Avez-vous fait ce que je vous avais demandé?

— Quoi?

— Le cadeau! Pour Louise! Vous lui avez trouvé quelque chose de beau?

— Je vous l'ai dit, je ne pense pas que ce soit nécessaire.

— Qui a parlé de nécessité? Je veux faire un cadeau à cette enfant. Et si vous ne lui achetez rien, c'est moi qui m'en chargerai!

— Entendu, je m'en occuperai. Essayez de passer une bonne nuit.

— Et quand vous irez à l'hôpital, dites à Conrad... Eh bien, dites-lui simplement que j'ai demandé de ses nouvelles. C'est promis?

— C'est promis.

19

Ils revenaient de leur promenade habituelle dans le parc et Mme Washington introduisait la clé dans la serrure quand le téléphone sonna.

— Ne vous pressez pas, l'avertit Samuel Horowitz dans le vestibule, en s'extrayant de son fauteuil roulant. Ce n'est que Mona.

— Comment pouvez-vous le savoir?

— Si vous connaissiez Mona, vous reconnaîtriez sa sonnerie.

— C'est ridicule.

— Ridicule ou pas, je parie que c'est elle. Je parie même la somme que vous me devez au rami.

— C'est vous qui me devez des sous.

— Très bien, mettez-les en jeu, alors.

Sans prendre la peine de lui faire passer le seuil, Mme Washington se précipita dans la cuisine. Mais quand elle décrocha, seule la tonalité lui répondit. Entre-temps, Horowitz avait réussi non sans mal à s'avancer dans l'entrée. Il lui fit face, la mine victorieuse.

— Eh bien? Mona! Non?

— Ça a raccroché.

— C'est Mona!

— Vous reconnaissez aussi sa tonalité?

— Même quand elle était petite, elle était toujours pressée. Si elle n'obtenait pas immédiatement ce qu'elle voulait, elle abandonnait la partie ou concoctait une nouvelle ruse pour l'avoir. Mais elle parvenait toujours à ses fins. La première fois qu'elle a vu Albert, elle s'est dit : Je vais l'épouser, j'en ferai bien quelque chose. Et ainsi fut fait. Le monde a peut-être besoin de femmes dans son genre. Mais moi, non.

Le téléphone se manifesta de nouveau. Cette fois-ci, Mme Washington décrocha à la première sonnerie.

– Allô!

– Mon père est-il là?

Mme Washington hésita avant de répondre.

– Oui, il est là. (Elle tendit le combiné à Horowitz.) C'est Mona.

– Par ici la monnaie, répondit Horowitz. Allô, Mona, ma chérie? Comment vas-tu?

– J'allais très bien jusqu'à ce que Marvin me téléphone. Qu'est-ce que c'est que cette histoire de chute et de blessure à la tête?

– Eh bien, tu as certainement vu à la télé une présentation du *hustle*, cette nouvelle danse? J'étais en train d'apprendre les pas à Mme Hess, la veuve du troisième, quand nos pieds se sont emmêlés et...

– Papa! C'est sérieux!

– Sérieux? Avec Mme Hess? Ne sois pas stupide, c'est une très mauvaise cuisinière.

– Tu sais très bien de quoi je parle. Que t'est-il arrivé au juste?

– Rien de tragique, je t'assure. Je me suis levé en pleine nuit pour prendre un Alka-Seltzer, ma canne s'est accrochée dans le tapis et je me suis étalé.

– Pourquoi as-tu eu besoin d'un Alka-Seltzer?

– Une petite brûlure d'estomac. Sans doute suis-je devenu allergique au bouillon de poule.

– Personne, absolument personne n'a jamais souffert de brûlures d'estomac à cause d'un bouillon de poule, déclara Mona.

– Il y a un commencement à tout.

– On m'a dit que dans ta chute tu t'étais ouvert le front. Et que tu étais resté inconscient pendant des heures!

– Une simple égratignure. Même pas de quoi gaspiller de la teinture d'iode. Le médecin l'a à peine remarquée. Et je n'étais pas inconscient. Mais comme j'étais par terre, et que le tapis de l'entrée est si doux et si confortable, j'ai décidé, plutôt que de me relever au beau milieu de la nuit, de dormir là. Il ne s'est rien passé de plus.

— Papa!

— Je devais être très bien où j'étais, parce qu'en arrivant ici Mme Washington a dû me réveiller. De toute façon, c'est fini et je vais bien. Il fait beau, il y a du soleil, l'air est pur. C'est gentil de ta part d'avoir appelé. Ne t'inquiète plus. Dis bonjour à Albert de ma part et porte-toi bien. Au revoir.

— Papa! s'exclama-t-elle avec une énergie telle qu'on eût pu croire qu'elle tendait la main par-dessus tout le pays pour l'empêcher de raccrocher.

Horowitz regarda Mme Washington d'un air résigné avant de répondre :

— Oui, Mona chérie?

— Papa, il m'est parfaitement clair que tu ne bénéficies pas de l'assistance requise.

— Comment peux-tu le savoir avec autant de certitude alors que tu es si loin et ignores ce qui se passe?

— Un homme dans ton état ne devrait pas rester seul la nuit!

— Je n'ai pas l'intention d'être entouré d'infirmières toute la nuit! J'ai assez de soucis comme ça avec Mme Washington pendant la journée.

Il fit un signe à cette dernière pour lui expliquer que cette dernière phrase était purement rhétorique.

— Ce qu'il te faut, c'est une personne à plein temps. Albert et moi employons un couple. Si tu étais chez nous et qu'il y avait un problème en pleine nuit, tu n'aurais qu'à sonner.

— Je ne suis pas très fort en sonnerie, dit Horowitz.

— Tu n'aurais pas besoin de sortir de ton lit et d'errer dans le noir, au risque de tomber et de te faire mal. Tu aurais pu heurter un meuble et te... te tuer!

Elle se mit à sangloter.

Horowitz s'adressa à voix basse à Mme Washington :

— Qu'est-ce que je vous disais? Elle pleure à présent. Je vous avais mise en garde. Elle a beau être forte, sa spécialité, c'est pleurer. C'est comme ça qu'elle a fait partir Albert à San Diego. Elle a pleuré pendant quatre jours d'affilée. Lui disant que New York était de pire en pire. Et maintenant elle voudrait m'attirer dans une élégante prison du nom de San Diego. Je mourrai là-bas, et ce sera votre faute. Tout ça parce que vous avez été cafter au Dr Tannenbaum. Mona, dit-il en s'adressant de nouveau à sa fille, tu n'as aucune raison de pleurer. Je vais bien. Je progresse de jour en jour. Par exemple, en ce moment même, alors que je te parle, je tiens le combiné dans la main gauche. Oui, ma main gauche ! Et pour te prouver que je n'ai pas besoin de la droite dans cette manœuvre, je vais raccrocher. Quand tu entendras le déclic, tu sauras que j'ai réussi à le faire avec ma main gauche !

Là-dessus, il raccrocha brutalement, mettant fin à ses « Papa ! » désespérés.

— Vous voyez ce que vous avez fait, madame Washington ? Vous avez quasiment condamné à mort un innocent ! Vous n'aurez plus la conscience tranquille de toute votre vie.

— Pas de comédie avec moi, monsieur Horowitz.

— Qui parle de comédie ? On prend un pauvre homme sans défense et on le met en prison. En prison. A qui parlerai-je ? Qui jouera au rami avec moi ? Personne ! Je vais me racornir et mourir de solitude. Il n'y a pas de Central Park à San Diego. Pas de Fine et Shapiro !

— Et pas de brûlures d'estomac !

— Vous voulez rire ? L'atmosphère là-bas est si polluée qu'on a une attaque rien qu'en respirant ! Et c'est ça que vous souhaitez pour moi ?

« Mais est-ce que je vous en veux pour autant, madame Washington ? Non. Je me dis, cette pauvre femme a le droit de se venger. Après toutes les accusations que j'ai portées contre son petit-fils... Alors quelle différence pour elle si un jour, quelques semaines après que je suis parti pour San Diego, on l'appelle pour lui dire : Vous connaissiez Samuel Horowitz ?

« Ça se passe comme ça, madame Washington. On vous appelle et on vous demande : Vous le connaissiez ? Pas : Vous le connaissez ? Même si vous venez juste de mourir, on parle

216

déjà de vous au passé. Voilà ce qui va arriver. Et vous devrez vivre avec ça tout le restant de vos jours. Vous entendrez à tout jamais ce sinistre appel : Connaissiez-vous Samuel Horowitz?

« Je ne vous envie pas, madame Washington. Porter un tel fardeau sur votre conscience!

– C'est l'heure de faire vos exercices, dit-elle comme si elle n'avait rien entendu.

– Je ne crois pas que j'ai envie d'en faire aujourd'hui, répondit-il en faisant la moue.

Le téléphone sonna de nouveau.

– Ne répondez pas! s'écria-t-il.

– Ce doit être votre fille qui rappelle.

– Et voilà! Vous commencez à reconnaître sa sonnerie. Alors répondez et dites que c'est une erreur.

– Elle va reconnaître ma voix.

La sonnerie persistait.

– Monsieur Horowitz, vous devez répondre!

– Ce sera votre faute! répliqua-t-il. Quoi qu'il arrive, ce sera votre faute! (Il décrocha.) Allô, chérie?

– Ne me refais jamais ça, papa!

– Qu'ai-je donc fait?

– Tu m'as raccroché au nez!

– Je croyais la conversation terminée. Il n'y avait plus rien à ajouter, d'ailleurs.

– Je vais venir à New York.

– Pourquoi? Je me sens très bien.

– Je vais venir à New York, répéta-t-elle. Et je te ramènerai avec moi. Alors prends tes dispositions pour fermer l'appartement. Choisis ce que tu tiens à emporter avec toi et nous vendrons le reste. Il y a des brocanteurs spécialisés qui s'occupent de tout à la fois : argenterie, meubles, vaisselle, etc. Un des collaborateurs d'Albert doit m'en indiquer un.

– Tu viens quand? demanda-t-il, extrêmement inquiet.

– Un de nos amis possède son propre jet. Il le met à ma disposition lundi en huit. Je viendrai donc en avion, je passerai un jour ou deux à New York pour régler les détails, nous repartirons ensemble et, si tout va bien, nous serons ici dès le mercredi soir. Prépare-toi!

— Mona, écoute-moi...

— Je ne te laisserai pas n'en faire qu'à ta tête. Maman ne me le pardonnerait jamais. Elle me disait toujours : « Si je pars la première, prends bien soin de ton père. »

En prononçant ces mots, elle se remit à pleurer.

— « Prends bien soin de ton père », fit-il en écho. Mais, ma chérie, j'aime New York, je me plais dans mon appartement, et Mme Washington veille parfaitement sur moi. Je comptais vivre ici jusqu'à ma mort.

Ce dernier mot déclencha une nouvelle crise de larmes à l'autre bout du fil.

— D'accord, d'accord, je vivrai éternellement, mais, je t'en supplie, cesse de pleurer ainsi!

— A lundi en huit, papa.

— Mona...

— A lundi, papa!

Et cette fois, ce fut elle qui raccrocha.

Samuel Horowitz se tourna vers Mme Washington.

— Vous comprenez maintenant tout ce qu'a entraîné votre sens intempestif du devoir? Pauvre de moi!

Il déjeuna sans appétit, bien que les crêpes qu'il aimait tant, préparées à dessein par son infirmière, fussent à la fois moelleuses et croustillantes. Il termina à peine la seconde et repoussa son assiette.

— Il faut que nous trouvions quelque chose pour l'empêcher de venir ici, madame Washington.

— Finissez d'abord votre déjeuner.

— Je n'ai plus faim.

Elle eut l'air blessé.

— Dire que je me suis donné tant de mal pour préparer la pâte comme vous l'aimez!

— Ne jouez pas les épouses en colère, dit-il avec mauvaise humeur. (Brusquement son visage s'éclaira.) J'ai trouvé! s'exclama-t-il. J'ai trouvé! Madame Washington, me feriez-vous l'honneur de m'épouser et de me sauver la vie en même temps?

— Quelle idée saugrenue! Et comment cela vous sauve-

218

rait-il la vie? Une baptiste comme moi n'épouse pas un Juif, quel qu'il soit.

— Vous ne me trouvez pas assez bon pour vous?

— Là n'est pas la question. Je suis noire, vous êtes blanc, nos religions sont différentes. Qui nous marierait? Je n'accepterais pas que ce soit un rabbin et vous ne voudriez certainement pas d'un prédicateur baptiste, n'est-ce pas?

Elle commençait à le prendre au sérieux.

— Peu importe qui nous marierait, même si c'est un pasteur baptiste, assura-t-il.

— Mais je n'ai pas dit que je consentirais à vous épouser, monsieur Horowitz.

— Pour l'instant, contentez-vous de le supposer. Il n'y a pas de mal à cela, non? Après tout, c'est votre coup de fil au Dr Tannenbaum qui m'a placé dans cette situation! Il faut que vous m'aidiez à en sortir. Voilà comment je vois les choses : supposons que nous nous mariions. Avant que Mona arrive. Quand elle sera là, s'apprêtant à m'emmener à San Diego, je lui déclarerai : « Ma chère enfant, tu n'as plus de droits sur moi, j'ai une épouse et c'est à elle de décider. Voyez la chose ensemble. »

— C'est complètement ridicule! Si votre fille est telle que vous la dépeignez, je ne réussirai pas à la convaincre, même en prétendant être mariée avec vous!

— Là, vous vous trompez, madame Washington. Vous lui direz : « Si vous pensez vraiment que vivre à San Diego est préférable pour M. Horowitz... » Non, ça ne va pas. Les gens sur le point de se marier s'appellent par leurs prénoms. Il vaut mieux nous entraîner tout de suite. Harriet et Samuel. Commencez!

Mme Washington hochait la tête avec impatience.

— C'est de la folie, de la folie pure!

Il lui lança un regard de prière.

— Essayez, je vous en prie, vous n'en mourrez pas! Sa-mu-el! Sa-mu-el!

Elle eut un soupir d'énervement, et finalement articula :

— Samuel... mais je ne vois pas du tout en quoi cela vous aiderait.

— C'est très simple, ma chère Harriet. — voyez comme je prononce facilement votre prénom —, répétez après moi : « Je crois en effet que cela vaudrait mieux pour Samuel que nous allions nous installer chez vous, à San Diego. » Et mettez une certaine emphase sur le mot *nous*.

— Je ne comprends pas...

— Lorsque ma Mona apprendra que son père vient s'installer à San Diego avec une épouse noire, elle en sera tellement saisie qu'elle en oubliera de pleurer. Et elle sera bien contente de rentrer seule en Californie. Elle ne m'appellera même plus. Mon idée est fantastique, non?

Il la regardait en souriant, mais l'expression de Mme Washington et la vue de ses yeux pleins de larmes derrière les lunettes à monture d'argent le démontèrent soudain. Son sentiment de victoire s'évanouit.

— Harriet... Madame Washington... demanda-t-il affectueusement, qu'avez-vous? Qu'est-ce qui ne va pas?

Elle secoua la tête et se détourna pour cacher ses larmes.

— Répondez-moi, voyons!

— Je trouve votre attitude bien cruelle, finit-elle par dire.

— Cruelle? Comment cela? Ne vous en faites donc pas pour Mona.

— Cruelle à mon égard. Vous voulez vous servir de moi, du fait que je suis noire, pour menacer votre fille. Je suis un être humain, monsieur Horowitz, pas un épouvantail! Si vous êtes persuadé que votre fille préférerait ne pas vous revoir plutôt que de m'avoir sous son toit comme belle-mère, ce n'est pas très flatteur pour moi, avouez-le!

— Mais je n'ai jamais eu l'intention... protesta-t-il.

— Le résultat est le même.

— Vous ne comprenez pas que...

Elle l'arrêta du geste.

— Oh que si! L'emphase sur le mot *nous*, ce simple petit mot qui vous protégerait d'elle. Pourquoi? Parce que je suis *noire*. Eh bien, j'ai ma fierté et de pareilles plaisanteries me blessent!

Sur le point de fondre en larmes, elle quitta précipitamment la pièce.

220

Après s'être morfondu près d'une heure dans le salon, Samuel Horowitz se rendit à la cuisine.

Mme Washington était attablée devant un repas auquel elle n'avait pas touché.

— Madame Washington, pardonnez-moi. Pardonnez-moi mon manque de tact. Je ne suis qu'un vieil homme maladroit, une fois de plus, qui lutte désespérément pour essayer de garder son intégrité. Si j'avais huit ans au lieu de soixante-huit, ajouta-t-il en souriant, espérant la dérider, je m'enfuirais pour échapper à Mona, mais à mon âge, amoché comme je le suis...

Le beau visage noir de Mme Washington ne s'éclaira pas et, avant de faire demi-tour, penaud, en boitillant, il lui demanda :

— Supposez, madame Washington, supposez — comme tout à l'heure — que je vous aie priée de m'épouser, non pas à cause de Mona, mais parce que je me suis sincèrement attaché à vous, qu'auriez-vous répondu?

Elle se tourna lentement vers lui.

— Je m'en serais trouvée fort honorée, monsieur Horowitz. Cependant, j'aurais répondu « non ».

20

En arrivant le lendemain matin, Mme Washington décou-
vrit le salon, qu'elle avait laissé la veille dans un ordre parfait,
sens dessus dessous. L'appartement avait-il été cambriolé?
Affolée, elle courut vers la chambre à coucher en criant :
— Monsieur Horowitz! Monsieur Horowitz!
Une voix étouffée lui répondit de la penderie. Elle y trouva
son patient en pyjama, appuyé sur sa canne, et s'efforçant en
vain d'atteindre l'étagère qui surplombait les vêtements.
— Que se passe-t-il? demanda-t-elle avec angoisse.
— Je me prépare. Je me prépare à partir, dit-il d'un ton
dramatique. Je fais un tri.
D'un doigt impératif, elle lui intima l'ordre de sortir de la
penderie.
— Vous vous préparez à quoi?
— A renoncer à la plupart de mes possessions. Madame
Washington, je me rends. Je me rends aux mauvaises raisons
de Mona. Je vais partir pour San Diego.
— Il faudra un mois pour remettre l'appartement en ordre,
se lamenta-t-elle.
— Un mois? (Sa main gauche balaya cette remarque.) Un
mois? Alors que mon temps est compté en jours? Que dis-je?
En heures? Je sais ce qui m'attend après un séjour chez Mona.
La maison de retraite pour vieux Juifs.
— D'où sortez-vous ça?
— Je me rappelle quand elle aidait à réunir des fonds pour
sa création! Elle disait que ce serait la maison de retraite la

222

plus moderne et la plus confortable de tout le pays! Elle pensait déjà à moi à l'époque! Une prison pour vieux! Je n'ai pas envie de me retrouver enfermé avec des personnes âgées. Je ne suis pas âgé. Je ne suis même pas vieux. Je suis, au pire, un homme qui a des petits ennuis au pied et à la main gauches. Bon, peut-être que ça m'arrive d'oublier de lacer mes chaussures ou de boutonner ma chemise ou même de passer mon bras gauche dans ma manche. Est-ce que ça signifie pour autant que je suis âgé? Un Juif, ça j'en suis un. Mais vieux, ça non!

Il eut un geste d'énervement et lâcha sa canne. Il vacilla un instant, comme s'il allait tomber, et s'écria :

— Madame Washington!

Elle le retint de justesse et lui redonna sa canne. Il retrouva alors sa dignité — et sa pugnacité.

— Je n'ai pas besoin d'aide, déclara-t-il avec dédain. Où est mon petit déjeuner?

— Puis-je compter sur vous pour ne pas mettre davantage de bazar? Si c'est oui, alors j'irai vous préparer à manger.

— De bazar? Vous appelez ça du bazar? Une vie entière d'affaires personnelles? Madame Washington, comment osez-vous...

— Monsieur Horowitz, dit-elle sur le ton de la menace.

— Je sais, je sais. Je dramatise. Mais si je ne le faisais pas, je risquerais de pleurer. Madame Washington, ce que vous voyez là un peu partout, c'est ma vie. Des choses qu'Hannah et moi avons ramenées de nos différents voyages. Des petits riens. Qui n'ont de valeur qu'à mes yeux.

« Comme je n'arrivais pas à dormir hier soir, j'ai essayé de dresser dans ma tête la liste des gens qui aimeraient avoir un petit souvenir d'Hannah et Samuel Horowitz. En vain. Il n'y a personne. Les bijoux d'Hannah, les seules choses qui aient de la valeur, ont déjà été distribués. A Mona, à Candy. A la femme de Marvin et à sa fille. Il ne reste que des broutilles. Une broche avec le fermoir cassé. Une chaîne qui n'est même pas en or véritable. Quelques bouches d'oreilles, de la pacotille.

« Moi, je n'ai jamais possédé grand-chose de ce genre. Je

n'aimais pas trop les bijoux. Pas de bagues, pas de montres luxueuses. Des boutons de manchettes, c'est tout. Et quelques boutons de col pour mes smokings. Mais je n'ai pas porté de smoking depuis des lustres, et je les ai donnés à Bruce pour sa bar mitzva. Pour qu'il le porte quand il sera plus grand. A part ça, rien. Une collection de pièces étrangères que je ramenais de mes voyages en Europe. Quelques pièces israéliennes qui ont une valeur sentimentale.

Il éparpilla les pièces sur le couvre-lit.

— La vie de Samuel Horowitz! Ça tient dans une main. Mais même ça, ils ne voudront pas me le laisser.

— Vous pourrez les emporter avec vous, dit Mme Washington.

— A quoi bon? Pour amuser les autres Juifs de la maison de retraite. Pour leur narrer mes exploits, qui paraîtront sans intérêt. Non, il vaut mieux que je m'en sépare. Que je me sépare de tout, des meubles, des couverts, de l'argenterie.

« Si quelque chose vous plaît, prenez-le! L'argent est massif. Ça vaut des sous de nos jours. Et les plats. Du vrai Rosenthal. L'autre service est japonais, c'est pour le quotidien. Allez-y, prenez ce qui vous fait envie!

— Je vais d'abord vous préparer votre petit déjeuner, dit-elle pour changer de sujet.

— Oui. D'abord le petit déjeuner.

— Ne faites pas de bêtises pendant que je suis dans la cuisine.

— Alors, comme ça, vous aviez des soupçons.

— Des soupçons? De quoi parlez-vous?

— Massada! s'exclama-t-il, comme si c'était un cri de guerre.

— Massada? fit-elle, interloquée.

— Là-bas, dans le désert, au bord de la mer Morte, une montagne s'élève en plein désert. Et au sommet de cette montagne, des palais, des entrepôts, des maisons. Il y a deux mille ans, les Juifs vivaient là. Les derniers Juifs libres après l'arrivée des Romains. Alors ces derniers ont assiégé la place, avec des milliers d'hommes!

Il étudia le visage de Mme Washington pour voir si elle sympathisait avec les épreuves des anciens Juifs.

— Vous m'entendez? Quelques centaines de Juifs contre des milliers de Romains! Chaque matin, ces Juifs scrutaient le désert. Et tout ce qu'ils voyaient, c'étaient des Romains, des Romains et encore des Romains. Qui attendaient qu'ils meurent de faim et se rendent. Mais ces Juifs ne voulaient pas se rendre. Alors les soldats romains ont construit une rampe jusqu'en haut de cette montagne. Puis une autre. Et en un rien de temps, ils furent au sommet.

« Et vous savez ce qu'ont fait les Juifs? Ils ont tenu une assemblée. Et pour une fois, ils sont tombés d'accord. Plutôt que de se rendre, et de vivre en esclavage, ils ont tous décidé — hommes, femmes et enfants — de se suicider. Aussi quand les Romains sont finalement entrés dans la place, qu'ont-ils trouvé? Des centaines de Juifs morts. Mais des Juifs libres!

« C'est à ça que je pensais hier soir. Quand Mona franchira cette porte dans une semaine, je me tiendrai là, un couteau dans la main, et je lui crierai : Mona, souviens-toi de Massada!

Mme Washington secoua la tête en signe de désapprobation.

— Vous trouvez que je dramatise encore?

— Non, mais nous devrons nous entraîner après le petit déjeuner.

— Nous entraîner? Aucun Juif ne s'entraîne au martyr! Nous sommes nés ainsi.

— Très bien. Dans quelle main comptez-vous tenir le couteau? La gauche? Un couteau avec une poignée rembourrée? Ça ressemblera à quoi? Et si vous le tenez dans la droite, qu'advient-il de votre canne? Imaginez que vous perdiez l'équilibre et tombiez? Mona sera alors convaincue que vous ne pouvez rester seul.

Ces détails pratiques eurent raison de sa détermination.

— Oui, je suppose qu'il n'est pas inutile de s'entraîner un peu.

— Après le petit déjeuner.

— Au lieu de tripoter ces stupides billes et boutons.

— Après les stupides billes et boutons.

— A quoi bon des billes et des boutons si l'on va mourir? marmonna-t-il.

— D'abord le petit déjeuner! Je veux vous voir à table dans cinq minutes. C'est un ordre.

Comme elle quittait la chambre, il la rappela :

— Ce genre d'attitude peut vous valoir une médaille du mérite social, mais ça ne vous apportera aucun ami!

Il était déjà attablé quand elle entra, portant un verre de jus d'orange fraîchement pressé. Elle le posa devant lui.

— Alors, demanda-t-il, quelles sont les nouvelles de Conrad?

— Il est rentré à la maison hier.

— Et qu'a dit le docteur?

— Il assure qu'il sera bientôt en pleine forme, mais il gardera une cicatrice sur le torse.

— A-t-il... (Horowitz hésita.)... parlé de moi?

— Qui? le médecin? s'étonna Mme Washington.

— Le gosse, bien sûr!

— Oh! Il vous remercie beaucoup pour la panoplie du petit chimiste.

— Quelle panoplie?

M. Horowitz ne comprenait pas.

— Celle que j'ai achetée pour Louise de votre part. C'est ce qu'elle désirait. Son choix m'avait paru un peu étrange, mais elle savait que Conrad en avait envie...

— Voilà une charmante petite sœur, très attentionnée, et j'estime qu'elle mérite bien un cadeau personnel. Donc, vous...

Mme Washington l'interrompit.

— Non, je m'y oppose. Vous avez déjà été trop généreux pour nous.

Pour couper court à toute discussion, elle quitta la pièce.

Il s'appliqua un moment à ses exercices manuels — boutons et billes —, mais il en eut vite assez et lança un bouton contre le mur avec une telle force que Mme Washington sortit de la cuisine pour demander :

— Qu'est-ce qui s'est passé?

— Un bouton m'a échappé, expliqua-t-il.

D'un regard noir, elle lui fit comprendre qu'elle n'était pas dupe.

226

— Bon, je suppose que je ferais mieux de préparer mes valises, dit-il, dans l'espoir de susciter chez elle quelque protestation.

Mais elle ne dit rien. Il se leva du fauteuil, s'appuya sur sa canne et s'éloigna en marmonnant :

— Si vous aviez accepté de m'épouser au lieu de vous sentir insultée, nous n'en serions pas là. Qu'est-ce que je dois emporter? Comment s'habillent les gens à San Diego? C'est l'été toute l'année, là-bas?

— Je ne sais pas, dit-elle.

— Il paraît que les gens jouent au golf en toute saison. Moi, je ne joue pas au golf. Quand on tient un petit commerce comme le mien, il faut être partout à la fois. On ne peut faire confiance à personne. Pas le temps de jouer au golf. Maintenant que je pourrais, j'ignore comment faire. Qui plus est, il faut tenir son club à deux mains. Je ne pourrai même pas jouer au golf dans un coin où tout le monde ne sait faire que ça. (Il leva les yeux au ciel.) Qu'ai-je bien pu faire pour que Vous m'ayez infligé cette punition? Qu'ai-je bien pu faire pour que Vous ayez décidé de me livrer à l'ennemi?

— Il est temps d'aller se promener au parc, lui rappela Mme Washington. Habillez-vous.

— L'heure d'aller se promener, répéta-t-il. Combien de fois encore pourrons-nous le faire, madame Washington? Une dizaine de fois. Une pour chaque doigt des deux mains. Et ensuite, fini Central Park. Vous rappellerez-vous tous ces bons moments vécus là-bas? A regarder passer les voitures? Et les bus numéro 10? Tous soi-disant climatisés, mais tous avec leurs fenêtres ouvertes parce que les climatiseurs ne marchent jamais. Ah, c'était le bon temps!

« Et dire que nous aurions pu connaître encore tout ça si seulement vous aviez pris au sérieux ma demande en mariage.

— Monsieur Horowitz, c'est l'heure! Habillez-vous!

Quand elle réapparut pour voir s'il était prêt, elle le découvrit en pantalon de lin rose et en chemise sport bariolée, à dominante violette.

– Qu'est-ce que c'est que ça? s'exclama-t-elle.

– Je me prépare pour le terrain de golf!

– Je ne pense pas qu'il y ait le moindre terrain de golf à la maison de retraite pour vieux Juifs, alors mettez plutôt quelque chose qui ne me fera pas honte.

– Tiens donc! Vous ne pensez pas à la honte que je pourrais ressentir, moi! Vous ne pensez qu'à vous.

– Otez ce déguisement et arrangez-vous pour être plus présentable, ou je m'en occupe personnellement!

– Allez-y, frappez-moi! Je ne vous savais pas si cruelle!

Mais il obtempéra néanmoins et commença, non sans mal, à déboutonner sa chemise.

Ils se parlèrent peu une fois au parc. Il faisait chaud et la fumée d'échappement des voitures était oppressante. Mais ils ne firent aucun commentaire là-dessus. Mme Washington lui fit signe de s'enfoncer plus avant dans le parc, à l'écart de la circulation. Il entreprit de manœuvrer son fauteuil roulant, mais éprouva quelque difficulté à cause de la déclivité du terrain. Elle l'aida au début puis il se débrouilla tout seul. Il se dirigea vers le terrain de jeux et pénétra dans la partie où se trouvaient un petit bac à sable, des balançoires et un toboggan. Des bancs à la peinture écaillée étaient disposés tout autour de l'enclos.

Les enfants dans le bac à sable savaient à peine marcher. Ils jouaient avec des pelles et des seaux, qu'ils se chipaient entre eux, ce qui occasionnait de temps à autre des pleurs et des cris. Sur les balançoires, des gamins de quatre ou cinq ans se balançaient, poussés par leurs mères qui bavardaient entre elles, de sorte que donner de l'élan aux balançoires était devenu automatique et que parler semblait être devenu l'occupation principale.

Les enfants plus sûrs d'eux escaladaient le toboggan et se laissaient glisser en poussant des cris de joie ou de peur.

Il s'en suivait une atmosphère sonore et joyeuse, affranchie des soucis des adultes, d'une insouciance qu'aucun des petits ne retrouverait plus jamais de toute son existence.

Horowitz s'approcha lentement d'un des bancs les plus à l'écart, là où un énorme chêne offrait de l'ombre. Il se passa un mouchoir sur le visage en sentant plus que d'ordinaire sa cicatrice.

— Il va pleuvoir, annonça-t-il.

C'étaient les premiers mots qu'il prononçait depuis qu'ils étaient sortis.

— Quand ma cicatrice me fait mal, ça veut dire qu'il va pleuvoir. Je l'ai remarqué.

— Les nerfs sont encore sensibles, dit-elle.

— Écoutez, si je vous ai blessée, je suis désolé.

— Blessée? fit-elle, surprise.

— Je savais bien que vous n'alliez pas me frapper. J'ai juste dit ça pour vous agacer. Vous n'avez pas cru que j'étais sérieux?

— Non.

— Alors pourquoi ne me parlez-vous pas?

— Pourquoi, vous, ne me parlez-vous pas?

— Bon, admettons que ça vienne de nous deux.

— Admettons.

— Je suis navré que vous perdiez votre travail. Je veux que vous sachiez que c'est une des raisons pour lesquelles je refuse de partir. J'admire ce que vous faites pour vos petits-enfants. Et j'aimerais pouvoir vous aider.

— Merci.

— S'il n'y avait pas vos petits-enfants, je vous demanderais de m'accompagner à San Diego. En tant qu'infirmière, bien sûr.

— S'il n'y avait pas mes petits-enfants, je n'aurais pas besoin de ce travail, fit-elle remarquer.

— Vous avez de la chance, d'une certaine façon. Je veux dire, d'avoir vos petits-enfants si près de vous. On dit que c'est le meilleur moment de la vie. Vous n'avez pas tous les tracas quotidiens, mais vous avez toutes les *nash*. Vous savez ce que ce mot signifie?

— Les Rosengarten, dit-elle.

— Alors vous savez. J'aurais tant aimé que mes petits-enfants soient moins loin. Et maintenant ils changent tout le temps d'écoles. Je ne peux qu'essayer d'imaginer à quoi ils ressemblent, comment ils s'expriment, qui ils sont. Parfois Mona ou la femme de Marvin m'envoient quelques photos. Mais on ne peut pas trop se fier aux photos, n'est-ce pas? Sauf Candy, la fille de Mona. Elle ressemble un peu à Hannah. Le garçon est grand, comme son père. D'un autre côté, Douglas, le fils de Marvin, n'est pas ce que j'appellerais particulièrement distingué. Mais il doit être intelligent. Il est à l'Institut de technologie de Californie. Son grand-père du côté maternel s'appelait David, et c'est de là que lui vient ce nom de Douglas.

« Ce n'est pas bien, ce nom de David? Est-ce que Michel-Ange a jamais fait une statue de Douglas? Non. Alors pourquoi Douglas serait-il mieux que David? Une des raisons pour lesquelles je suis heureux d'être encore en vie, c'est si Mona ou Marvin avait un autre enfant. Ils voudraient lui donner un nom qui ressemble au mien. Que deviendrait Samuel? Stewart? C'est un nom, ça? Un nom de cafétéria, peut-être, mais de gosse juif!

« Je parle trop. Et quand je parle trop, ça veut dire que je n'ai rien d'important à dire. Comme quand Hannah était malade. Je savais ce qu'elle avait. Elle-même devait le savoir. Mais nous ne voulions pas prononcer le mot. Alors je parlais en permanence. De tout, de rien. Parler, parler, parler – pour ne rien dire.

« Et souvent elle me souriait et disait : Samuel, ça suffit, et elle me tendait la main. Je la prenais, et me taisais. C'était si reposant de n'être plus obligé de parler. C'est comme ça qu'elle est morte, je lui tenais la main et je ne disais rien. Comme si, dans le silence, elle avait le droit de partir. Elle n'avait plus à écouter qui que ce soit, à répondre, ou même à esquisser un sourire. Elle était délivrée de toutes les obligations, enfin. Elle était en paix.

Il se tut et regarda les enfants qui jouaient. Des mères commençaient à rassembler les plus jeunes pour aller les faire manger chez elles. D'autres déballaient des en-cas qu'elles avaient apportés. Des enfants, comprenant qu'ils devaient quitter leurs camarades de jeu, fondaient en larmes, malgré les promesses que faisaient miroiter pour eux leurs mères. L'une d'entre elles, à bout de patience, en vint aux menaces, ce qui ne fit qu'augmenter les pleurs de son enfant.

— Madame Washington, avez-vous déjà remarqué comment les petits enfants pleurent parfois comme si on leur avait brisé le cœur, mais quelques minutes après, c'est fini, oublié, à croire qu'il ne s'est rien passé. Mais les adultes... ah, nous, les adultes, quand nos cœurs se brisent vraiment, c'est tout juste si nous osons pleurer. Mais nous n'oublions jamais. (Il marqua une pause, puis lui demanda :) Que s'est-il passé pour Horace?

— Ça a été très rapide. Ça a eu lieu juste avant Noël. Il travaillait dans un magasin d'alimentation, pour les fêtes. Il déballait les arrivages. Il faisait beaucoup d'heures supplémentaires. Il n'était pas très costaud. Les soucis et les humiliations l'avaient affaibli. Et la pneumonie qu'il avait contractée l'année précédente en déblayant la neige pour se faire un peu d'argent. Il est parti travailler ce matin-là avec un repas que je lui avais préparé. Puis on m'a téléphoné dans la journée de l'hôpital et on m'a demandé si j'étais bien Mme Washington. J'ai compris tout de suite. J'ai foncé là-bas et j'ai vu son corps. Quelqu'un avait déposé son panier-repas avec ses habits, comme si ça faisait partie de ses biens.

— Quelle tristesse, dit Horowitz. Quelle tristesse. Ne jamais avoir un travail régulier qu'on aime. J'aurais aimé le connaître. Je lui aurais trouvé un emploi. Je n'avais pas beaucoup d'employés, neuf parfois, sept le plus souvent. Mais je lui aurais trouvé quelque chose si je l'avais connu.

— Comment savoir? dit-elle. Peut-être le connaissiez-vous. Peut-être est-il venu vous demander du travail et vous ne l'avez pas reçu.

— Je n'aurais jamais fait ça à Horace, protesta-t-il. Mais allez savoir. Dieu seul sait combien de braves types, de Noirs, sont venus me demander du travail en vain. Si je devais recommencer aujourd'hui...

Il comprit qu'il était futile de poursuivre plus loin cette supposition.

Ils restèrent silencieux encore un temps. Les enfants mangeaient également en silence. Hormis de temps à autre un coup d'avertisseur, tout était calme. Horowitz jugea bon de reprendre la parole :

— Madame Washington, vous allez me manquer. Beaucoup.

Elle ne répondit rien.

— Je veux que vous sachiez que j'apprécie tout ce que vous avez fait pour moi. Et, surtout, les efforts que vous avez faits quand je refusais de coopérer. Je suis un vieil homme têtu. Je le sais. J'ai toujours été têtu. La seule chose qui ait changé, c'est qu'à présent je suis vieux, ce qui ne fait qu'empirer les choses.

« Aussi je voudrais présenter mes excuses pour toutes les méchancetés que j'ai pu dire. Si vous n'aviez pas été aussi ferme avec moi, je ne serais même pas là sur ce banc. Alors s'il y a la moindre chose que je puisse faire pour vous, un gage de mes sentiments que je puisse vous donner... Un cadeau que vous n'avez jamais pu vous offrir. Peu importe le prix, dites ce que c'est.

Elle se taisait toujours.

— Il doit bien y avoir quelque chose, insista-t-il.

— Non, j'ai tout ce qu'il me faut.

— Sauf un travail qui vous permette de veiller sur vos petits-enfants quand votre fille part au travail.

— Je trouverai un travail, un bon travail.

Il sentit bien qu'elle n'était pas si sûre d'elle que ça.

— Cette Mona... Si elle savait ce qu'elle vous fait, peut-être qu'elle serait moins bornée. Mais sa mère disait qu'elle tenait ça de ma famille. Oh, cette Mona ! Écoutez ! J'ai une idée ! Et si vous alliez habiter à San Diego ? Avec toute votre famille. Votre fille, les enfants, tout ça. Il paraît que c'est un endroit agréable pour élever des enfants.

Avant qu'elle ait pu refuser, il comprit de lui-même que ce n'était pas possible :

— Non, ça ne marcherait pas. Votre vie est ici. Votre fille travaille ici. Vous y êtes chez vous. Et moi aussi... (Il vira au rouge.) Maudits condiments ! S'il n'y avait pas eu ça et l'Alka-Seltzer, jamais je ne serais tombé et tout cela ne serait jamais arrivé. Penser qu'une existence entière, que la liberté d'un homme puisse lui être ôtée à cause d'un satané cornichon!

— Ça me rappelle qu'il est temps d'aller manger, dit Mme Washington.

— Je n'ai pas très faim.

— Je ne vous ai pas demandé si vous aviez faim, dit-elle en se levant et en se plaçant derrière le fauteuil roulant, ce qui était sa façon de lui faire comprendre que s'il n'avançait pas tout seul, elle le pousserait.

A contrecœur, il reprit le chemin de la maison.

Elle prépara son déjeuner pendant qu'il s'exerçait à battre les cartes, ramasser les billes et les boutons, malaxer la pâte à modeler, le tout avec une hostilité inhabituelle et délibérée. Chacun de ses gestes était un acte de résistance contre Mona. Quand Mme Washington vint le prier de se mettre à table, il était à ce point remonté qu'il explosa :

— Elle ne peut pas m'obliger à partir contre mon gré! J'irai jusque devant un tribunal. J'ai de l'argent! Je peux subvenir à mes besoins! Je ne dépends pas d'elle!

— C'est l'heure du repas, annonça Mme Washington pour juguler sa colère.

— C'est l'heure du repas, maugréa-t-il. La journée d'un malade n'est faite que de ça, d'heures pour manger, une le matin, une le midi, une le soir!

Il se leva en s'aidant de sa canne et traversa le salon d'un pas volontaire sans cesser de ronchonner. Arrivé dans l'entrée, il s'arrêta pour reprendre son souffle et en profita pour donner libre cours à ses pensées :

— Ça revient à vivre en prison! Une prison de luxe, mais une prison tout de même. Qui a envie de se retrouver dans une cage dorée à San Diego? Avec un jacuzzi et une piscine?

— Cela pourrait être bénéfique à un homme dans votre état, avança Mme Washington.

— Je n'aime pas qu'on dise « un homme dans votre état » quand on parle de moi. Je suis sujet à quelques faiblesses, c'est tout! On ne peut parler d'état!

« Vous êtes de son côté ou quoi? Vous voulez que je parte? Eh bien, c'est raté! Je déclare solennellement, en ce 14 août 1977, que je suis un sujet libre d'un pays libre! Mona Fields, prends garde!

Là-dessus, il brandit sa canne comme si c'était une arme. Sans l'aide de Mme Washington, il se serait de nouveau retrouvé par terre en un rien de temps.

— Merci. Merci beaucoup, dit-il, le souffle court.

— Vous comprenez à présent pourquoi vous devez partir avec Mona? Vous avez vraiment besoin d'aide.

— Et vous?

— Je trouverai un autre travail.

— Comme celui-ci?

— Votre déjeuner va refroidir.

— Madame Washington, venez voir! s'écria Horowitz tout en s'exerçant avec la pâte à modeler.

— Je suis en train de manger, répondit-elle depuis la cuisine. Que voulez-vous?

— Apportez votre repas ici! Nous mangerons ensemble!

— Je croyais que nous nous étions mis d'accord pour prendre le café ensemble après le dîner, protesta-t-elle en apportant ses œufs brouillés et ses toasts. Qu'y a-t-il?

Il ne répondit pas immédiatement, se contentant de fixer son assiette.

— Ces œufs ont l'air délicieux, dit-il d'un air envieux.

— Vous avez déjà eu deux fois des œufs cette semaine, lui rappela-t-elle.

— Je sais. La prochaine fois, pensez à rajouter un peu de saumon fumé, vous verrez, c'est succulent.

— Pas d'oignons?

— Je vois. Mme Rosengarten aimait des oignons frits avec ses œufs brouillés. C'est ça?

— Ils sont meilleurs préparés ainsi.

— Seulement si vous aimez les brûlures d'estomac. Autrefois, j'en mangeais tous les dimanches matin et je gardais le goût jusqu'au vendredi.

— Vous m'appelez pour me dire ça? demanda-t-elle, toujours sur la défensive.

Horowitz prit une fois de plus une pose théâtrale. Elle s'attendit au pire.

— Madame Washington, commença-t-il, pour vous dire ce que j'ai à vous dire, il faut de la musique.

— De la musique?

— Oui, de la musique, madame Washington. Trouvez de quel air il s'agit et vous gagnerez une semaine de salaire!

— C'est un jeu télévisé ou quoi?

— Écoutez! Écoutez bien. *Dydle di di deedee di deedeldo! Deedeldo! Deedeldo!*

Comme elle ne répondait rien, il lui demanda :

— Que se passe-t-il? Vous n'avez aucune oreille?

Il recommença en s'efforçant de mieux marquer la mesure.

— Vous ne voyez toujours pas? Bien, je vais vous donner un indice. Vous autres les Noirs la chantez tout le temps. A l'église. A la télévision. Maintenant, écoutez bien : *Dydle di di deedee di deedeldo! Deedeldo! Deedeldo!*

Dégoûté, il ajouta :

— Encore heureux qu'on ne soit pas à la télévision. Vous auriez perdu dix mille dollars. Peut-être plus! Je crains de devoir vous donner la solution. (Là-dessus, il entonna :) Josué se battit à Jéricho, Jéricho, Jéricho! Eh bien, vous y êtes à présent?

— Oui, répondit-elle en gardant pour elle son opinion quant aux capacités de choriste de M. Horowitz. C'est pour ça que vous m'avez demandé de venir?

— Il s'agit du sens! Je suis assis là, à me demander ce que je vais faire. Que peut faire ce pauvre Juif pour échapper à la maison de retraite? Et voilà que je pense à d'autres vieux Juifs, à ces anciens Hébreux, Abraham, Isaac, Jacob. Aucune victoire sensationnelle, aucune fuite brillante.

« Moïse? Un beau parleur. Pour moi, c'est le premier avocat juif. Il a convaincu un paquet de gens de quitter l'Égypte. Bien sûr, un peu de magie du barreau, quelques miracles. Mais avant tout un beau parleur. Mais quel a été le premier vrai héros à remporter la première vraie bataille? Un seul homme! Josué! Et moi je dis : qu'a-t-il fait que je ne puisse faire également? Hein? Répondez un peu à ça, madame Washington.

— Eh bien, il a fait tellement de fois le tour de Jéricho que les murailles se sont écroulées, dit Mme Washington qui ne voyait rien d'autre à dire.

— Bingo! s'écria Horowitz. En plein dans le mille, madame Washington.

— Dans le mille?

— Mangez, je vous dirai pendant ce temps ce que j'ai décidé.

Il attendit qu'elle s'attaque à ses œufs brouillés, puis commença :

— A l'époque où je travaillais, et où les affaires ne marchaient pas très fort, j'avais l'habitude de prendre un certain recul et d'examiner en quoi consistait le problème. Or, quel est le problème aujourd'hui?

« Simplement parce que je suis tombé l'autre soir, Mona est persuadée qu'elle doit me garder en captivité dans son palais, ou plutôt dans sa maison de retraite pour vieux Juifs. Par conséquent, quelle est la solution? Prouver à Mona que je peux me déplacer sans tomber. Que je peux faire ce que je veux sans aucune aide d'aucune sorte! Une fois la démonstration effectuée, son raisonnement se cassera la figure.

— Pour l'instant, c'est plutôt vous qui vous cassez la figure, lui rappela Mme Washington. Comment allez-vous vous y prendre?

— Comment? s'exclama-t-il, indigné qu'elle puisse penser qu'il lui exposait un plan imparfait. En faisant ce que j'ai dit. En marchant sans aide. En mangeant tout seul. En faisant tout ce que je suis censé faire. Sans aucune aide!

— Ça tiendrait du miracle, fit-elle remarquer, consciente que ses ambitions outrepassaient ses possibilités.

— Et vous, madame Washington, vous allez m'aider! Au lieu de faire mes exercices quatre fois par jour, ce sera huit fois! Les cartes? Fini le rami! Rien que des exercices! Boutons, billes, tout ça par bouchée double, triple! Et quand je ferai mes exercices au lit, vous m'obligerez à m'étirer comme jamais je ne l'ai fait jusqu'alors!

« Ensemble, nous allons la battre. Elle va venir. Elle sera forcée d'admettre que je peux me débrouilleur seul. Et elle retournera à San Diego. Dans son jet privé. Mais sans moi! Vous ne courrez aucun risque. Et je garderai ma liberté! Ma liberté! Josué se battit à Jéricho, Jéricho, Jéricho! Marché conclu?

— Nous n'avons que dix jours, lui rappela-t-elle.

— Et alors? Dieu a créé le monde en six jours! Horowitz devrait pouvoir accomplir ces quelques petits efforts en dix jours. Madame Washington, je vous en prie, dites que vous m'aiderez. Dites-le!

— Je ferai de mon mieux, promit-elle.

QUATRIÈME PARTIE

21

— Étirez! ordonnait Mme Washington en levant le bras de Samuel Horowitz bien au-dessus de sa tête. Étirez, étirez au maximum...

Le résultat fut meilleur qu'il ne l'avait jamais été.

— Ho! ho! ho! s'exclama-t-il. Pas mal, vous ne trouvez pas? Et maintenant?

— Asseyez-vous, en prenant votre temps comme je vous l'ai appris. Vous vous roulez d'abord sur le côté, puis vous vous soulevez.

Il obéit, mais la manœuvre fut lente et difficile.

— Recommencez, plus vite, plus énergiquement.

— Vous voulez m'entraîner pour le championnat des poids lourds?

— Pour vaincre Mona, lui rappela-t-elle.

— D'accord, mais n'oubliez pas que Rome n'a pas été bâtie en un jour.

— Elle sera là dans une semaine à peine, monsieur Horowitz.

Ils passèrent à d'autres exercices — flexions et étirements des jambes.

— Madame Washington, demanda-t-il soudain d'une voix un peu hésitante, croyez-vous sincèrement que je serai jamais capable de marcher sans traîner lourdement la jambe?

— Ce n'est pas impossible

— Pas impossible...

Il hocha la tête avec scepticisme.

Après une nouvelle série d'exercices, elle alla lui préparer son petit déjeuner et elle revint avec un plateau qu'elle posa devant lui. Elle lui avait servi, à dessein, un œuf poché sur toast, ce qui l'obligeait à utiliser couteau et fourchette — une fourchette ordinaire, ce jour-là. Plus de manche capitonné.

Elle s'assit en face de lui et l'observa. Il hésitait à prendre la fourchette de crainte de ne pas réussir à la retenir entre ses doigts. Finalement, il se risqua, mais la fourchette tomba à terre avec un bruit métallique.

Il lança un regard d'excuse à Mme Washington.

— Peut-être allons-nous trop vite.

Elle ne répondit pas et tira une autre fourchette de la poche de son tablier. Elle la posa sur la table en disant :

— Recommencez.

A la huitième tentative, il tenait l'ustensile solidement dans sa main gauche et le planta dans le toast tandis que, de l'autre main, il s'emparait du couteau. Il se mit à manger.

— Huit fois, observa-t-il, la dernière bouchée avalée. Comment avez-vous pu deviner le nombre de fourchettes qui seraient nécessaires ?

Elle plongea la main dans la vaste poche de son tablier et en sortit quatre autres fourchettes.

— Vous pensiez que je devrais m'y reprendre à douze fois ? Et j'y suis arrivé dès la huitième !

Il y avait une note de fierté dans sa voix. Et ce fut avec une ardeur toute nouvelle qu'il s'attaqua aux billes et aux boutons. Ensuite, il s'entraîna à marcher dans l'appartement avec sa canne métallique.

— Madame Washington ! s'écria-t-il soudain. Il est grand temps que je me débarrasse de ce truc à quatre pieds. Nous allons descendre en ville choisir d'une canne digne d'un gentleman. Une canne susceptible d'épater Mona.

Elle se laissa convaincre.

— Entendu, nous irons en ville tout de suite après déjeuner.

— *Avant* déjeuner, précisa-t-il. Aujourd'hui, je vous emmène au restaurant, madame Washington !

Ils allèrent dans une petite brasserie où il lui arrivait de retrouver Marvin autrefois, quand celui-ci avait encore son cabinet juridique à New York.

Mme Washington éprouvait une certaine inquiétude et le surveillait sans en avoir l'air. Comment allait-il se débrouiller avec des couverts auxquels il n'était pas habitué?

Après avoir coupé sans problème un morceau de son aile de poulet, il leva brusquement les yeux vers elle et sourit en le portant à sa bouche, mais avant de l'avaler, il remarqua d'un ton qu'il voulait détaché:

— Eh bien, vous ne mangez pas, madame Washington?

Elle comprit alors qu'elle pouvait commencer tranquillement son propre repas.

Ils avaient terminé le plat de résistance, et il se pencha vers elle, lui demandant d'un air confidentiel:

— Voudriez-vous me faire un grand plaisir, madame Washington?

— Mais oui... fit-elle, surprise.

— Chaque fois que l'un des serveurs passe dans le coin avec le chariot des desserts, je reluque un énorme éclair au chocolat débordant de crème. Et je meurs d'envie d'y goûter... Sachant quel tyran vous êtes, je devine que vous ne me permettrez pas de manger un tel gâteau. Trop de cholestérol. Aussi, je voudrais que vous commandiez pour vous un de ces éclairs... et vous m'en offririez juste une petite bouchée. Juste une, supplia-t-il.

— Monsieur Horowitz... commença-t-elle.

— Je n'ai pas été un bon élève, aujourd'hui?

— Si. Mais...

Finalement, elle consentit d'un geste et Horowitz fit claquer alertement ses doigts (ceux de la main droite, bien sûr!).

— Garçon! Madame prendra un éclair avec son café.

Lorsqu'elle fut servie, elle tint un instant sa fourchette en l'air.

— Le début ou la fin?

— Quand j'étais petit, il y avait une pâtisserie française au coin de notre rue. Elle était tenue par un certain Schmidt, mais les Allemands n'étaient guère à l'honneur à ce moment-là. C'était juste après la Première Guerre mondiale.

L'épouse, une Française, réussissait les plus délicieux éclairs au chocolat du monde. Et le milieu était la partie la plus succulente. Donc, madame Washington, c'est en arrivant au milieu de votre éclair qu'il faudra me réserver ma bouchée!

Il l'admira tandis qu'elle mangeait. Ses gestes étaient délicats, précis. Elle avait beaucoup de points communs avec Hannah. Il était si absorbé dans sa contemplation qu'il tressaillit lorsqu'elle annonça :

— Nous y sommes!

Il avança sa fourchette — tenue volontairement de sa main gauche — et coupa un morceau de la moelleuse pâtisserie qu'il porta à sa bouche avec délectation.

— Ça ne vaut peut-être pas les éclairs de Schmidt, mais c'est joliment bon, assura-t-il, les doigts encore serrés sur la fourchette.

Son expression de convoitise était telle qu'elle se sentit mollir.

— Une bouchée de plus ne vous fera probablement pas de mal. Ce soir, votre dîner consiste en un poisson grillé et une pomme de terre au four.

L'addition réglée, ils se retrouvèrent sur la 33e Rue.

— A présent, annonça Samuel Horowitz, en route pour Saks, Cinquième Avenue!

Dans l'élégante boutique, le jeune vendeur, manifestement nouveau dans le métier, commença — ayant jeté un coup d'œil sur la canne orthopédique de son client — par proposer un choix de cannes en aluminium.

M. Horowitz eut un geste de dédain.

— Je voudrais quelque chose convenant pour la journée, mais pour le soir aussi. Pour aller au théâtre, par exemple.

— Celles en aluminium présentent peut-être plus de sécurité, chuchota Mme Washington.

— Au diable la sécurité! Je tiens à quelque chose ayant plus d'allure.

Le vendeur tira trois autres cannes du râtelier.

Horowitz les essaya successivement. Une à poignée de corne patinée, une deuxième de jonc et une troisième dont la poignée était matelassée de cuir.

Il interrogea Mme Washington du regard. En son for intérieur, elle estimait que ces cannes n'offraient pas à son patient un soutien idéal, mais il paraissait si déterminé qu'elle n'eut pas le cœur de le contrarier.

Il hésitait entre celle de jonc et celle à poignée de cuir quand il avisa soudain une canne irlandaise de bois noueux.

— Faites-moi voir celle-ci, ordonna-t-il.

— C'est plutôt un gourdin qu'une canne, objecta le vendeur.

— Montrez-la-moi quand même.

Le jeune employé la lui tendit et Samuel Horowitz passa sur le bois une main caressante. Puis, s'appuyant sur la canne, il se contempla dans la haute glace du magasin.

— Sir Harry Lauder! s'exclama-t-il.

Mme Washington et le vendeur le regardaient sans comprendre.

— Harry Lauder, le célèbre comique, leur expliqua-t-il. J'ai assisté à sa douzième représentation d'adieu. Il exécutait son numéro canne à la main. Une canne identique à celle-ci.

Et il se mit à chantonner en amorçant un pas de gigue qui faillit lui faire perdre l'équilibre. Il se rattrapa de justesse, avant que Mme Washington et l'employé aient eu à intervenir.

— Je la prends, se hâta-t-il de dire en brandissant le bâton noueux.

— Je vous la fais livrer et vous payez à la réception? s'enquit le vendeur.

— Quelle idée! Je règle comptant et je l'emporte avec moi. Je tiens à m'exercer sans perdre une minute...

Ce soir-là, après le départ de Mme Washington, Samuel Horowitz se servit de sa canne à quatre pieds pour se rendre dans l'entrée, où sa nouvelle acquisition attendait dans l'antique râtelier à parapluies, fierté d'Hannah.

Il saisit la canne à poignée noueuse et l'admira longuement. Elle avait exactement cet aspect désinvolte qu'il souhaitait arborer devant Mona. La touche informelle nécessaire pour la convaincre qu'il était resté un homme indépendant.

Un homme qui n'avait pas vraiment besoin de canne mais qui en exhibait une pour le plaisir d'épater la galerie.

Mais pour arriver à cet effet, il allait devoir la manier avec une aisance que seule l'habitude peut conférer. Or il n'avait plus que quelques jours pour s'entraîner : il lui fallait donc commencer immédiatement.

Il retourna dans sa chambre pour s'examiner dans le miroir. Il assura sa prise sur la poignée noueuse de la main gauche — c'eût été plus facile si elle avait été rembourrée, se dit-il. Il avait peut-être fait une erreur.

Elle lui plaisait bien, cette canne. Elle lui rappelait sir Harry Lauder, ce petit Écossais robuste en kilt. Sir Samuel Horowitz, pensa-t-il en essayant de prendre une pose plus décontractée.

Finalement, il abandonna la canne orthopédique et s'aperçut qu'il tenait parfaitement debout avec la nouvelle!

Son exaltation lui coûta en partie son équilibre, et quand il voulut se rattraper à la canne métallique, il était trop tard, car il l'avait jetée trop loin.

Il tomba en avant, frôla l'angle pointu de la commode et se retrouva le nez dans l'épaisse moquette. Il resta là un moment puis se tâta le visage. Dieu merci, il ne vit pas de sang sur sa main. Il se releva péniblement en s'accrochant aux poignées de la commode. Il contempla alors la vieille canne en bois et se demanda s'il parviendrait jamais à s'en servir à temps ou s'il devrait accueillir Mona avec l'autre maudit appareil.

Il s'allongea sur son lit, sans même songer à regarder la télévision. Il était bien trop fatigué. La double série d'exercices, l'excursion en ville, et enfin cette chute qui aurait pu avoir de graves conséquences l'avaient vidé de toute énergie.

Il se laissa bercer par les paroles suivantes : Je suis juif mais je ne suis pas vieux.

Enfin, pas si vieux que ça, songea-t-il une dernière fois avant de s'endormir profondément.

22

D'un œil critique, Mme Washington regardait Samuel Horowitz s'exercer à traverser l'épaisse moquette du vestibule, appuyé sur sa nouvelle canne. Il avait fait des progrès depuis la semaine précédente, mais sa démarche était toujours laborieuse et son pied gauche demeurait à la traîne.

Il boitilla jusqu'au salon en soupirant et se laissa tomber dans un fauteuil. Mme Washington le suivit en hochant la tête.

— Ce n'est pas encore ça? lui demanda-t-il.

— Non, reconnut-elle.

— Avouez-le. Vous ne voulez pas me décourager, mais vous pensez que je ferais mieux de renoncer, de me décider à partir avec Mona et de me préparer à entrer dans la maison de retraite des vieux Juifs pour y attendre la mort?

— Pas du tout, assura-t-elle.

Il l'observa, essayant de voir si elle parlait par pitié. Derrière les lunettes à monture d'argent, les yeux noirs de Mme Washington exprimaient la franchise.

— Je crois simplement que vous voulez trop en faire, et cela vous fatigue. Il faut alterner l'exercice et le repos.

— Nous n'avons plus que trois jours devant nous, madame Washington!

— Vous vous en tirez déjà beaucoup mieux qu'il y a une semaine. Plus de capitonnage sur la fourchette et vous la tenez bien en main à présent. Et vous réfléchissez davantage avant d'agir. Vous n'oubliez plus de nouer vos lacets ou de passer votre bras gauche dans la manche gauche. Il y a un progrès certain.

— Refaisons tout de suite une série d'exercices.

— Non. Reposez-vous d'abord un moment.

— Alors, asseyez-vous près de moi et reposez-vous un peu vous-même.

Elle obéit en souriant.

— Voyez-vous, madame Washington, je suis un vieil homme très seul. Plus que jamais, j'ai besoin de compagnie. Avant cette sombre histoire, je sortais quand ça me chantait pour me balader en ville ou dans le parc. Je faisais un tour au zoo, m'intéressant aux animaux en cage, aux enfants qui venaient les regarder, aux promeneurs. Je participais à la vie en général. Maintenant, ce n'est plus pareil, et si l'on m'emmène loin de ma ville, de mon cadre familier, ce sera pire encore...

Il y eut un silence, et les bruits de la circulation montant de la rue envahirent la pièce.

— Puis-je vous faire une remarque, monsieur Horowitz?

— Naturellement. Allez-y!

— Vous dites que vous avez besoin de compagnie, mais toutes ces dernières semaines, c'est vous qui avez coupé les ponts avec autrui. M. Liebowitz a téléphoné je ne sais combien de fois, et vous n'avez pas voulu lui parler. Mme Braun, du quatrième, a insisté en vain pour vous rendre visite. Mme Clevenger s'est arrêtée un jour près de nous dans le parc pour vous inviter à dîner, et vous avez refusé.

Sachant combien il était irritable, Mme Washington s'était exprimée avec douceur. Quand il lui répondit, ce fut d'une voix douce, quêtant un peu de compréhension.

— Madame Washington, il y a six mois, un comportement comme le mien m'aurait paru inconcevable. Mais je ne veux pas voir tous ces gens, même Liebowitz, un ami depuis quarante ans au moins. L'idée qu'ils me verraient ainsi diminué m'est intolérable. Je ne veux pas être plaint. Je ne veux pas non plus m'apitoyer sur moi-même. Ce qui m'arriverait en lisant dans leurs yeux. La peur est néfaste. Le Juif doit être courageux, solide, fier. S'il ne se sent pas le premier partout, il sera considéré bientôt comme le dernier des derniers.

« Le fait ne s'est produit que trop souvent dans le passé, ajouta-t-il d'un air sombre. Et quand je pense à Mona, je voudrais lui prouver que je suis fort malgré tout. Mais comment le faire? La peur m'étreint à l'idée de la revoir!

« Comprenez-vous ce que j'éprouve, madame Washington?

Elle posa sur lui le regard lucide de ses beaux yeux noirs.

– Très bien.

– Alors?

– Alors, je pense que nous nous sommes suffisamment reposés et qu'il est temps de nous remettre à nos exercices.

Il se leva de son fauteuil avec l'aide de sa canne irlandaise.

– Madame Washington, vous êtes un tyran, je vous l'ai souvent dit, mais un tyran très malin...

Samuel Horowitz barra un jour de plus sur son calendrier. Plus que deux jours, plus que quarante-huit heures avant l'arrivée de Mona. Il évalua ses chances. Ses progrès étaient considérables. Sa ténacité portait ses fruits. Mais il avait encore du mal à marcher avec sa nouvelle canne.

Tout en se rasant – à l'aide de son rasoir électrique – il examina son visage dans la glace. Une fois de plus. Le temps passé chaque jour au soleil lui avait permis de bronzer harmonieusement et sa longue cicatrice rougeâtre s'estompait sous le hâle.

Il sourit en se regardant et la cicatrice disparut complètement dans le pli de sa joue. Mais il ne pouvait pas sourire en permanence! Mona remarquerait immédiatement la cicatrice, bien sûr; mais cela ne suffisait pas pour l'obliger à le suivre à San Diego. Tout se déciderait d'après sa façon de marcher, de manger, qui prouverait que les séquelles de son attaque disparaissaient peu à peu.

A l'heure habituelle de sa bolée d'air dans le parc, prêt de pied en cap, il sortit de sa chambre à coucher et aperçut son fauteuil roulant qui l'attendait dans le vestibule. Au diable, la petite voiture, se dit-il soudain.

Il appela :

– Madame Washington!

— J'arrive! répondit-elle de la cuisine. Dès que j'aurai mis en marche le lave-vaisselle.

Elle le trouva debout dans l'entrée, la main droite solidement ancrée sur sa canne et la gauche posée sur le bouton de la porte.

— Plus de fauteuil roulant! annonça-t-il en souriant.

— Vous croyez pouvoir vous en passer? Il y a tout un bout de chemin à parcourir jusqu'à notre banc. D'abord, gagner l'ascenseur; ensuite, traverser le hall, marcher jusqu'au coin de la rue, prendre le passage clouté, puis l'allée menant dans le parc...

— N'oubliez pas que vous parlez à un homme qui, six mois plus tôt à peine, faisait près de sept kilomètres à pied par jour, parfois même sous la pluie.

Elle acquiesça, non sans éprouver une légère inquiétude.

Tout se passa sans hésitation jusqu'aux trois marches, encadrées de balustrades, qui conduisaient au niveau de la rue. Là, Samuel Horowitz marqua un temps. Devait-il saisir la rampe gauche avec sa main gauche et tenir solidement sa canne de la main droite, ou faire l'inverse? Il se décida pour la première solution. Mme Washington suivait, prête à intervenir si besoin était.

La traversée du passage clouté s'effectua sans encombre; Samuel Horowitz prit tout son temps, mais les automobilistes ne s'impatientèrent pas, même après le changement de feux.

Une fois dans le parc, il s'arrêta pour reprendre haleine et considérer la distance parcourue. Une cinquantaine de pas en tout, à l'aide de cette nouvelle canne. Il avait l'impression d'avoir fait des kilomètres!

Ils trouvèrent un banc bien exposé et il leva son visage vers le soleil. Il fallait qu'il ait aussi bonne mine que possible lundi, pour la grande épreuve.

— Qu'avez-vous décidé pour le menu? demanda-t-il soudain.

— Ce soir, vous aurez un petit steak accompagné de brocolis et...

Il l'interrompit.

— Je pensais au déjeuner avec Mona, la fanatique de la diététique.

250

— Oh! Une viande blanche? Du poulet? Ou que diriez-vous d'un poisson grillé avec une pointe de margarine? Un plat diététique par excellence!

— Et fade au possible!

— Si vous tenez à l'impressionner favorablement_

— Va pour le poisson nature. Et après ça?

— Du fromage blanc maigre sur un lit de feuilles de laitue et pour finir des meringues à peine sucrées et une salade de fruits, oranges et fraises.

— Avec de la crème? Mais non, se reprit-il avec ironie, si jamais vous nous serviez de la crème, Mona me ferait aussitôt expulser de New York par arrêté ministériel!

Il médita un moment, puis suggéra :

— Madame Washington, et si vous nous donniez un peu de beurre, histoire de faire descendre le poisson?

— Du beurre? Comment réagira Mona?

— Vous en feriez fondre un peu dans une saucière, et vous prétendriez, éventuellement, qu'il s'agit d'un nouveau type de margarine.

Mme Washington ne paraissait pas très enthousiaste.

— Je vous en prie, insista-t-il.

— Je verrai, se contenta-t-elle de répondre.

Le soleil devenait trop fort et Mme Washington décréta qu'il était temps de rentrer.

M. Horowitz négocia sans trop de difficulté les trois marches marquant la frontière entre le trottoir et le hall de l'immeuble. En se dirigeant vers l'ascenseur, il se trouva face à face avec Mme Fine, la veuve du troisième, qu'il n'avait pas revue depuis le début de sa sinistre aventure.

— Monsieur Horowitz! s'exclama-t-elle, à votre mine on croirait que vous revenez de Floride! Quand je pense que j'avais entendu dire que vous ne vous remettiez pas. On ne peut plus croire personne aujourd'hui!

— Je me porte admirablement, madame Fine, affirma-t-il, et il s'avança d'un pas digne jusqu'à l'ascenseur.

Mais le liftier n'avait pas amené la cabine exactement à ras du sol et, en voulant y entrer, Samuel Horowitz, distrait par sa rencontre avec Mme Fine, trébucha lourdement. Seule la prompte intervention de Mme Washington le sauva d'une chute ignominieuse! Il reprit son équilibre et jeta d'un ton qu'il voulait désinvolte :

— Dixième étage!

Une fois dans l'appartement, la porte refermée, il s'appuya contre le mur et poussa un profond soupir de soulagement.

— Eh bien, je m'en suis tiré quand même. Pas aussi bien que je l'aurais souhaité, mais je m'en suis tiré!

— Pour une première fois, c'est très encourageant, lui assura-t-elle.

— Madame Washington, croyez-vous que lundi après déjeuner, je pourrais lancer négligemment : « Mona, ma chère enfant, allons faire un tour dans le parc pour respirer un peu »?

Mme Washington ne répondit pas.

— J'ai compris, fit-il tristement. Il vaut mieux que je ne prenne pas de risques...

— C'est préférable, monsieur Horowitz.

— Vous avez raison, reconnut-il à regret.

23

Le dimanche matin, il fit un temps splendide. Samuel Horowitz se leva de bonne heure, non pas tant pour profiter pleinement de la journée que sous le poids d'une angoisse. Mme Washington n'arriverait que dans une heure. Il était trop préoccupé par la perspective du lendemain pour s'abîmer dans la lecture du *Sunday Times*. Ça pouvait attendre. Il resta donc au lit en écoutant les nouvelles à la radio.

On s'interrogeait toujours sur les causes de la panne de courant, panne qui avait eu des conséquences si désastreuses pour le jeune Conrad. Les autorités restaient vagues et promettaient toutes sortes d'enquêtes.

Pourquoi chaque crise se termine-t-elle par une enquête qui s'éternise jusqu'à ce qu'elle soit éclipsée par une nouvelle crise et finalement oubliée? se demandait Horowitz.

Puis il trouva qu'il avait assez de problèmes comme ça sans s'embêter à écouter les informations. Il éteignit le poste de radio et resta à contempler les jeux du soleil à travers les lames du store qu'Hannah avait installé. Souvent, un rayon se réfléchissait sur la vitre d'une automobile qui passait et venait brouiller un instant le damier des ombres.

Mona.

Demain, c'était lundi.

Il essaya d'évaluer ses chances. Il s'était habitué à sa condition et avait fait les concessions qui s'imposaient. Comme Mme Washington. Et Angelo, et Juan. Mais aux yeux de Mona, qui ne l'avait jamais vu dans son fauteuil roulant ou arc-bouté sur sa canne métallique, se promener gaillardement avec sa grosse canne en bois ne paraîtrait pas un exploit si extraordinaire que ça. Mona y verrait plus un signe de faiblesse que de progrès. Et il y aurait ce satané jet à La Guardia qui n'attendrait que lui. Pour l'emmener à San Diego où il était peu probable qu'on puisse trouver un *bayguèl* décent. Ou une bonne tranche bien tendre de corned-beef avec juste ce qu'il faut de gras autour. Ou le loisir de se promener dans le parc. Ou de trouver le *New York Times* à votre porte et d'avoir une crise cardiaque rien qu'en parcourant l'édito. Quelle autre ville offrait pareilles délices?

Mona. Son nom seul constituait une menace.

Il envisagea même des expédients légaux. Peut-être devrait-il faire appel à un avocat. Mais il ne connaissait d'autres avocats que ceux appartenant à la firme de Marvin. Il pourrait toujours prétendre qu'on l'avait enlevé et porter l'affaire devant les tribunaux. Le procureur devrait alors intervenir. Un bref instant, il s'imagina en train de se débattre pendant qu'on le traînait dans ce maudit jet. « Au secours! C'est un kidnapping! Au secours! A l'aide! »

Mais, bien sûr, il n'en ferait rien. Ce serait s'abaisser. Si Mona insistait, il devrait obéir sagement et se résigner à passer le restant de ses jours dans l'isolement et le quasi-confinement.

Mais il ne se laisserait jamais reléguer dans une maison de retraite pour vieux Juifs! Jamais! Pourtant, cette résolution perdit de sa vigueur quand il comprit que dans une ville inconnue il n'aurait aucun appui d'aucune sorte.

Il en vint à la conclusion que son destin reposait entièrement sur l'impression qu'il ferait demain à sa fille. Il avait intérêt à ne pas rater son coup. Et ce fut de pied ferme qu'il attendit Mme Washington.

Quand il l'entendit tourner la clé dans la serrure et ouvrir les deux verrous, il l'appela.

Alarmée, elle se précipita dans la chambre à coucher. Lui était-il arrivé quelque chose pendant la nuit?

Elle le vit paisiblement allongé dans son lit, les bras sous la nuque, et elle s'en voulut de sa réaction émotive.

– Eh bien, qu'y a-t-il?

– C'est aujourd'hui le grand jour.

– C'est demain le grand jour, corrigea-t-elle. Nous sommes seulement dimanche.

– Mais c'est aujourd'hui le jour crucial. Nous allons procéder à une sorte de répétition générale. Au lieu de *Hello, Dolly*, la pièce s'intitule *Bonjour, Mona !*, et vous serez l'impitoyable critique.

– Vous plaisantez, monsieur Horowitz?

– Plaisanter, dans des circonstances pareilles? Alors que ma liberté est en jeu, que c'est une question de vie ou de mort pour moi?

– N'exagérez pas.

– Ma chère madame Washington, dans vingt-six heures ma fille sera là et il y a des problèmes que nous ne nous sommes même pas posés. Par exemple, qui répondra lorsque Mona sonnera, vous ou moi? Si c'est vous, où devrai-je me tenir? Et si c'est moi, où vous tiendrez-vous? La première impression est d'une importance capitale! Songez-y.

– Nous en parlerons devant le petit déjeuner, trancha-t-elle. Sinon, nous en serons au même point ce soir. Debout! Faites votre toilette et passez dans la salle à manger!

– Quelle femme autoritaire vous êtes! Par moments, je me demande si je ne ferais pas mieux de partir tout simplement pour San Diego!

Mais il se leva docilement, n'oubliant pas, comme elle le lui avait appris, de bien se tourner sur le côté avant de sortir du lit.

A la table du petit déjeuner, après avoir tartiné un toast de margarine et de marmelade sans sucre, il exposa son point de vue.

– Chaque détail a son importance. A mon avis, un homme qui n'a pas vu sa fille chérie depuis près d'un an devrait se précipiter à la porte pour l'accueillir, s'il en a la force.

Mme Washington parut sceptique.

– Vous voulez vous *précipiter* à la porte?

— Ce n'est pas impossible, rétorqua-t-il.

— Non, si vous êtes capable de changer l'eau en vin, et de multiplier les poissons et les pains.

— Madame Washington, votre référence au Nouveau Testament m'autorise à vous rappeler que l'auteur de ces miracles était juif. Nous avons donc depuis longtemps l'expérience des miracles. Mais celui que je vous propose pourrait se décomposer ainsi : Juan, le portier, nous prévient par l'interphone que Mona s'apprête à monter. Je me dirige alors vers la porte — sans précipitation aucune — et j'attends que ma fille sonne. Je compte lentement jusqu'à quatre, puis j'ouvre la porte ! Si Mona tient à considérer la chose comme un miracle, je ne l'en empêcherai pas !

Mme Washington le regardait avec une certaine désapprobation, mais, malgré elle, elle entra dans le jeu.

— Et que proposez-vous encore ?

— Nous avons réglé le problème du menu. Il reste celui de ma façon de me débrouiller à table. Une petite répétition sous votre regard critique, madame Washington, ne sera pas superflue. J'aimerais soulever à la fois la tasse et la soucoupe, pour boire mon déca. Le geste a plus d'élégance.

— Vous croyez que vous y arriverez ?

— Hier, reconnut-il, quand j'étais seul, je me suis entraîné. Vous remarquerez que trois tasses et trois soucoupes ont disparu — pas les belles en porcelaine, celles du service ordinaire.

— Pour l'instant, il me semble plus sage de ne pas insister, le mit en garde Harriet Washington.

— Peut-être avez-vous raison, fit-il à contrecœur. En revanche (il se hâtait d'enchaîner), j'ai répété toutes les opérations du déjeuner de demain ; avec les couverts à poisson, la fourchette et la cuillère à dessert, et cela a marché magnifiquement ! Regardez !

Et il entreprit une démonstration. Soudain, fourchette en l'air, il s'enquit :

— Et quelles sont les nouvelles de Bruce ?

— Bruce ? Qui est Bruce ?

Mme Washington ne comprenait pas.

— Mon petit-fils, bien sûr, précisa Horowitz avec impatience. Je veux être capable d'agir et de parler en même temps.

Une fois le petit déjeuner débarrassé, il déclara :

— Il est temps de frapper les trois coups.

Mme Washington traduisit :

— C'est l'instant où Juan annonce l'arrivée de Mona?

— Exactement.

Il promena son regard autour de lui.

— Voyons... nous revenons du parc. Nous en avons fini auparavant avec ces satanés exercices, cartes, boutons, billes... A propos, ni boutons ni billes, le jour de l'arrivée de Mona. Les cartes peut-être... comme si je m'apprêtais à faire une petite réussite...

« Madame Washington, s'écria-t-il soudain, descendez au rez-de-chaussée!

— Pourquoi?

— Je veux minuter le temps nécessaire pour monter d'en bas, jusqu'à notre dixième étage, et...

Elle tenta de l'interrompre.

— Monsieur Horowitz...

— Descendez, je vous en prie, et annoncez-vous par la sonnerie de l'interphone.

Tout en hochant la tête, elle s'exécuta. Il s'assit dans son fauteuil, l'oreille aux aguets. Quelques minutes plus tard, il entendit sonner l'interphone dans la cuisine. Il prit alors sa canne et se dirigea posément vers l'entrée. Une fois devant la porte, il reprit son souffle, et attendit le coup de sonnette. Lorsqu'il retentit, il changea sa canne de main, compta jusqu'à quatre, et ouvrit la porte avec enthousiasme.

— Mona, ma chérie! s'exclama-t-il à la surprise de deux voisins de palier s'apprêtant à entrer dans l'ascenseur.

Il leur lança un regard de défi et, dès que Mme Washington eut pénétré dans l'appartement, il referma la porte en la claquant.

— Comment ai-je été? la questionna-t-il.

— Parfait! Sidney Poitier n'aurait pas été meilleur.

— Je veux dire, le minutage était-il bon? N'étais-je pas trop essoufflé?

– C'était parfait, vous ai-je dit.

– Voilà donc une chose de réglée. Maintenant, Mona va sûrement vouloir m'embrasser, c'est-à-dire me serrer dans ses bras. Ce qui risque d'être un problème. Quand Mona vous prend dans ses bras, croyez-moi, elle en remontrerait à une pieuvre. Il ne faudrait pas que je perde l'équilibre! « Alors vous allez ressortir. Je rouvrirai la porte, je m'écrierai : « Mona, ma chérie! » et vous vous jetterez à mon cou.

– Je me jetterai à votre cou?

– Et vous m'embrasserez sur les deux joues. N'en faites pas une affaire personnelle, madame Washington. Ce n'est qu'une répétition.

– Je ferai de mon mieux, dit-elle, l'air un peu contraint.

Elle ressortit. Sonna. Horowitz compta jusqu'à quatre, et ouvrit la porte toute grande.

– Mona, ma chérie!

Mme Washington se jeta à son cou en s'écriant :

– Oh! Papa! Papa!

Cette fois, ce fut Mme Turtletaub, la veuve d'en face, sortant juste de chez elle, qui fut le témoin de leurs effusions. Elle ne put réprimer un haut-le-corps et fit marche arrière en murmurant : « Mon Dieu! Et avec une Noire! »

Il referma la porte.

– Bien, très bien, madame Washington. Maintenant, après la grande accolade, je dis à Mona : « Viens, ma chérie, que je te voie en plein jour. »

Il ouvrit la marche, du vestibule au salon baigné de lumière.

– Tourne-toi, que je puisse t'admirer! pria-t-il en faisant signe à Mme Washington de virevolter.

Elle obéit en souriant, réussissant une pirouette digne d'une danseuse.

– Parfait! Mieux que Mona, assura-t-il. Bon, nous nous asseyons et je raconte à Mona mes mésaventures, en minimisant le plus possible les choses. Bientôt vous apparaissez, madame Washington, pour annoncer que le déjeuner est servi. Nous avons déjà répété les différentes étapes du repas. Inutile d'y revenir. Ensuite, étant donné que Mona ne joue pas au rami, je ne pourrai pas lui en proposer une partie, mais j'aimerais qu'elle constate avec quelle dextérité je mêle les cartes. Aussi, comme si c'était mon habitude, je me mettrai à faire une petite réussite. Qu'en pensez-vous?

– Je trouve l'idée excellente.

– Ma fille commencera à me vanter les charmes de San Diego et à énumérer les bonnes raisons qu'elle a de m'y emmener. Je ferai mine d'écouter, puis je lui déclarerai alors, très gentiment, mais très nettement, que je ne repartirai pas avec elle. Elle protestera, évidemment, et je l'embrasserai tendrement. « Ma chérie, lui dirai-je, retourne chez toi. Ton mari t'attend. Il a besoin de toi. Moi, je me débrouille très bien ici avec l'aide d'Harriet Washington, et... »

Mme Washington l'écoutait, le cœur un peu serré. Tel un petit garçon, il rêvait tout éveillé. Mais les rêves des petits garçons changent de jour en jour et le temps arrange tout. Pour des hommes de l'âge de M. Horowitz, chaque minute devient précieuse. Les rêves, comme les jours, leur sont plus ou moins comptés.

24

Il avait très mal dormi toute la nuit. En dépit des fenêtres fermées et du ronronnement berceur du climatiseur, il n'avait cessé d'entendre le moindre crissement de pneu, le moindre coup d'avertisseur. Il avait pris ses cachets, mais sans résultat. Il ne voulut pas en prendre d'autres. Allongé sur le dos, les mains sous la tête, il se concentra sur la tâche qui l'attendait dans quelques heures. Mona avait l'art et la manière pour parvenir à ses fins, et cela depuis qu'elle était toute petite. Quand elle rencontrait de la résistance, elle devenait un vrai tyran. D'où elle tenait ce trait de caractère, Horowitz l'ignorait, mais cela ne venait sûrement pas d'Hannah. Hannah pouvait être ferme, mais jamais dominatrice. Hannah était douce, gentille. Elle pouvait se montrer entêtée quand elle jugeait la situation importante. Mais Mona! Oh, cette Mona...

Demain, le combat serait acharné. Il ne laisserait aucune prise, aucune raison d'insister. Elle s'en irait en s'imaginant qu'il était parfaitement autonome. Au pire, il lui promettrait de passer la voir pour les vacances. Les dix jours entre Rosh Hashana et Yom Kippour [1] suffiraient amplement. Ce serait l'occasion d'une réunion familiale. Oui, il pourrait lui faire cette concession. Mais pas un jour de plus!

Il entreprit de faire ses exercices, répétant les mouvements

---

1. Dix jours de pénitence, le premier commémorant l'anniversaire de la création du monde, le dernier .le jour de l'expiation.

qu'il devait exécuter avec sa fourchette ou quand il battrait les cartes.

Il finit par s'endormir.

Quand il se réveilla, las de sa nuit écourtée, il eut conscience d'une présence dans l'appartement. Il tendit l'oreille et retint son souffle. Oui, il y avait bien quelqu'un. Un intrus, sans aucun doute. Il avait lu récemment des articles où il était question d'un cambrioleur dans le voisinage, une personne qui visitait les appartements juste avant l'aube, pendant que les occupants étaient encore assoupis.

Une victime, une vieille femme de soixante-dix-huit ans qui vivait entre Central Park West et Columbus, s'était réveillée et le cambrioleur l'avait étranglée. Horowitz se demanda si le même destin l'attendait. De quoi surprendre Mona : le cadavre de son père!

Il n'osait bouger de peur que le froissement des draps – on aurait dit le grondement du tonnerre! – n'alerte l'intrus. Ce dernier, quel qu'il soit, déplaçait des objets. Il cherchait des choses de valeur, qu'il revendrait pour se payer sa dose de drogue quotidienne. Ils ne sont bons qu'à ça, ces sales Noirs, se dit M. Horowitz. Nous voler notre argent pour s'acheter de l'héroïne, quitte à nous tuer s'il le faut.

Mais Horowitz savait très bien qu'il n'y avait rien à voler chez lui. Il eut peur que le cambrioleur, dans son dépit, n'en vienne à commettre des actes de vandalisme. Et Mona qui arrivait aujourd'hui! Encore un argument qui jouerait en sa défaveur. Il courait trop de danger en restant à New York, il serait mieux à San Diego, etc. Il lui serait impossible de la persuader du contraire.

Il sentit alors que l'inconnu se dirigeait vers sa chambre. Il ferma les yeux, dans l'espoir que le cambrioleur ne l'attaquerait pas s'il le croyait endormi. C'était un conseil qu'il avait entendu à la radio et à la télévision. Si jamais quelqu'un s'introduit chez vous, faites semblant de dormir. Laissez-le prendre ce qu'il veut. Aucun bien ne vaut qu'on risque sa vie. Alors fermez les yeux, respirez régulièrement et faites comme si vous étiez profondément assoupi.

Horowitz se changea en statue et attendit. L'inconnu pénétra dans sa chambre. Le suspense devenait intolérable! Il eut envie de crier : Allez-y, tuez-moi, mais ne me faites pas souffrir! Allez! Ça m'est bien égal! Plus rien ne me retient ici-bas! Mais hâtez-vous, bon sang!

Il sentit une goutte de sueur dévaler le long de son nez, glisser sur sa joue pour finalement se perdre dans les plis de l'oreiller.

Allez! Qu'est-ce que vous attendez? Tuez-moi!

Il entrouvrit l'œil droit et distingua un visage noir penché sur lui. Des yeux noirs qui le fixaient derrière des lunettes à monture argentée.

— Bon sang! Madame Washington! s'écria-t-il, furieux. Vous vouliez quoi, me faire mourir de peur? Rôder ainsi dans l'appartement en pleine nuit!

— Il est plus de neuf heures, lui annonça-t-elle calmement. Vous avez dormi plus tard que d'habitude.

— Dormi! Je n'ai pratiquement pas fermé l'œil de la nuit!

— Moi non plus, et je comprends ce que vous éprouvez.

— Comment le pourriez-vous? Vous n'avez pas une Mona!

— Vous parlez d'elle comme s'il s'agissait d'une maladie, lui reprocha Mme Washington.

— Je n'ai pas dit cela exactement, mais peut-être vaudrait-il mieux pour moi souffrir d'une hernie ou d'une bonne grippe.

— Si c'était le cas, vous changeriez vite d'avis!

— Vous avez passé une mauvaise nuit aussi? fit-il avec sollicitude.

— Très mauvaise. Je n'arrêtais pas de me tourner et de me retourner. Soudain, j'ai eu une idée.

— Et quelle est cette idée de génie?

— Faites votre toilette, prenez votre petit déjeuner et je vous expliquerai.

— Quel *Gauleiter* vous êtes! Ce n'est pas parce que vous possédez maintenant des *racines* que le monde vous appartient, madame Washington!

Il la foudroya du regard, mais entreprit néanmoins de sortir de son lit.

Le petit déjeuner fini, il appela :
— Madame Washington!

Elle sortit de la cuisine en s'essuyant les mains à son tablier car elle était en train de préparer les plats qu'elle servirait en l'honneur de Mona.

— Eh bien, fit-il, votre idée de génie, c'est quoi?
— Suivez-moi, vous comprendrez.

Il saisit sa canne irlandaise.

— Où va-t-on?
— Simplement dans le salon.

A l'entrée de la pièce, il s'arrêta, regarda autour de lui et poussa un cri.

— Qu'avez-vous fait? Vous avez changé tous les meubles de place. Le salon qu'Hannah avait si bien aménagé! Vous avez tout gâté!

— J'ai tout bonnement modifié l'emplacement de quelques meubles, dit-elle tranquillement, un peu lassée des réactions théâtrales de son patient.

Il la regarda avec colère.

— Ainsi, c'est ça votre fameuse idée!
— Mettez-la à l'épreuve.
— A l'épreuve, comment ça?
— En entrant dans le salon.
— Au cours des vingt-huit dernières années, je suis entré plus de cent mille fois dans cette pièce! A quoi rime votre insistance?
— Entrez! Vous verrez bien.
— Rien d'étonnant à ce que les Sud-Africains soient contre la majorité noire, fit-il exaspéré. Vous êtes impossibles, vous autres!

Lentement, à l'aide de sa canne, il traversa la pièce tout en lançant des regards désapprobateurs à Mme Washington et, ce faisant, il sentit son pied gauche fléchir soudain. Pendant un instant, il crut qu'il allait perdre l'équilibre et tomber. Instinctivement, il avança la main, cherchant à se rattraper, et trouva à point nommé un fauteuil à sa portée.

Alors, regardant mieux, il s'aperçut que les meubles du

salon avaient été si intelligemment disposés qu'il pouvait se permettre de trébucher sans tomber. Partout, dans la pièce, un meuble quelconque lui offrirait son appui.

— Pas mal, pas mal du tout, murmura-t-il, et venant de lui c'était un grand compliment.

L'heure passait. Le jet qui devait amener Mona de San Diego à New York atterrirait bientôt. Pour tromper son attente, Samuel Horowitz écoutait la radio, mais aucune nouvelle sensationnelle ne vint le distraire et il consultait sans cesse sa montre.

Mme Washington avait mis la dernière main à ses préparatifs. La table était dressée. Nappe de toile fine, service de Rosenthal, couverts d'argent massif. Les filets de poisson, soigneusement choisis, reposaient en blanches rangées dans un plat allant au four, attendant le moment de leur cuisson. La salade de fruits aux couleurs appétissantes était répartie dans des coupes tenues au frais et les meringues mettaient en valeur l'assiette de porcelaine anglaise achetée par les Horowitz lors d'un voyage en Grande-Bretagne.

Les minutes s'écoulaient et Samuel Horowitz s'écria soudain :

— Seigneur! Je ne suis pas assez élégant pour elle! Je vais me changer. Je veux mettre mon complet marine, une chemise blanche et une de mes plus belles cravates.

Il se dirigea avec tant de hâte vers la chambre à coucher qu'il trébucha et dut se rattraper à l'un des fauteuils.

Mme Washington lui avait emboîté le pas. Elle décrocha dans la penderie le costume bleu qu'elle étala sur le lit en remarquant :

— Quel beau complet! Je vais vous aider à le passer, monsieur Horowitz.

— Je vous demande de me laisser seul un moment, madame Washington.

— Croyez-vous que la pudeur soit de mise, un jour pareil?

— La pudeur n'a rien à voir là-dedans, ma chère madame Washington. Je tiens à me débrouiller seul, aussi bien pour nouer ma cravate que pour boutonner mes boutons de chemise et remonter la fermeture à glissière de ma braguette! Si je veux convaincre Mona que j'en suis capable, il me faut d'abord m'en convaincre moi-même!

Finalement, il vint se présenter à l'inspection. Mme Washington l'examina d'un œil critique en le faisant tourner sur lui-même.

— Très bien, dit-elle, mais ce serait encore mieux avec une pochette.

Elle ouvrit un tiroir de la commode et en tira un fin mouchoir blanc qu'elle lui tendit.

— Glissez-le dans votre poche de poitrine en le laissant dépasser légèrement.

A cet instant précis, la sonnerie de l'interphone retentit dans la cuisine.

— Oh! mon Dieu! s'exclama-t-il. La voilà!

Sous le coup de l'émotion, il effectua un demi-tour trop rapide et sa canne lui échappa. Il serait tombé si Mme Washington n'avait pas été là pour le retenir.

— Surtout, n'oubliez pas, lui recommanda-t-elle : pas de précipitation; prenez *toujours* le temps de réfléchir!

— D'accord, d'accord, fit-il, essayant de se calmer.

Et il se dirigea posément vers le vestibule.

25

Planté derrière la porte d'entrée, tenant solidement sa canne de la main droite et la gauche posée sur la grosse poignée qu'il s'était entraîné à manœuvrer sans trop de difficulté, Samuel Horowitz attendait sa fille de pied ferme.

Viens donc, Mona! pensait-il. Tu ne l'emporteras pas aujourd'hui!

Il entendit la porte de l'ascenseur coulisser. Puis les talons de Mona résonnèrent sur le palier carrelé. La sonnerie retentit. Il détourna la tête de la porte et annonça d'une voix qui se voulait lointaine :

— J'arrive, j'arrive!

Il compta calmement jusqu'à quatre, puis ouvrit la porte en essayant de feindre la surprise :

— Mona, ma chérie!

Il se préparait à l'assaut de son étreinte tentaculaire, mais rien ne vint. Mona était là, comme figée, le fixant d'un regard intense.

— Papa! Oh! Papa! gémit-elle, et elle fondit en larmes.

— Voyons, Mona, qu'est-ce qu'il y a?

— Ton visage! Ce qu'ils ont fait à ton visage!

— Tu parles de la cicatrice? Ce n'est rien. Mona, je t'en supplie, ne pleure pas ainsi!

Mais il ne put endiguer un nouveau flot de larmes.

— Madame Washington! appela-t-il désespérément.

Elle surgit de la cuisine où elle venait juste de mettre le poisson dans le four.

– Que se passe-t-il? s'écria-t-elle alarmée, s'attendant à trouver son patient plaqué au sol par l'élan impétueux de sa fille.

Mais celle-ci avait la tête dans ses mains et M. Horowitz haussait les épaules en signe d'impuissance.

– Eh bien, ne restez pas debout ainsi dans l'entrée, lui dit l'infirmière.

D'un geste, elle lui désigna le mouchoir blanc qui émergeait de sa poche de poitrine.

– Oui, bien sûr, fit Horowitz en prenant la pochette.

Il la tendit à Mona.

– Tiens, ma chérie, éponge tes larmes. (Puis il s'adressa à Mme Washington :) Une serviette de toilette ne serait peut-être pas superflue? Je vous avais prévenue, je crois, que ma fille a une fâcheuse propension aux larmes?

D'un regard, Mme Washington l'avertit de surveiller ses paroles. Il enchaîna :

– Viens, ma chérie, je veux te voir au grand jour, près de la baie du salon. Tu t'habitueras bientôt à ma cicatrice, tu verras.

Il la précéda, espérant qu'elle admirerait la façon dont il marchait, mais lorsqu'il se tourna vers elle, guettant son approbation, il vit qu'elle essuyait encore ses larmes.

En entrant dans le salon, Mona regarda autour d'elle d'un œil critique.

– On a changé les meubles de place, ici, dit-elle d'un ton de reproche.

– Nous avons déplacé quelques meubles, reconnut-il.

– Je ne crois pas que cela aurait plu à maman.

Après avoir prononcé ce dernier mot, Mona éclata de nouveau en sanglots.

– Maman! Maman!

Une serviette ne suffirait pas, songeait Horowitz. Un drap de bain serait peut-être nécessaire.

Quand elle se fut un peu calmée, il demanda, ne trouvant rien d'autre à dire :

– Et comment s'est passé le vol?

– Admirablement. Rien ne vaut un voyage en jet. Tu verras ça.

Il pensa qu'il ne serait pas prudent de l'informer tout de suite de sa décision de ne pas partir et s'abstint de tout commentaire.

— Je suis navré que la vue de ma cicatrice t'ait bouleversée, Mona. Elle va bientôt disparaître dans le pli de la joue. Finalement, j'ai eu bel et bien de la chance. Quelques centimètres plus bas, la jugulaire écopait. Et j'y restais, m'a dit le médecin.

L'évocation de cette éventualité déclencha chez Mona une nouvelle crise de larmes.

— Il ne faut pas prendre les choses tellement à cœur, ma chérie. C'est la vie. Il faut nous accommoder de ce qui nous arrive.

— Je sais, convint-elle après un dernier reniflement. C'est ce que prétend mon analyste, le Dr Drees. J'étais au courant de ta cicatrice, Marvin m'avait prévenue, pourtant, quand je l'ai vue de mes propres yeux, ma sécurité intérieure, dont tu es l'emblème, s'est trouvée menacée. Le Dr Drees assure que tu représentes pour moi l'image même du père.

— C'est extraordinaire, vraiment. Cet homme doit être un génie !

— Et quand l'image du père est menacée, mon univers s'écroule. J'ai tendance alors à trop m'impliquer dans les situations des autres. Ce n'est pas toujours négatif, remarque. En m'attachant à des causes comme celle de la maison de retraite pour Juifs, par exemple, c'est ce qui m'a permis de collecter tant de fonds !

« Mais l'argent n'est pas tout. Si l'on se soucie vraiment des personnes âgées, il faut apprendre à les connaître, à leur donner de son temps, de son cœur. Cette année, puisque Candy et Bruce sont à l'université, j'ai été dîner à Pâques en leur compagnie. La maison de retraite est absolument magnifique. Elle passe pour une des plus modernes du pays — juives ou non juives. Tu en jugeras.

Je souhaite que toi, ma chère enfant, songeait Horowitz, tu vives suffisamment longtemps pour porter, en connaissance de cause, ton propre jugement !

— Cela t'aurait réchauffé le cœur, papa, de voir tous ces vieux réunis autour d'une grande, grande table. La vieillesse dans toute sa magnificence! De véritables personnages bibliques, dignes du pinceau ou du crayon d'un artiste!

« Et lorsque...

L'entrée de Mme Washington épargna à Samuel Horowitz la fin du discours.

— Le déjeuner est prêt, annonça-t-elle.

Tout fut délicieux, même les filets de poisson — un peu secs au goût d'Horowitz. Il passa la saucière à sa fille.

— Ajoute un peu de margarine fondue sur tes filets, ma chérie.

Mona en versa une petite cuillerée sur son poisson et s'exclama, après y avoir goûté :

— C'est exquis! Quelle est cette marque de margarine?

— En réalité, il s'agit d'un ersatz de margarine.

— Il faudra que Mme Washington m'en précise le nom.

— Je pense qu'on n'en trouve que dans un certain quartier de New York.

— Dommage, je fais suivre un régime amaigrissant à Albert et il adorerait ça, lui qui se plaint toujours que les plats manquent de goût!

Samuel Horowitz avait manié ses couverts avec une aisance remarquable et le repas « diététique » s'était harmonieusement déroulé. Mona n'avait pas formulé la moindre critique, mais elle gardait une attitude déterminée qui ne présageait rien de bon. Elle avait son air *fahrbissen*, comme disait sa mère, son air résolu, entêté, insensible à tout argument. L'air qu'elle avait, écolière, les veilles de compositions, alors que ses petites camarades étaient en proie aux affres de l'inquiétude. Elle se retirait dans sa chambre, fermait sa porte et, le lendemain, elle revenait de classe avec les meilleures notes.

Ils avaient regagné le salon et Samuel Horowitz s'était installé à la table de bridge près de la fenêtre.

— Tu ne vois pas d'inconvénient à ce que je fasse une petite réussite, ma chérie?

Avec la maestria d'un joueur chevronné, il frotta ses pouces contre ses doigts et se mit à battre les cartes de trois façons différentes, puis il les disposa sur la table. Il guettait l'approbation de Mona, silencieuse depuis un moment, mais elle attaqua soudain :

— Marvin et moi...

A ce préambule, le cœur d'Horowitz se serra. Il devenait clair que ses enfants avaient arrêté leur décision d'un commun accord.

— Marvin et moi, reprit Mona, nous nous sommes longuement entretenus au téléphone, à plusieurs reprises, la semaine dernière, et nous avons décidé que la solution la plus raisonnable pour toi est de venir vivre chez moi, à San Diego. Plus question de te laisser seul ici. Si tu retombes malade, à San Diego tu auras ta famille près de toi. Et, en dernier ressort, n'oublions pas la maison de retraite. Albert fait partie du conseil d'administration et ton admission là-bas ne poserait aucun problème.

— Mona, commença-t-il, essayant de gagner du temps, il y a plus de vingt-huit ans que je vis ici. Ce n'est pas en quelques jours que je peux me préparer à partir...

— Nous avons tout prévu, papa, je suis entrée en rapport avec une société immobilière et avec un antiquaire-brocanteur qu'on m'a chaudement recommandé. Ce dernier viendra demain nous faire une offre.

— Nous faire une offre ?

La colère, chez lui, avait remplacé l'inquiétude et l'angoisse.

— Ma vie, mon mariage, mon foyer... Et il va nous faire une offre ? Eh bien, je m'y oppose absolument !

— Papa, ne t'entête pas ainsi ! Il s'agit de ta santé, de ta sécurité. Si quelque chose t'arrivait... Une autre attaque, plus grave, cette fois. Crois-moi, à la maison de retraite, tu recevrais les meilleurs soins. Ils sont particulièrement équipés pour ce genre de malades. Et nous disposons de trois voitures, Albert et moi. Il y en aurait toujours une à ta disposition avec un chauffeur.

Il repoussa ses cartes.

— Mona, mon enfant, laisse-moi t'expliquer. Ici, j'ai mes habitudes. Le parc. La synagogue. Quelques magasins familiers. Des amis aussi — plus rares, certes, à mesure que le temps passe, car le nombre des veuves excède de beaucoup celui des veufs...

— Je connais les statistiques.

— Mais, surtout, je me trouve dans le cadre où j'ai vécu tant d'années de bonheur avec ta mère.

— Papa, il faut être réaliste. Cet appartement est devenu beaucoup trop grand pour toi. Et il ne peut que te rappeler maman.

— Justement. J'aime tout ce qui me rappelle ta mère. Pour lutter contre la solitude, le bon moyen n'est pas de fuir ses souvenirs. Je tiens à finir mes jours ici.

Il n'avait pas réussi à l'attendrir.

— Papa, sois donc raisonnable. La chose est sérieuse!

— A qui le dis-tu!

— Marvin et moi, nous avons décidé...

— Je me fiche de ce que vous avez décidé, Marvin et toi! hurla-t-il. Nous vivons dans un pays libre et j'ai toujours le droit de vote!

En l'entendant crier, Mme Washington sortit de la cuisine.

— Qu'est-ce qui ne va pas, monsieur Horowitz?

— Qu'est-ce qui ne va pas? Tout va très bien, au contraire, fit-il ironiquement, sauf qu'on veut m'expédier pieds et poings liés à San Diego.

— Papa, il n'y a pas là matière à plaisanter!

Mona avait élevé la voix à son tour.

— Oh, non! répliqua-t-il avec amertume en se levant si précipitamment que sa canne lui échappa.

Il perdit l'équilibre et tomba en travers de la table.

Mme Washington l'aida à se relever et, quand il eut pris solidement appui sur la table, elle lui ramassa sa canne.

Il s'efforça aussitôt de retrouver son calme et sa dignité, mais il lut le verdict de culpabilité dans les yeux de Mona.

— Eh bien, papa, je crois qu'il est inutile de discuter davantage. Tu te rends à mes raisons?

Samuel Horowitz se maudissait d'avoir oublié la première

règle que Mme Washington avait essayé de lui inculquer : penser d'abord, se mouvoir ensuite. Il se tourna lentement vers elle :

— Pardonnez-moi. Malgré tout votre bon travail, tous vos efforts, j'ai perdu la bataille.

— Je ne le crois pas, assura Mme Washington.

— Ce que mon père veut dire, c'est qu'il va m'accompagner à San Diego dès demain. Vous mettrez de l'ordre dans l'appartement. Bien entendu, vous serez généreusement dédommagée... A moins que vous ne teniez à nous accompagner à San Diego quelque temps, jusqu'à ce que mon père s'habitue à sa nouvelle vie ?

— Je crains que cela me soit impossible, répondit Mme Washington. Mais là n'est pas la question. Le médecin a son mot à dire, me semble-t-il, avant que vous ne forciez M. Horowitz à quitter New York.

— Je ne force mon père à rien du tout. J'agis simplement pour son propre bien. J'espère qu'il l'a compris !

— M. Horowitz a fait des progrès considérables, ces derniers temps. Peut-être n'a-t-il pas saisi lui-même à quel point. Aussi, je crois qu'avant de prendre une décision à son sujet, il est indispensable qu'il s'entretienne avec le Dr Tannenbaum.

— J'ai eu le Dr Tannenbaum au bout du fil, récemment. Il est parfaitement d'accord, affirma Mona.

— Le Dr Tannenbaum n'a pas vu son patient depuis une quinzaine de jours. J'estime qu'il doit le revoir à présent. Avant que quiconque n'intervienne pour son « propre bien ».

— Oh ! Je vois, déclara Mona. Vous avez une bonne place ici et vous ne tenez pas à la perdre !

— Allons donc ! s'interposa Horowitz, tout en s'efforçant de ne pas s'emporter à nouveau. C'est une femme désintéressée, loyale, extrêmement prévenante.

— Je n'en doute pas, fit aigrement Mona, mais ce n'est pas elle qui commande ici. Nous savons tous les deux, papa, ce qui vaut mieux pour toi.

Mme Washington ne se laissa pas impressionner.

— En tant qu'infirmière, j'insiste pour avoir l'avis du médecin traitant. Je vais lui téléphoner de venir examiner M. Horowitz.

— Cela n'y changera rien, mais faites ce que vous dicte votre conscience professionnelle. En attendant, papa, occupons-nous de trier les objets que tu désires garder — ceux qui ont pour toi une valeur sentimentale. Nous les ferons expédier à San Diego.

Ceux qui ont pour toi une valeur sentimentale... Il eut envie de pleurer. Tout ce qu'il lui restait avait une valeur sentimentale! Chaque pièce du service en faïence, chaque couvert en argent choisi par Hannah! Chaque meuble qu'elle avait acquis après de nombreuses hésitations. Tout ce bric-à-brac.

Quant à Tannenbaum, il avait beau être son docteur, c'est Marvin qui l'avait fait venir, et Marvin avait insisté pour le payer. Tannenbaum ne pourrait pas faire grand-chose pour lui.

Allons, Samuel, fais ton choix, prends un petit bout de souvenir ici, un petit bout là, et confie le reste à un brocanteur de malheur, à un chiffonnier!

Autrefois, quand Samuel Horowitz était enfant et habitait Brooklyn, un bonhomme arpentait les rues avec un journal dans une main et un sac dans l'autre, et plusieurs chapeaux empilés sur sa tête. « J'achète! J'achète les vieux habits! » criait-il.

Les femmes sortaient des maisons et lui apportaient leurs vieux habits et leurs vieilles chaussures. L'homme leur donnait en échange quelques pièces. Puis il fourrait ses acquisitions dans son sac et reprenait son chemin en criant sa rengaine : « J'achète! J'achète les vieux habits! »

Les mots avaient changé, la méthode aussi, mais on allait néanmoins brader sa vie comme de vieilles guenilles, pour une somme relativement dérisoire. Il allait devenir un homme sans domicile à lui, sans biens personnels, sans existence propre. Il ne serait plus Samuel Horowitz, l'individu bien distinct répondant à ce nom. Il serait M. Horowitz, le père de Mona Fields, ou le beau-père d'Albert Fields. Ou encore le bonhomme de la chambre numéro tant dans la maison de retraite pour vieux Juifs.

Il avait perdu la bataille, et le vaincu n'est plus maître de son destin. Il ne lui restait plus qu'à obéir à Mona.

CINQUIÈME PARTIE

26

Durant les trois heures et demie qui précédèrent l'arrivée du Dr Tannenbaum, Samuel Horowitz s'employa à la pénible tâche de trier ses affaires, de choisir ce qu'il emporterait, ce qu'il abandonnerait... Chaque objet évoquait une étape de sa vie, heureuse ou malheureuse, mais les bons comme les mauvais souvenirs lui étaient douloureux en cet instant.

— C'est dur de revivre en quelques heures toute son existence, dit-il à Mme Washington qui se tenait avec tact à l'arrière-plan, prête à l'aider seulement si besoin était.

— Ne renoncez pas encore, lui recommanda-t-elle. Le médecin aura le dernier mot.

— Avec Mona, *personne* n'a jamais le dernier mot.

Il farfouillait dans un tiroir de sa commode quand la sonnette de la porte d'entrée retentit.

Mme Washington lui passa sa canne.

— C'est lui! Ayez confiance, chuchota-t-elle. Et n'oubliez pas : penser d'abord, se mouvoir ensuite!

Mona avait déjà introduit le Dr Tannenbaum, qui demandait :

— Où est-il? Qu'est-il arrivé à mon patient?

— Je suis sa fille, Mme Fields, de San Diego, précisa Mona. Nous nous connaissons par téléphone, docteur.

— En effet, en effet. Où est mon malade?

— Le voilà, docteur! annonça Samuel Horowitz.

Il entra dans la pièce, appuyé sur sa canne irlandaise, mais d'un pas régulier, sans traîner la jambe gauche.

— Que vous est-il arrivé? Encore une chute?

Mona dressa aussitôt l'oreille.

— Non, docteur. Nous vous avons appelé pour régler un petit différend entre nous.

— Et vous m'arrachez à mes autres malades pour ça? fit le médecin avec humeur.

— Ne vous inquiétez pas, docteur, intervint Mona. Vous m'enverrez la note! Voilà ce dont il s'agit : Je crois, c'est-à-dire nous croyons, mon frère et moi, que mon père devrait venir vivre chez moi, en Californie. Le climat y est bien meilleur qu'ici. J'ai là-bas une grande maison, un ménage d'excellents domestiques, et mon père aurait sa propre chambre et sa propre salle de bains. Le valet de chambre l'aiderait à s'habiller, à manger; il l'accompagnerait en promenade, lui ferait ses courses. Papa bénéficierait de tous les soins voulus.

— Je ne veux pas de soins, protesta Horowitz. Je ne suis pas un bébé ni une bête en cage. Je veux rester ici, dans mon appartement. Mme Washington s'occupe parfaitement de moi.

Et pour le leur prouver, il lui prit la main et la serra bien fort.

— Hum, hum! émit le Dr Tannenbaum, l'air songeur. (Puis il rebroussa ses épaisses moustaches et déclara :) Nous devons tenir compte du sentiment du patient.

Horowitz et Mme Washington échangèrent un regard d'espoir.

— Cependant, ce ne serait pas la première fois qu'un patient surestime ses possibilités. Franchement...

Franchement, un mot qui n'annonçait jamais rien de bon, se dit Samuel Horowitz.

— Franchement, reprit le médecin, la dernière fois que j'ai vu votre père, ses progrès étaient loin d'être satisfaisants. J'avoue que je n'étais guère optimiste à son égard, et il nous faut bien reconnaître que les hivers new-yorkais sont rudes, la température peut rester des jours entiers au-dessous de zéro.

— Docteur, l'interrompit Horowitz, pour le bulletin météo, je m'en remets aux informations de onze heures. Pour l'instant, ce que votre « malade » attend de vous, c'est la permission de rester ici, chez lui, au lieu d'être expédié à l'autre bout du monde! On me prend pour un Indien ou quoi? Et on veut me parquer dans une réserve, une réserve pour Juifs de la haute!

— Papa! s'insurgea Mona. Je t'en prie!

— Plus de « Je t'en prie », de « Franchement », de « Hum, hum ». Si tu veux me faire partir d'ici, il faudra que ton Albert achète l'immeuble et le fasse démolir!

— Monsieur Horowitz, ne nous énervons pas, dit Tannenbaum.

— Je m'énerverai si j'en ai envie. Après tout, c'est de ma vie qu'il s'agit! Maintenant, vous, docteur, et toi, Mona, prenez un siège et écoutez-moi.

— C'est que je n'ai pas beaucoup de temps, protesta le médecin.

— Faites démarrer votre compteur! Vos minutes d'attente vous seront payées à plein tarif.

— Papa! s'exclama Mona, choquée.

— Ma fille unique et bien-aimée, obéis à ton père! Installe-toi confortablement à côté du docteur, et tais-toi!

« Mes chers juges, commença-t-il, quand ils furent assis, j'aimerais vous faire une petite démonstration. Tout d'abord, vous avez constaté que le patient n'utilise plus de fauteuil roulant ni de canne orthopédique; il se sert d'une simple canne avec laquelle il se débrouille assez bien. Regardez!

Et pour illustrer ce qu'il venait de dire, il traversa le salon en tous sens, à plusieurs reprises, réussissant même à ne pas traîner le pied gauche. Intérieurement, il rendait grâce à Mme Washington. La rééducation intensive de ces derniers jours s'avérait payante. Il se tourna vers le « tribunal ».

— A présent, je vais exécuter devant vous quelques exercices manuels. Madame Washington, les boutons, les billes, les cartes! lança-t-il.

Tandis qu'elle les disposait sur la table, il défit et refit son nœud de cravate, puis il attira l'attention du médecin sur ses lacets de souliers :

— Noués tous les deux, remarquez-le! Et chaque bouton de ma chemise a été boutonné par les deux mains que voici!

Il s'approcha alors de la table à jouer, s'assit et demanda :

— Docteur, voulez-vous voir un homme de soixante-huit ans aux prises avec quelques boutons? Regardez bien.

De la main gauche il ramassa une douzaine de boutons, choisissant les plus petits pour mieux souligner les progrès qu'il avait faits.

— Et maintenant, que diriez-vous d'un petit rami, madame Washington? proposa-t-il galamment, en commençant à battre les cartes avec dextérité.

— Papa! s'écria Mona en se levant impatientée, le docteur n'est pas venu pour te regarder t'amuser!

— M'amuser? Vous appelez ça un amusement, docteur?

Tannenbaum dut reconnaître, assez impressionné :

— Ce n'est pas un amusement, madame Fields. Ce sont des exercices de rééducation. De quand datent tous ces progrès, monsieur Horowitz?

— De la semaine dernière.

— Hum, hum! fit le médecin d'un ton significatif.

Il se tourna vers Mona.

— Madame Fields, c'est tout à fait remarquable.

— Vraiment? fit-elle, perplexe.

— Il y a une quinzaine de jours, lorsque j'ai examiné votre père pour la dernière fois, il était loin d'avoir réalisé les progrès que nous estimions nécessaires. Au bout de trois mois de rééducation, en principe, l'avenir du sujet est tracé.

« C'est pourquoi j'avais pensé qu'il serait sans doute préférable que M. Horowitz aille vivre chez vous à San Diego. Mais aujourd'hui, après ce que je viens de constater, la situation est tout autre. Votre père a pratiquement récupéré l'entier usage de son côté gauche. S'il le désire, il peut même reprendre son activité professionnelle. En tout cas, il est certainement en état de décider lui-même où et comment il entend vivre.

— Mais, docteur, nous pouvons tant faire pour lui.

— Madame Fields, le but primordial de toute rééducation est d'amener justement le patient à se débrouiller seul, déclara fermement le Dr Tannenbaum.

— Ma foi, dit Mona, jamais je n'aurais cru...

Elle n'alla pas plus loin.

– Monsieur Horowitz, enchaîna le médecin, je ne sais pas ce qui s'est passé au cours des deux dernières semaines, mais vos progrès sont véritablement étonnants.

– Docteur, l'important est d'avoir la motivation voulue... (Il lança un coup d'œil éloquent à Mme Washington.) Quand ma chère Mona m'a annoncé son arrivée à New York, j'ai décidé que son père ne lui apparaîtrait pas comme un vieillard infirme et, dans cette intention, je me suis attelé à la tâche, mettant les bouchées doubles. Vous voyez le résultat.

– Il est probant, fit Tannenbaum avec chaleur. Je voudrais bien que certains de mes malades puissent suivre votre exemple.

Si chacun d'eux avait une Mona, se dit en lui-même Samuel Horowitz, le docteur peut me croire, ils le feraient tous aussitôt!

Il s'efforça de son mieux de paraître très affligé du départ de Mona. Et il acquiesça volontiers à tout ce qu'elle lui demandait.

– Promets-moi de venir pour les fêtes de fin d'année, papa, et de rester au moins une dizaine de jours!

– Entendu, ma chérie.

– Et pour Pâques aussi. Nous fêterons le *seder* à la synagogue. Six cents personnes y assistent.

– A peu près autant que tous les Juifs de la fuite d'Égypte. Sauf, naturellement, dans la version à l'écran de Cecil B. DeMille, dit-il, faisant mine d'être impressionné.

Au moment de partir, Mona, une fois de plus, fondit en larmes. Elle effleura du doigt la cicatrice sur la joue de son père.

– Papa! Oh! Papa!

La porte enfin refermée sur elle, Samuel Horowitz s'y adossa un instant, non parce qu'il avait besoin d'appui, mais pour guetter le bruit de l'ascenseur redescendant au rez-de-chaussée.

Ne pouvant croire à son bonheur, il alla à la fenêtre du salon et regarda dans la rue. Ce fut seulement en voyant

Mona monter dans la longue voiture noire qui l'attendait qu'il poussa son premier vrai soupir de soulagement. Il attendit pour quitter la fenêtre que la voiture ait disparu et, en se retournant, il se trouva face à face avec Mme Washington.

— Ne restez pas plantée là! s'écria-t-il gaiement. Chantez avec moi! (Et il entonna *Californie, la revoilà !* avant d'ajouter sur un ton triomphant :) Mais sans Samuel Horowitz! Allons, madame Washington, souriez! insista-t-il, s'apercevant qu'elle ne partageait pas son enthousiasme. Nous avons réussi! Nous avons réussi! C'est votre victoire autant que la mienne. Ce soir, nous allons sortir pour fêter ça. Allez chercher les enfants en taxi et ramenez-les. On ira dîner au restaurant et peut-être au cinéma. Il y a un nouveau film dont, paraît-il, les enfants raffolent : *la Guerre des étoiles.* D'ailleurs, aujourd'hui, je me sens l'âme d'un gosse.

— A mon avis, vous avez eu suffisamment d'émotions pour la journée, dit-elle avec calme.

— Mais je ne me suis jamais senti si bien ni si libre depuis... depuis qu'Hannah et moi nous avions envoyé les enfants dans un camp de vacances avant de partir pour notre seconde lune de miel.

— Je trouve que, ce soir, il vaut mieux ne pas sortir, enchaîna sagement l'infirmière. Nous allons faire encore une petite série d'exercices, puis vous dînerez légèrement et vous vous coucherez de bonne heure.

— Alors on fêtera ça demain ou un jour prochain, d'accord? En attendant, fit-il les yeux pétillants, il me faut libérer mon trop-plein d'énergie nouvelle. Liebowitz!

Répétant ce nom comme un cri de guerre : « Liebowitz! » il alla vers le téléphone et composa un numéro.

— Liebowitz? Horowitz à l'appareil.

— Sam! Quelle joie de t'entendre! Comme je t'avais appelé plusieurs fois et que tu ne m'as jamais rappelé, j'ai cru que tu ne voulais plus me voir.

— Plus te voir? Quelle idée! Non, j'ai été occupé, très occupé. Tu sais ce que c'est, quand on a été absent pendant des semaines... Il y a un rythme à reprendre...

— Je comprends, approuva simplement Liebowitz.

— Écoute, Phil, j'ai une question des plus importantes à te poser.

— Vas-y! Demande-moi tout ce que tu veux, Sam. Si c'est en mon pouvoir, je te réponds oui d'avance.

— Sais-tu toujours jouer au rami?

— Aurais-tu oublié que peu de temps avant ton entrée à l'hôpital, je t'ai délesté de quatorze dollars?

— Que dirais-tu d'une petite partie?

— Demain après-midi? proposa Liebowitz.

— Sois là à quatre heures pile. J'ai quelques exercices de rééducation à faire auparavant.

— Entendu, acquiesça Liebowitz. Mais pourquoi ne pas venir ici plutôt? Rose nous préparerait à dîner ensuite.

— Venir dîner chez toi demain soir?

Horowitz hésitait. Ce serait son premier dîner chez quelqu'un depuis sa triste mésaventure. Il interrogea Mme Washington du regard. Elle souriait en hochant affirmativement la tête.

Ainsi encouragé, Samuel Horowitz promit:

— Entendu! Dès que j'aurai fini ma séance d'exercices, j'arrive!

Il raccrocha.

— Vous croyez que j'ai bien fait d'accepter?

— Oui.

— La cicatrice... la canne... Rose va me voir ainsi.

De nouveau il ressentait les affres de l'incertitude.

— Suivez-moi, lui dit-elle, et elle se dirigea vers la glace en pied de la chambre à coucher. Regardez-vous!

Il prit des poses, appuyé sur sa canne ou bien la levant, comme pour exécuter un moulinet.

Derrière ses lunettes à monture argentée, Mme Washington l'observait, l'air un peu solennel.

Il fronça les sourcils, puis il sourit et se présenta de face et de profil devant le miroir.

— Ce petit médecin noir n'avait pas tort, après tout; quand je souris, la cicatrice disparaît presque complètement dans le pli de ma joue.

Il jeta un nouveau coup d'œil critique dans la glace.

— Pas mal, pas mal du tout. Mais dites-moi, tout ça ne vous rend pas un peu joyeuse?

— Oh si, je suis joyeuse. Et fière. Je suis très fière de ce que nous avons réussi à accomplir.

— Alors riez ou au moins souriez! Allez, un petit sourire, madame Washington!

Elle sourit, et ses belles dents blanches se détachèrent sur ses lèvres noires et lisses.

— Voilà qui est mieux, dit-il, enfin satisfait.

Il lui importait que cette femme partageât son sentiment de triomphe. Il consulta sa montre et dit :

— En cet instant précis, l'avion de Mona doit être en train de décoller. Allons à la fenêtre et faisons-lui un signe!

Il éclata de rire.

27

Il avait dormi tard. La veille, sa soirée chez les Liebowitz s'était prolongée. Le dîner avait été succulent. Rose avait mis les petits plats dans les grands tout en tenant compte du régime qu'il devait suivre. Seule légère entorse : des tartelettes aux cerises et aux amandes auxquelles il avait dûment fait honneur.

Tout au long du repas, il s'était parfaitement servi de sa main gauche et aucun couvert ne lui avait échappé. Quant à la partie de rami, elle s'était fort bien déroulée, se terminant pour lui par un gain de quatre dollars.

Liebowitz avait insisté pour l'accompagner en bas et le mettre dans un taxi. Avant de quitter l'appartement, il avait de nouveau été invité à dîner, pour la semaine suivante. « Vous nous ferez tant de plaisir, Sam! lui avait assuré Rose. Vendredi prochain, ma sœur Estelle sera là. Vous vous en souvenez? Celle dont le mari était opticien. » Samuel Horowitz avait accepté tout en formulant une silencieuse prière : Seigneur! faites que cette veuve ne soit pas trop envahissante! Je ne l'en aimerai que davantage.

Arrivé dans son immeuble, il avait été accueilli par le liftier remplaçant, qui ne l'avait pas revu depuis des semaines.

— On disait que vous étiez très malade, monsieur Horowitz, mais votre mine est magnifique. Vous êtes tout bronzé. Vous avez été à la campagne?

— Juste dans les environs, avait-il répondu négligemment.

Sitôt rentré chez lui, il s'était couché sans même écouter les informations ou le bulletin de la météo, et il avait sombré dans un sommeil réparateur.

Lorsqu'il se réveilla, il faisait déjà grand jour et il entendit la fidèle Mme Washington s'affairer dans le salon. Quelle femme merveilleuse! Une chance que Marvin l'ait dénichée. De toute son existence, c'était probablement ce qu'il avait fait de mieux! Elle paraissait un peu triste, ces temps-ci. Il tenait à faire quelque chose pour la dérider, pour symboliser leur victoire, aussi. Sous un prétexte quelconque, il allait descendre en ville et il lui achèterait un cadeau. Et, cet après-midi, il insisterait pour qu'elle aille chercher les enfants. Ils iraient tous les quatre au cinéma, puis au restaurant.

— Madame Washington! appela-t-il d'une voix forte.

Un instant plus tard, elle était devant la porte.

— Entrez! (Il éleva joyeusement quatre doigts.) Quatre dollars! Je lui ai gagné quatre dollars au rami. Et le repas était délicieux, couronné par des tartelettes aux cerises et aux amandes.

— Des tartelettes? Eh bien...

— Bah! pour une fois! Madame Washington, ce soir, nous sortons. Vous irez prendre les enfants en taxi. Nous irons voir *la Guerre des étoiles* et, ensuite, on dînera au restaurant.

— Ce soir, monsieur Horowitz, cela m'est impossible.

— Pourquoi donc? dit-il, désappointé. Ne me dites pas que vous avez prévu autre chose?

— J'ai une répétition à la chorale.

— En été?

— Dieu ne prend pas de vacances, monsieur Horowitz.

— Je n'en suis pas si sûr. Enfin... Si ce n'est pas possible ce soir, que diriez-vous de demain?

— Demain? Entendu pour demain.

— Topez là, madame Washington. A propos, je dois descendre en ville. J'ai rendez-vous avec mon comptable après le déjeuner.

Chez Tiffany, le grand bijoutier new-yorkais, il déambula de vitrine en vitrine, s'arrêtant parfois, dans le seul dessein d'impressionner le vendeur, devant quelque fabuleux bijou incrusté de diamants ou de pierres précieuses.

Il n'avait pas oublié le conseil de son ami Joe Gottleb, le joaillier, maintenant retiré à Miami. « Sam, quand tu achètes un bijou pour Hannah, n'achète rien de trop ouvragé, ni trop original. Le travail à la main en lui-même, si parfait soit-il, n'a pas de valeur stable en cas de revente. L'or, en revanche, l'or massif, est toujours en bonne place sur le marché. »

Samuel Horowitz, en conséquence, se concentra sur les bijoux d'or pur. Des boucles d'oreilles retinrent un moment son attention, mais il n'avait jamais vu Mme Washington porter de boucles d'oreilles.

Il hésitait entre deux bracelets quand son regard fut soudain attiré par une ravissante broche en or tressé. Il pensa aussitôt à l'effet qu'elle ferait sur une des robes de Mme Washington, robes toujours simples, de teinte bleu marine ou marron. Hannah avait coutume de dire : « Sur une robe sombre, une touche de couleur près du cou fait toute la différence. » Et, en dépit du conseil de son ami Gottlieb, sa décision fut prise.

Il offrirait à Mme Washington une touche de couleur à porter près de son cou.

— Je voudrais voir ceci, dit-il en tendant exprès l'index gauche.

Le vendeur déposa la broche sur le comptoir recouvert de velours noir. Horowitz la soupesa et fut impressionné. Il l'examina ensuite sous tous les angles. L'ouvrage lui plaisait. Il était sûr qu'elle l'aimerait. Plus légère ou plus petite, la broche n'aurait pas correspondu à l'expression de sa gratitude. Plus fantaisiste, elle ne serait pas allée à Mme Washington.

Sans ses lunettes de vue, il ne parvenait pas à déchiffrer le prix sur la minuscule étiquette. Aussi demanda-t-il sur le ton le plus anodin possible :

— Et combien coûte-t-elle?

— Quatre cent soixante-quinze dollars, répondit le vendeur. Bien sûr, cela n'inclut pas la taxe de huit pour cent. A moins que vous ne comptiez l'envoyer à l'étranger, dans ce cas la taxe est déduite.

— Non, je ne compte pas l'envoyer. En fait, je dois l'offrir ce soir. Alors faites-la briller, mettez-la dans un bel écrin, ôtez le prix et faites un paquet cadeau. Avec un ruban rouge autour.

— Vous payez comment?

— Par chèque.

— Alors je vous demanderai une pièce d'identité.

— Pas de problème, j'ai ce qu'il faut.

Horowitz commença à étaler sa carte de sécu, du Diners Club, Master Charge, American Express, d'électeur, son permis de conduire. En dépit des protestations de l'employé, il sortit encore une carte Avis, une carte Hertz, quatre cartes de quatre compagnies pétrolières différentes, sa carte d'hospitalisation et sa carte Blue Cross.

— Je pense que ça suffira, dit l'employé.

Mais Horowitz continua jusqu'à ce que le comptoir soit entièrement recouvert de cartes.

— Voici mes lettres de créance, dit-il. Dorénavant, jeune homme, quand vous voudrez perdre cinq kilos rapidement, pensez à laisser vos cartes de crédit chez vous.

Il tenait fermement le précieux cadeau dans sa main gauche, au fond de sa poche. Quelques semaines plus tôt, il aurait été incapable d'en faire autant. Il se trouvait à l'angle de la Cinquième Avenue et de la 57ᵉ Rue et regardait en direction de Central Park. Il songea à l'allée ombragée qui commençait à la 60ᵉ Rue. Elle était bordée de bancs et il faisait bon s'y délasser par temps chaud.

Il attendit que le feu passe au vert, s'avança prudemment sur le passage clouté, mais avant qu'il ait pu atteindre le trottoir opposé, le panneau lumineux l'avertit qu'il ne fallait plus traverser.

Horowitz ne voulait pas se presser. Il protesta en son for intérieur : Qu'est-ce que vous voulez que je fasse, que je coure? Il continua du même pas régulier et quand le feu changea de nouveau et qu'un jeune chauffeur de taxi insolent klaxonna, Horowitz se retourna et le fusilla du regard.

L'allée était telle qu'il s'en souvenait, fraîche et ombragée.

Il y avait même une légère brise. Il s'assit sur un banc, les deux mains sur la crosse noueuse de sa canne, et regarda les enfants jouer, manger des cônes glacés, se lancer des ballons. Il se rappela l'époque où il emmenait Marvin ici. Puis Mona, qui alors n'avait jamais entendu parler d'une certaine ville du nom de San Diego. A son regret se mêlait une sorte de plaisir mélancolique. Des choses avaient changé. Il y avait plus de Noirs et d'Hispano-Américains qu'autrefois. Mais la vie, elle, était toujours la même. Les glaces, les ballons et le pop-corn ne changent pas, se dit-il, pas plus que le plaisir qu'éprouve un enfant devant eux, quelle que soit la couleur de sa peau. Un jour, il faudrait qu'il emmène Conrad et Louise ici et qu'il leur fasse visiter le zoo. Qu'ils puissent voir l'horloge animée célébrer chaque heure et chaque demi-heure avec sa parade d'animaux dorés.

Il était en train de penser à tout ça quand un jeune Noir vint s'asseoir à l'autre bout du banc. Instinctivement, Horowitz se crispa, prêt à se défendre. Il affermit sa prise sur la canne en se disant : Si ce salaud essaie de me voler, je lui brise le crâne! Dans le même temps, il glissa sa main gauche dans sa poche pour protéger son précieux cadeau. Il resta ainsi, tendu et aux aguets, jetant parfois un regard au jeune Noir. En fait, ce dernier n'était pas si mal habillé que ça. Il portait même un pantalon assorti à sa veste. Et il n'avait pas aux pieds ces chaussures plates qui étaient monnaie courante dans son quartier.

Horowitz se sentit un peu plus en sécurité et sa pression sur l'écrin enveloppé se relâcha. Mais il ne baissa pas pour autant sa garde. Et voilà que le jeune Noir se rapprochait de lui!

Ça y est, se dit Horowitz, mais je le tuerai plutôt que de me laisser dépouiller. Il a dû me voir entrer chez Tiffany. Il a dû me suivre. Il va vouloir engager la conversation. Bon, il est convenablement habillé, et alors? Le salopard, encore un geste et je lui ouvre le crâne avec ma canne. S'il a un couteau ou un rasoir, il n'aura pas le temps de s'en servir. Pas cette fois-ci!

— Dites, est-ce que vous avez l'heure? demanda le Noir.

Ho! ho! ho! pensa Horowitz, encore une de leurs ruses. Ils

vous désarment en vous demandant l'heure. Et pendant que vous consultez votre montre, ils en profitent. Je vais te la donner, l'heure! Mais tu ne m'auras pas par surprise!

— Quatre heures et quart, répondit sèchement Horowitz.

— Bon sang! Elle devrait déjà être là.

N'engage pas la conversation avec moi, l'avertit silencieusement Horowitz. Garde tes distances. Encore un geste et je me défends. Le Noir posa ses coudes sur ses cuisses et se prit la tête entre les mains. Il ferma les yeux comme s'il voulait s'abstraire de la ville et de son animation.

De la comédie, tout ça, songea Horowitz. Il fait semblant de réfléchir mais en fait il prépare son agression. *Boychik* [1], tu vas avoir la surprise de ta vie!

Soudain, le jeune homme se leva. Horowitz brandit sa canne, prêt à frapper, mais l'inconnu se dirigea vers une jeune Noire et la prit dans ses bras. Ils s'embrassèrent. Puis la femme dit :

— Alors, tu l'as décroché?

— Ils ont dit qu'ils me rappelleraient, répondit l'homme d'un ton triste. Chaque fois c'est la même chose. On se prépare pour un entretien et quand c'est fini on vous annonce qu'on vous rappellera. Sauf qu'ils ne rappellent jamais. Heureusement, tu as du travail.

— Il faut être patient, mon chéri. Un de ces jours...

Horowitz n'entendit pas la suite. Ce n'était pas la peine. S'il avait su, il aurait pu l'aider. Après tout, il avait encore un ou deux amis dans le circuit, il n'aurait eu qu'à passer un coup de fil. Au moins, se consola-t-il, il n'avait rien fait de stupide, comme de le frapper avec sa canne. Qu'aurait dit Mme Washington? Ce qu'elle pensait lui importait énormément, ces derniers temps.

Comment ne pas perdre le fil de l'histoire avec tous ces bruits de tir et cette dérive incessante dans l'espace, se demandait Horowitz, s'efforçant vainement de s'intéresser à *la Guerre des étoiles*. Mais en surprenant l'expression ravie de Conrad, il se dit que le déplacement avait valu la peine. Et

---

1. Diminutif de *boy*, et signifiant ici « personne peu scrupuleuse ».

quand, au moment le plus dramatique, Louise lui prit instinctivement la main pour la serrer, il en fut profondément touché et garda la petite main dans la sienne.

Sur l'écran, des mondes avaient explosé et les traîtres avec eux. Les jeunes héros avaient triomphé. Le film était fini et il était temps d'aller dîner.

Le maître d'hôtel du Casino, dans Central Park, les conduisit à une table en terrasse donnant sur les arbres éclairés de guirlandes électriques.

Samuel Horowitz commanda du champagne, malgré les réticences de Mme Washington, et aussi des limonades au gingembre pour les enfants. Puis il regarda autour de lui avec satisfaction et s'aperçut alors que certains dîneurs considéraient leur petit groupe avec quelque curiosité.

Laissons-les nous dévisager, pensa-t-il. Si quelqu'un pose une question, je dirai que je sors mes petits-enfants. Ou mieux encore mes enfants! Mme Washington et moi nous nous sommes mariés sur le tard et il s'agit de nos enfants. L'idée le ravit.

Il leva son verre.

— Buvons à la santé de votre grand-mère, mes enfants. C'est une femme remarquable, comme on en rencontre trop rarement. Ce que Lincoln a fait pour les Noirs, elle l'a fait pour moi!

Il porta son verre de champagne à ses lèvres et les enfants l'imitèrent aussitôt avec leur verre de limonade.

— Et maintenant, annonça-t-il, la surprise de la soirée!

Il tira de sa poche l'écrin contenant le bijou.

— Pour vous, madame Washington, dit-il en le lui tendant.

Elle regarda l'écrin, mais ne fit aucun geste pour le prendre.

— Je ne peux pas accepter, dit-elle.

— C'est tout spécialement pour vous que j'ai choisi ce présent, en témoignage de remerciement et d'amitié.

— Je ne peux pas...

— C'est de ma faute, je n'aurais pas dû vous surprendre ainsi, fit-il avec un sourire compréhensif, pas ici.

Il se tourna vers Louise.

— Ouvre l'écrin, ma chérie. Montre la broche à ta grand-mère.

L'enfant quêta du regard l'autorisation de Mme Washington, mais celle-ci secoua négativement la tête.

— Bon, déclara Horowitz, c'est donc moi qui vais le faire.

Il ouvrit l'écrin de velours et présenta la broche à Harriet Washington dont les yeux s'embuèrent mais qui ne fit pas un geste pour la prendre.

— Essayez-la au moins. Cela ne vous engage à rien.

Conrad, qui devinait la déception d'Horowitz, insista :

— Grand-mère, montre-la-nous, je t'en prie!

Elle prit alors le bijou et le tint sur le col de sa robe bleu marine. Sur le tissu sombre, près du noir satiné de la peau, l'or ressortait admirablement.

— Très joli, grand-mère, dit Louise.

— Sensass! ajouta Conrad.

— Vous ne voulez pas la mettre? demanda Horowitz.

— Non, fit-elle simplement.

Il était sûr pourtant que la broche, si finement ouvragée, lui plaisait. A regret, elle la replaça dans son écrin qu'elle rendit à Samuel Horowitz.

— Il m'est impossible d'accepter un pareil cadeau.

— Mais pourquoi? fit-il, navré. Hier, je n'ai pas été voir mon comptable. J'ai été chez Tiffany où j'ai passé deux heures à faire mon choix en pensant à vous. Je voulais trouver quelque chose qui puisse vous plaire.

— Je suis désolée.

— Donnez-moi au moins la raison de votre refus.

— Pas maintenant, fit-elle doucement. Demain.

28

Le lendemain matin, il se réveilla de bonne heure Son regard tomba aussitôt sur l'écrin posé sur la table de chevet à côté du joli papier et du ruban qui l'avaient entouré.

Il se leva, décidé à refaire lui-même un paquet cadeau impeccable. Il y parvint — non sans quelque difficulté — et le plaça ensuite, bien en vue, sur la table du vestibule, afin qu'il saute aux yeux de Mme Washington dès qu'elle entrerait dans l'appartement.

Elle ne tarderait pas à arriver. En attendant, il alla se recoucher.

Lorsqu'il entendit sa clé tourner dans la serrure, il se releva et passa à la salle de bains où, contrairement à son habitude, il se rasa avant le petit déjeuner. Il ne lésina pas sur l'aftershave et, relevant coquettement le col de son pyjama au-dessus de celui de sa robe de chambre, il s'apprêta à gagner la salle à manger. Il marqua une pause pour faire bouffer légèrement le mouchoir hors de sa poche de poitrine et, canne à la main, se dirigea d'un pas alerte vers la table où l'attendait son petit déjeuner.

Comme à l'accoutumée, lors du premier repas de la journée, Mme Washington vint boire une tasse de café à la table de la salle à manger. Le plus souvent, elle bavardait de choses et d'autres, mais ce matin-là, elle ne dit pas un mot et ce fut Horowitz, finalement, qui ouvrit le feu :

— Alors, vous avez vu le petit paquet sur la table de

l'entrée? Je l'ai refait moi-même avec le plus grand soin. Il attend votre bon plaisir.

— Je l'ai vu, convint-elle simplement.

Il reprit :

— Avez-vous remarqué comme le nœud est bien fait? Un beau résultat pour un homme qui pouvait à peine remuer sa main gauche il y a quelques semaines.

Elle se contenta de poser sur lui son beau regard brillant derrière les verres cerclés d'argent.

Il continua :

— De quoi s'agit-il exactement? comme diraient les anciens rabbins. Eh bien, de ceci : Sans vous, madame Washington, sans votre ténacité, je ne serais jamais arrivé à un tel résultat, et vous m'offensez en refusant un présent qui concrétise — bien insuffisamment — ma légitime reconnaissance.

— Monsieur Horowitz, je n'ai jamais eu l'intention de vous offenser, mais ce serait mal de ma part d'accepter ce bijou.

— Et pourquoi donc, je vous le demande?

— Vous me rendez les choses très difficiles, monsieur Horowitz.

— Écoutez, décida-t-il soudain, nous allons passer un marché. Le paquet restera sur la table du vestibule le temps qu'il faudra. Puis un jour, dans une semaine, dans un mois, dans un an, vous l'ouvrirez, vous en sortirez la broche et quand je la verrai sur vous, je saurai que vous avez accepté enfin ce cadeau qui vient du cœur. D'accord?

— Monsieur Horowitz, la raison qui m'empêche d'accepter votre ravissante broche est justement que vous comptez sur ma présence ici dans un avenir proche.

Il s'agrippa des deux mains au bord de la table.

— Qu'essayez-vous de me faire comprendre, madame Washington?

— J'essaie de vous dire que je m'en vais à la fin de la semaine, précisa-t-elle doucement.

— Vous en aller? Mais vous n'en avez pas le droit, protesta-t-il. Est-ce que cela a quelque chose à voir avec les enfants? Est-ce une question d'argent? Dites-moi franchement ce qu'il en est.

294

– Cela n'a rien à voir avec les enfants et ce n'est pas une question d'argent.

– Dites-moi la vérité!

– Je ne suis plus utile ici.

– Vous parlez d'une excuse! Je sais très bien ce qu'il y a! Je sais très bien!

Il alla s'installer dans son fauteuil, près de la fenêtre et fit comme s'il s'adressait à une tierce personne tandis qu'elle faisait le ménage.

– Garder une telle rancune! Après toutes ces semaines! Tout ça à cause de ces choses que j'ai dites le premier jour... D'accord, ce n'était pas très gentil... mais j'ignorais qu'elle était déjà là... et quand on y réfléchit, j'avais mes raisons de parler ainsi. Après tout, on m'avait agressé, défiguré, j'avais eu une attaque. Il y a de quoi être agacé! Alors, oui, j'ai dit certaines choses à propos des Noirs. Mais j'ai également dit du bien de Bernadine. Bernadine est une personne charmante. Croyez-moi, Bernadine ne m'abandonnerait pas ainsi. Mais, Mme Washington, Mme Harriet Washington...

« On aurait pu penser que cette femme se rappelerait nos agréables conversations dans le parc. A qui vais-je parler si elle s'en va? Je vais devoir rester seul sur mon banc. Et ça ne durera pas longtemps. Attendez un peu que toutes ces veuves me voient par leurs fenêtres et ces vautours viendront m'encercler. Et c'est ce qu'elle souhaite. Pourquoi? Juste parce qu'une fois ou deux je l'ai traitée de Hitler noir. Est-ce un tel crime qu'elle veuille m'abandonner? Me laisser?

« Maintenant que j'y pense, je ne crois pas qu'elle ait légalement le droit de s'en aller. Je vais appeler un des avocats de la firme de Marvin et lui demander si une infirmière a le droit d'abandonner son patient. Il doit bien y avoir un règlement qui s'y oppose. Il y en a pour tout, de nos jours. Oui, de la désertion pure et simple dans l'exercice de ses fonctions! C'est peut-être même un crime!

Il lui coula un regard en biais pour voir si elle réagissait. Mais cette femme obstinée continuait d'épousseter les meubles!

– Je sais bien que New York est une ville sale! s'exclama-t-il. Mais il ne peut pas y avoir autant de poussière qu'il y a de sable dans le Sahara!

— Vous êtes en train de crier, lui fit-elle remarquer sèchement.

— Je suis désolé, je ne voulais pas m'emporter. Maintenant, si vous voulez bien arrêter de vous agiter et vous asseoir cinq minutes, j'aimerais bien savoir ce que j'ai fait pour précipiter votre départ.

« Eh bien? Qu'ai-je fait? Quoi que ce soit, sachez que je suis navré. Si c'est une question d'argent, je m'en occuperai. S'il s'agit de mon attitude, je promets de changer. A moins que ce ne soit lié à mon emportement à l'hôpital, quand j'ai injustement accusé Conrad? C'est ça? Croyez-moi, je m'en veux beaucoup. Mais pourquoi m'abandonner maintenant?

— Je ne vous abandonne pas, je pars, c'est tout.

— Bon, vous partez. Mais pourquoi? Nous... nous sommes habitués l'un à l'autre. Nous avons fini par nous comprendre. Et, je l'espère, par nous respecter. Vous êtes une femme charmante, madame Washington, tout ce qu'il y a de plus charmante. De bien des façons, vous avez les mêmes qualités que ma mère. Cette volonté de donner aux enfants une bonne éducation. Ce désir de veiller à leur bien-être.

« Et je dois bien avouer que vous me rappelez Hannah, aussi. Je ne sais pas quel mot exact employer, mais je crois que le suivant correspond assez bien : la noblesse.

« Si j'étais plus jeune... Mais ni vous ni moi ne sommes plus jeunes. Ce qui, si je puis dire, est une bonne raison pour que vous restiez ici. Votre travail va être facilité. Vous n'aurez plus à me faire faire mes exercices. Je peux y arriver tout seul. Vous aurez du temps à vous. Nous pourrons aller déjeuner au restaurant plusieurs fois par semaine. Vous ne passerez plus votre temps à faire la cuisine. Ce sera beaucoup plus facile pour vous. Alors, réfléchissez un peu, vous voulez bien?

— Monsieur Horowitz, expliqua-t-elle avec calme, je ne suis pas une gouvernante, ni une cuisinière, ni même une dame de compagnie. Avant tout, je suis infirmière, mais vous n'avez plus besoin de mes soins, et il y a sûrement ailleurs un autre patient qui les réclame.

— Comment osez-vous dire que je n'ai plus besoin de vous? Quelle ingratitude!

— Tout ce que vous avez été capable d'accomplir, il y a deux jours, quand votre Mona était ici, prouve que vous pouvez parfaitement vous en tirer sans moi. Ce qu'il vous faut, c'est quelqu'un comme Bernadine — pour entretenir la maison, préparer vos repas. Vous n'avez plus besoin d'une infirmière. Le Dr Tannenbaum lui-même l'assure.

— L'important, madame Washington, c'est ce que je ressens. Et que vous ayez le cœur d'abandonner votre pauvre malade me dépasse!

— Vous n'êtes plus un malade, monsieur Horowitz, c'est ce que vous refusez de comprendre. Vous êtes presque totalement remis. Vous nous l'avez prouvé, au Dr Tannenbaum, à Mona, et surtout à moi-même.

Il se rendit compte finalement qu'il ne la ferait pas revenir sur sa décision.

— Quand comptez-vous partir?

— Le Dr Tannenbaum a prévenu votre fils, qui a prévenu Bernadine. Elle peut être de retour ici dès lundi.

— Alors vous me quittez dimanche? fit-il tristement.

Elle inclina la tête.

— Pourrai-je vous téléphoner de temps en temps, madame Washington? Simplement pour vous donner de mes nouvelles et vous demander des vôtres, de celles des enfants?

— Bien sûr, voyons!

— Il m'arrive parfois d'avoir deux billets de théâtre achetés pour quelque œuvre de charité. Accepteriez-vous, éventuellement, de m'accompagner?

— Peut-être, fit-elle sans se compromettre.

— Vous-même, madame Washington, vous me passerez bien un coup de fil à l'occasion, pour me prouver que vous n'oubliez pas complètement votre irascible patient?

— Entendu, promit-elle. Et à propos de téléphone, ce serait gentil de votre part d'appeler parfois Mona. Elle est un peu tyrannique, mais elle vous aime. C'est votre fille, ne l'oubliez pas. Cela lui donne des droits.

— D'accord, acquiesça-t-il. Je l'appellerai. Et peut-être

même irai-je passer quelques jours à San Diego. Oui, dix jours au moment des fêtes, c'est le maximum de temps que je pourrai supporter là-bas. Dix jours, mais pas une minute de plus!

Cette fois, elle était vraiment prête à partir. Samuel Horowitz était passé dans sa chambre et elle l'appela pour lui faire ses adieux.

— Monsieur Horowitz!

— J'arrive!

Il apparut, tenant à la main la petite boîte enrubannée et une enveloppe.

— Monsieur Horowitz, commença-t-elle en le regardant avec reproche, vous savez bien que...

— Faites-moi l'immense plaisir d'accepter! Vous ne voulez pas que je retourne chez Tiffany, la tête basse, en disant: « Rendez-moi mon argent, la broche ne lui a pas plu »?

Il lui remit de force la petite boîte dans la main et essaya de lui refermer les doigts dessus.

— Attention, madame Washington! Si vous n'êtes pas capable de refermer votre main, nous allons nous mettre aux billes et aux boutons! Allons, ne contrariez pas ainsi un vieil homme, acceptez, je vous en prie!

Elle vit ses yeux se voiler.

— Ce n'est rien, assura-t-il aussitôt. Avec l'âge, on a souvent les yeux qui larmoient.

Elle prit alors la boîte. Il lui tendit aussi l'enveloppe.

— Qu'est-ce que c'est? demanda-t-elle.

Il fit mine d'être exaspéré.

— Dix-neuf dollars! Vos gains au rami. Vous êtes une vraie joueuse professionnelle, madame Washington. Vous pourriez faire fortune aux tables de jeu de ces bateaux spécialisés dans les croisières, surtout avec votre couverture officielle : infirmière diplômée et respectable grand-mère. Qui se méfierait? Enfin, je suis un homme qui paie toujours ses dettes.

Elle hésitait à prendre l'enveloppe. Il insista :

— Prenez-la. L'un de nous deux au moins pourra dormir la conscience tranquille!

Dès que Mme Washington fut rentrée chez elle, sa fille lui demanda :

— Alors, comment ça s'est passé, maman?

— Il essayait de paraître furieux, mais il était bouleversé, le pauvre.

Elle ouvrit son sac et en tira la petite boîte.

— Ouvre-la, dit-elle. C'est la broche dont les enfants l'ont parlé. Il m'a forcée à l'accepter.

Elle sortit également l'enveloppe et sourit.

— Mes gains au rami.

Elle déchira l'enveloppe. Un billet de dix, un billet de cinq et quatre de un dollar s'en échappèrent.

Il y avait aussi un mot sur lequel était attaché un papier caractéristique.

« *Chère madame Washington,*

« *Connaissant votre fierté, j'ai dû régler cela à ma manière. Le chèque ci-joint n'est pas pour vous, je vous le précise tout de suite. Il est pour les enfants, Conrad et Louise. Mettez-le à leurs noms sur un compte d'épargne. D'ici à ce qu'ils aillent à l'université, il aura sûrement fructifié. Quoi que vous en fassiez, vous n'avez pas le droit de me le renvoyer — il n'est pas à vous. Alors, par affection pour vos petits-enfants, par affection pour moi, je vous en prie, faites ce que je vous demande!*

Votre ami dévoué,

Samuel HOROWITZ »

La même signature élégante se trouvait au bas du chèque — d'un montant de cinq mille dollars.

Mme Washington regarda le chèque et sa vue se brouilla.

— Maman?

— Ce n'est rien, dit-elle en reniflant. Les yeux larmoient facilement, avec l'âge.

29

C'était tout au début de l'été, le 25 juin, le vingtième jour de Sivan sur le calendrier juif.

Vêtu d'un complet sombre et d'une chemise blanche où tranchait une cravate noire impeccablement nouée, Samuel Horowitz s'arrêta un instant sur le seuil de l'immeuble pour jouir du beau soleil.

— Un taxi, monsieur Horwitz? lui proposa Juan en souriant.

— Non, merci, Juan.

— Vous allez faire un tour dans le parc?

— Pas exactement, lança Horowitz en s'éloignant, canne à la main, mais d'un pas alerte, vers la 86ᵉ Rue.

Au carrefour, il attendit sagement que le feu passe au vert, et il prit le chemin de la synagogue.

Il fut accueilli dès l'entrée par le sacristain, tout content de le voir car il était parfois difficile de réunir les dix participants nécessaires à la célébration du *minyan*.

— Bonjour, monsieur Horowitz. Quelle belle journée! (Puis il s'enquit avec sollicitude :) *Yahrzeit,* monsieur Horowitz?

— *Yahrzeit,* convint-il.

Il s'engagea dans la nef et alla prendre place au premier rang. Là, il contempla le tabernacle de velours rouge rebrodé d'or abritant les rouleaux de la Torah, symbole du Dieu auquel les Juifs confient leurs prières et devant lequel ils s'adressent parfois à leurs chers défunts.

300

« Hannah, ma chérie, l'année dernière, j'ai tardé à venir – et non sans raison. Mais cette année, je suis à l'heure au rendez-vous. Je suis venu ici sur mes propres jambes et sans l'aide de personne. Je vais bien, je veux que tu le saches. Hier, j'ai téléphoné à Mona. Bruce a quitté Harvard. Il fait maintenant des études supérieures de physique. Quand il aura son diplôme, il sera capable de faire sauter la planète. Candy, elle, va s'occuper d'enfants handicapés mentaux. Je les ai vus tous les deux à San Diego pendant les vacances de Pâques.

« En somme, tout va bien, ma chérie ; si tu étais là, ce serait parfait. Tu me manques, mon Hannah, pas seulement aujourd'hui, mais chaque jour. »

L'officiant se mit à célébrer le service du matin. Le moment venu, Samuel Horowitz récita le *Kaddish* pour sa chère disparue.

Quand il quitta la synagogue, il décida de rentrer chez lui à pied, en longeant le parc.

Assise sur un banc un peu en retrait, à demi cachée par le feuillage d'un arbre proche, une femme noire, discrètement vêtue, l'observait.

Il a réussi, se disait-elle. Il a pu célébrer à la date voulue l'anniversaire de la mort de sa chère Hannah. A le voir marcher avec tant d'aisance, nul ne se douterait qu'il a eu une attaque il y a un an.

Et le cœur léger, Mme Washington se leva pour aller reprendre le métro et s'occuper d'un nouveau patient.

Cet ouvrage a été et réalisé par la
SOCIÉTÉ NOUVELLE FIRMIN-DIDOT
Mesnil-sur-l'Estrée
pour le compte des Presses de la Cité
12, avenue d'Italie, 75013 Paris
en janvier 1995

Imprimé en France
Dépôt légal : janvier 1995
N° d'édition : 6309 − N° d'impression : 29190